ABTRÜNNIGER ENGEL

KYLIE GILMORE

Übersetzt von
ANNA DRAGO

Abtrünniger Engel: © 2020 by Kylie Gilmore

Coverdesign: Michele Catalano Creative

Übersetzung: Anna Drago

Lektorat: Katrin Dolle

Herausgegeben von: Extra Fancy Books

ISBN-13: 978-1-64658-015-6

1

Becca

Ich bin *nicht* versetzt worden. Ich schaue mich kurz in *The Twisted Chord*, meiner Lieblingsbar in Brooklyn, nach meinem Date von eLoveMatch um. Keine blonden Männer in einem weißen Pullover weit und breit. Es ist auch kein so großer Laden, nur die L-förmige Bar und eine Reihe von hohen Tischen gegenüber. Vorne ist eine kleine Bühne für eine Live-Band. Das Dekor ist funky mit E-Gitarren an den Wänden und Lichterketten an der Decke.

Ich starre auf den leeren Barhocker neben mir. Anscheinend habe ich ein Date mit meiner Strickjacke. Ha-ha. Meine Handtasche und meine weiße Strickjacke reservieren den Sitzplatz. *Seufz.*

Ich werfe einen Blick auf die Uhr auf meinem Handy. Halb neun. Die Band fängt um neun zu spielen an. Wenn er bis dahin nicht hier ist, gehe ich. *Muss. Positiv. Bleiben.*

Ich trinke einen Schluck billigen Chardonnay und belausche schamlos die drei Männer in den Zwanzigern, die auf der anderen Seite meines reservierten Hockers sitzen. Sie sehen alle ähnlich aus – dunkelhaarig, Stoppelbärte in unterschiedlichen Längen, alle mit muskulöser Statur, die T-Shirts und Jeans gut ausgefüllt. Ich vermute, sie sind Brüder oder sonst irgendwie verwandt. Der Typ, der mir am nächsten steht, ist der Stille, doch wenn er spricht, hören die beiden anderen aufmerksam zu. Er sagt immer wieder, dass sie nicht mehr übers Geschäft reden werden, weil Freitagabend ist, doch dann tut er es trotzdem. Er scheint sich intensiv mit dem Projekt zu beschäftigen, an dem sie gerade arbeiten, irgendwas am Wasser. Klingt so, als wären sie Projektentwickler. Er bewegt sich plötzlich, und als er mir in die Augen sieht, stockt mein Atem. Seine Augen sind durchdringend blau. Ich habe das seltsame Gefühl, dass er mich auf einer tiefen Ebene meiner Seele durchschauen kann. Meine Sinne sind in Alarmbereitschaft, mein Puls pocht in meinen Adern.

Ich starre geradeaus, verlegen von meiner intensiven Reaktion auf einen Wildfremden. Normalerweise brauche ich eine Weile, um mich für einen Mann zu erwärmen. Ich bin eher zurückhaltend. Ich möchte ihn noch einmal ansehen, wage es jedoch nicht. Ich glaube nicht, dass ich ihn hier schon einmal gesehen habe. Ich würde mich definitiv an diese Augen erinnern.

Er kehrt zu seinem Gespräch zurück und ignoriert, dass ich ganz allein hier sitze. Ich erlaube mir einen leisen enttäuschten Seufzer. Nicht seinetwegen, versichere ich mir. Ich bin enttäuscht, dass Bill zu spät kommt. Offensichtlich bin ich nicht hier, um einen Typen abzuschleppen, während ich auf mein Date warte. Ich kontrolliere mein Handy auf SMSen, einen verpassten Anruf oder eine private Nachricht in der Dating-App. Nichts. Langsam fängt mein Bauch an zu protestieren.

Ich straffe meine Schultern und setze ein freundliches Lächeln auf. Es ist keine große Sache, an einem Freitagabend allein in einer Bar rumzuhängen. Und ich bin vielleicht nicht lange allein. Ich meine, ja, Bill ist eine halbe Stunde spät dran – und ich war früh dran, wodurch mir das Warten länger vorkommt –, doch es gibt immer noch Hoffnung. Er könnte bei der Arbeit aufgehalten worden oder in der U-Bahn steckengeblieben oder von einem Auto angefahren worden sein. Meine Stimmung hebt sich, als ich mir vorstelle, dass er irgendwo schwer verletzt liegt und sich wünscht, er hätte es hierher geschafft, um mich zu treffen. Es ist überhaupt nicht persönlich. Er hat mich *nicht* gesehen und ist nicht ohne ein Wort wieder abgehauen.

Ich schwöre, ich sehe genauso aus wie mein Profilbild in der Dating-App – schulterlanges, glattes, hellblondes Haar, hellblaue Augen, helle Haut, hohe Wangenknochen, Nase ein bisschen größer als Durchschnitt. Keine große Nase, doch keines dieser winzigen kleinen Dinger. Sicher, ich bin groß für eine Frau mit eins achtundsiebzig, doch ich denke nicht, dass das Bill abtörnen sollte, es sei denn, er hat gelogen, was *seine* Größe angeht. Einige Leute sind komisch, was das angeht. Außerdem habe ich die ganze Zeit gesessen und trage schwarze Ballerinas. Auf keinen Fall kann er gesehen haben, wie groß ich bin.

Als ich mir durch die Haare fahre, geht mir eine winzige Sorge durch den Kopf. Mir wurde gesagt, dass ich eine kühle majestätische Aura habe (von höflichen Leuten) und von nicht so höflichen, dass ich eine Eiskönigin bin. Doch das ist lächerlich. Erstens kann ich nichts dagegen tun, dass ich einen blassen Teint habe, den die Leute für „frostig" halten. Zweitens komme ich aus einem Arbeiterviertel in Queens. Meine Eltern sind beide Lehrer. Ich bin bodenständig und äußerst praktisch veranlagt. Darum weiß ich, dass ich viele Frösche küssen muss, um den richtigen Partner zu finden. Ich bin neunundzwanzig und bereit für was Langfristiges. Aus diesem Grund habe ich in den letzten sieben Wochen ein Date pro Woche mit eLoveMatch vereinbart, das den Ruf hat, der führende Service für Leute zu sein, die ernsthafte Beziehungen suchen.

Als ich Stimmen von der Tür höre, steigen meine Hoffnungen, und ich drehe mich um. Nein. Es ist nur die Band, die hereinkommt, um auf der Bühne aufzubauen. Meine Schultern sinken, meine Gliedmaßen plötzlich schwer wie Blei. Ich wende mich wieder meinem Wein zu und trinke einen gesunden Schluck. Bill hat in seinen Nachrichten so herzlich und flirtend gewirkt. Ich hätte nicht gedacht, dass er mich versetzen würde. Ich bin all diese enttäuschenden Frösche wirklich langsam leid. Das ist das erste Mal, dass ich (möglicherweise) versetzt worden bin, doch kein einziges

Date war ein zweites wert. Ich schwöre, es liegt nicht an mir. Es hat einfach nicht *Klick* gemacht, und das weiß ich innerhalb der ersten Stunde. Ich bin auch nicht sehr anspruchsvoll, auch wenn mein Ex das behauptet. Ich würde nicht so weit gehen zu sagen, dass ich ein lockerer Typ bin – eher ein Typ-A-Tatmensch –, doch ich versuche wirklich, das zu ändern, und alles um meiner Gesundheit willen ein bisschen lockerer anzugehen.

Mein Ex, Oliver, ist derjenige, der völlig ausgeflippt ist, nicht ich. Ich denke nicht, dass es ein solcher Schock gewesen sein sollte, dass ich nach einem Jahr Daten das Thema Ehe angesprochen habe. Es war nicht so, dass ich ihm einen Antrag gemacht habe! Ich habe nur erwähnt, dass die Ehe etwas ist, das ich mir in naher Zukunft wünsche, und habe ihn gefragt, ob es ihm genauso ging. Seine Antwort war, mit mir Schluss zu machen. Habe ich schon erwähnt, dass das am Silvesterabend war? Tolle Art, das neue Jahr einzuläuten. Nicht wirklich. Ich würde gern behaupten, dass ich es gut weggesteckt habe, doch ehrlich gesagt war es der Anfang vom Ende. Ich war bereits von meinem Unternehmensberaterjob mit seinen langen Arbeitstagen und dem ständigen Reisen erschöpft, und habe die nächsten sechs Monate in meiner fehlgeleiteten Entschlossenheit, so über ihn hinwegzukommen, damit verbracht, die Arbeit an erste Stelle zu setzen und mich in den Burnout zu schuften. Ende Juni habe ich gekündigt und mir vier Wochen Zeit gegeben, um mich zu erholen und eine neue Richtung für mein Leben zu finden. Zum Glück habe ich genug Ersparnisse, um das zu tun. Mein früherer Job war sehr gut bezahlt, doch er war eine ernsthafte Belastung für meine Gesundheit. Es ist schwierig, von einer Vollgas-Karriere mit internationalem Reisen dorthin zu kommen, wo ich jetzt bin, und meinen Weg zu einem neuen, entspannteren Lifestyle zu finden. Doch ich habe es geschafft. Ich habe meine Prioritäten neu gesetzt, und alles läuft nach Plan. Fast.

Ich werfe wieder einen Blick auf mein Handy, immer noch hoffnungsvoll. Den richtigen Partner zu finden, ist der Teil meines neuen Lebensplans, der nicht so gut läuft. Ich muss geduldig sein. Ich werde einfach ein bisschen länger warten, falls Bill eine legitime Entschuldigung hat. Wie auch immer, es ist neun Monate her, seit Oliver und ich uns getrennt haben, und ich bin über ihn hinweg. Ja wirklich. Das wurde immens dadurch erleichtert, dass Oliver ein paarmal „locker" versucht hat, wieder mit mir zusammenzukommen. Auf gut Deutsch gesagt: er wollte Sex. Ungezwungenen Sex. Weil's mit der Ex so praktisch ist. Ja, nein, danke. Ich sage nicht, dass es leicht war, über ihn hinwegzukommen – mein Herz ist verletzlich –, doch definitiv leichter wissend, dass es eine Sackgasse war.

Eine schwere Hand landet auf meiner Schulter und erschreckt mich. Mein Date hat es doch hierher geschafft! Ich drehe mich mit einem strahlenden Lächeln um, das festgefroren bleibt, als mein Magen in meine Kniekehlen sackt. Es ist mein Ex, der gebräunt und entspannt aussieht, sein hellbraunes Haar kunstvoll zerzaust. Was macht Oliver hier? Er hasste diesen Laden und hat ihn als Rattenloch bezeichnet. Er mag lieber Hipsterbars mit schickem Essen. Und er hat eine Frau mitgebracht. Sie ist schön. Verdammt. Langes dunkelbraunes, welliges Haar, dunkle Augen mit langen Wimpern, kurvige Figur und klammert sich an seinen Arm, als würde er davonlaufen, wenn sie es nicht täte. Und ich sitze hier ganz allein. Das wäre eine großartige Zeit für ein Loch, das sich im Boden auftut, um die beiden zu schlucken. Er muss hergekommen sein, um mit ihr anzugeben. Oliver weiß, dass ich gerne hier rumhänge. Der Laden hat alles, was ich brauche – Getränke, gute Musik und ist in der Nähe meiner Wohnung. Mist. Ich hätte wahrscheinlich letzte Woche am Freitagabend kein Foto meiner Lieblingsbar auf Instagram posten sollen, während ich auf den sechsten Dateflop gewartet habe.

Oliver lächelt, doch es erreicht seine braunen Augen nicht. „Hi! Wie geht's dir, Becca?" Seine Stimme wird mitfühlend. „Bist du allein hier?" Er blickt über meine Schulter die Bar entlang, wo ein paar Frauen sitzen und sich lebhaft unterhalten. Warum konnte ich keinen Mann an meiner Seite haben, wenn Oliver beschließt, hier aufzukreuzen?

Ich straffe meine Schultern, entschlossen, nicht verzweifelt zu erscheinen. „Was machst *du* hier? Ist ein bisschen weit von der Stadt entfernt, findest du nicht?" Er lebt in Manhattan. Ich habe das Gefühl, dass er hier ist, um mir Miss Kurvenreich zu zeigen. Ich beiße die Zähne aufeinander, jeder Muskel ist angespannt. Ich bin in der Kurvenabteilung nicht so gut bestückt, auch wenn ich welche habe. Ich bin groß und schlank. Oliver hat mich einmal gefragt, warum ich überhaupt einen BH trage. Arschloch.

Mein Blick kollidiert mit dem Mann mit den durchdringenden blauen Augen, der gerade aus der Toilette zurückgekehrt ist. Er runzelt die Stirn, als ob er versucht, die Situation einzuschätzen. Mir steht wahrscheinlich Panik ins Gesicht geschrieben. Ich kann Oliver nicht glauben lassen, dass ich an einem Freitagabend erbärmlich allein in einer Bar bin, weil mich ein Typ von eLoveMatch versetzt hat. Ich kann es einfach nicht.

Ich ziehe meinen Pullover und meine Handtasche neben mir vom Hocker und lächle Mr. Blue Eyes an, der jetzt nur noch ein kleines Stück weit weg ist. „Hab dir deinen Platz freigehalten, Schatz", sage ich fröhlich und hoffe verzweifelt, dass die Nachricht bei ihm ankommt.

Die Jungs, bei denen er gesessen hat, sehen mich seltsam an. Schweiß rinnt mir den Rücken hinunter.

Mr. Blue Eyes nimmt den angebotenen Platz ein – es gibt einen Gott! – und wendet sich Oliver zu. „Hey, ich bin Connor. Und du bist?"

Oliver versteift sich. „Ich bin Oliver, Beccas Ex. Das ist Rose."

Rose entblößt ihre Zähne zu einem angespannten Lächeln. Ich sehe die Jungs an, mit denen Connor zusammengesessen hat und die uns neugierig beobachten. Oh Gott, bitte verratet mich nicht.

„Schön, dich kennenzulernen, Beccas Ex und Rose." Connor legt einen Arm um meine Schultern und küsst meine Schläfe. Meine Haut wird heiß, mein Herz pocht. Ich weiß nicht, ob es Connors Nähe oder die bizarre Situation ist. Er duftet wunderbar, wie Meer und sexy Mann. Er ist auch viel größer als ich – größer mit breiten Schultern – und ich liebe es, dass ich mich tatsächlich zierlich fühle. Ich habe mich seit der sechsten Klasse eher wie eine Statue gefühlt. (In der Schule haben sie mich Lady Liberty genannt, nach der Freiheitsstatue. Kinder können so grausam sein!).

Ich blicke zurück zu Oliver und sage kühl: „War nett, euch zu treffen. Schönen Abend noch."

Oliver räuspert sich. „Ich bin vorbeigekommen, um dich wissen zu lassen, dass Rose und ich verlobt sind. Ich wollte nicht, dass du es von jemand anderem erfährst. Ich fand es angesichts unserer Geschichte am besten, das Gespräch von Angesicht zu Angesicht zu führen."

Ich kneife meine Augen zusammen. Er ist hergekommen, nur um es mir unter die Nase zu reiben. Wir haben keine gemeinsamen Freunde, daher hätte ich es nicht von jemand anderem gehört. Hmpf. An jenem schicksalhaften Silvesterabend hat er erst behauptet, er sei nicht bereit für die Ehe, was ich akzeptiert habe, bis er hinzufügte, dass er sich nicht vorstellen könne, für immer mit jemandem *wie mir* zusammenzuleben. Das war der Moment, in dem ich wütend geworden bin und ihm zum Abschied gewünscht habe, ihm möge der Schwanz abfallen.

„Er wollte nur ehrlich zu dir sein, angesichts ...", fügt Rose unbeholfen hinzu.

Was hat Oliver ihr erzählt? Dass ich diejenige war, die mehrmals versucht hat, wieder mit ihm zusammenzukommen? Er ist derjenige, der mir immer wieder SMSen mit sexuellen Avancen geschickt hat! Zumindest habe ich es so interpretiert, wenn er geschrieben hat, dass er sich ungezwungen mit mir treffen wollte. Hat er das auf eine *wir heiraten nicht, daten doch* Art und Weise gemeint? Hat er mich vermisst, wie ich ihn vermisst habe? Und ich habe ihn abgewiesen. Jetzt verlangt sein Ego, dass ich sehe, was mir entgangen ist.

Das glückliche Paar sieht mich erwartungsvoll an.

Sie sind noch nicht so lange zusammen wie Oliver und ich, als ... Ich nehme Connors Hand und drücke sie, bevor ich ein Lächeln aufsetze. „Glückwunsch." Ich verschlucke mich fast an dem Wort. „Warum nehmt ihr nicht unsere Plätze? Connor und ich wollten sowieso gerade gehen."

Connor steht auf und hilft mir in meine Strickjacke. Ich schulde diesem Mann was. Ich greife nach meiner Handtasche und bin froh, dass ich entkommen kann.

Connor zwinkert Oliver zu. „Wie immer kann sie es kaum erwarten, mich mit in ihre Wohnung zu nehmen."

Ich lache. Ich liebe es, dass ich wie eine feurig-leidenschaftliche Frau klinge, obwohl sich die Leidenschaft bei meinen früheren Freunden, einschließlich Oliver, als schwer greifbar erwiesen hat. „Stimmt."

Connor nimmt meine Hand, und wir gehen zur Tür. Ich kann Olivers Augen auf mir spüren.

„Con?", ruft ein Mann. Ich drehe mich um. Es ist einer der Leute, mit denen er hierhergekommen ist. Mein Herz rast. *So nah an der Tür, bitte, bitte, bitte.*

„Ja, später", sagt Connor über seine Schulter und führt mich zur Tür hinaus.

In dem Moment, in dem wir auf den Gehsteig treten, werden meine Knie vor Erleichterung schwach. *Haben wir es wirklich geschafft?*

„Wohin?", fragt er.

„Keine Ahnung. Geh einfach weiter. Danke, übrigens." *Wir haben es geschafft!* Ich fühle mich hellwach, als wäre ich gerade ein Rennen gelaufen und hätte gewonnen. *Sieg! Und die Menge tobt!* Ich bin *aufgedreht.*

„Ich hab aus einer Meile Entfernung gesehen, dass er ein Arsch ist. Lass dir von diesem Typen nicht den Abend ruinieren. Da ist eine andere Bar, die ich mag, zwei Häuserblocks weiter, mit einem Garten hinter dem Haus. Klingt gut?"

Mir wird plötzlich klar, dass ich heute Abend doch ein Date habe. Seine Hand ist warm und schwielig und hält meine, er geht langsam, als wäre er genau so entspannt wie ich es krampfhaft zu sein versuche.

„Sicher", zwitschere ich nervös. Ich meine, ich kenne nicht einmal die grundlegenden Informationen, die ich normalerweise von einem Dating-Profil bekomme – drei Dinge, ohne die er nicht leben kann, das, wofür er die meiste Leidenschaft empfindet, und wie seine Freunde ihn beschreiben würden. Es fühlt sich nicht richtig an, ihn zu grillen, nachdem er mich gerettet hat.

Ich sehe ihn von der Seite an, und mein Mund wird trocken. Er ist wunderschön. Ich war vorher zu panisch, um seine Schönheit zu würdigen. Dickes dunkelbraunes Haar, das oben etwas lang ist, markante Wangenknochen, ein kantiger Kiefer mit genau der richtigen Dosis Stoppelbart. Sein dunkelblaues T-Shirt spannt über breiten, wohldefinierten Schultern, einer breiten Brust und einem spektakulär geformten Bizeps. Ein Flattern in meinem Bauch und ein Ziehen noch tiefer erinnern mich daran, wie lange es her ist, seit ich mit einem Mann zusammen gewesen bin. Zu lang.

Ich reiße meinen Blick los und hoffe, dass ich nicht zu offensichtlich gestarrt habe. Spontane Lust ist neu für mich, doch ich werde nicht darauf reagieren. Das bin einfach nicht ich.

Wir sind kurz davor, um die Ecke zu biegen, als mein Blick auf Oliver und seine neue Verlobte fällt, die in seinem roten Porsche davonfahren. Es ist lächerlich, ein Auto zu haben, wenn man in der Stadt lebt. Früher dachte ich, das Auto sei ein Zeichen seines Erfolgs, doch jetzt sehe ich nur noch einen Ego-Booster. Oliver und ich waren beide besessen davon, Erfolg zu haben, und vielleicht haben wir deshalb eine Weile zusammen funktioniert. Ich bin froh, dass ich von dem Erfolgszug abgesprungen bin, denn es gibt einfach keine Haltestelle, an der man das Gefühl hat, das zufriedenstellende Ende erreicht zu haben. Er geht einfach weiter und weiter in einem endlosen Kreislauf von Arbeit, Arbeit, Arbeit.

Auf halbem Weg den Block runter hält Connor mich an und zieht sein Handy aus seiner Gesäßtasche. „Lass mich meinen Brüdern nur schnell eine SMS schreiben. Sie fragen sich wahrscheinlich, was das da eben war."

„Ich habe meinen Ex gerade wegfahren sehen. Wenn du also mit ihnen abhängen willst, macht mir das nichts aus. Es klang, als hättet ihr euch viel zu erzählen."

Seine intensiven blauen Augen richten sich auf meine, als er sagt: „Ich bin nicht mehr nützlich für dich."

Oh nein, ich habe ihn beleidigt. Ich lege eine Hand auf seinen Arm, sofort zerknirscht. Sein Arm ist wie warmer Marmor, seine Muskeln so definiert. Ich benetze meine Lippen und überlege, was ich sagen kann, damit er nicht beleidigt ist. Ich muss aufhören, ihn zu berühren, um nachdenken zu können. „Das ist es nicht. Ich schätze es sehr, dass du mir geholfen hast. Mein Ex wollte mir nur seine neue Verlobte unter die Nase reiben, nachdem er sich von mir getrennt hat, weil er sich nicht binden konnte. Ich würde gerne was mit dir trinken, doch ich möchte nicht, dass du dich verpflichtet fühlst. Du warst schließlich mit deinen Brüdern unterwegs."

Ein Mundwinkel hebt sich. Meine Finger prickeln von dem plötzlichen Drang, seinen stoppeligen Kiefer zu berühren. „Also lass uns zurückgehen und was trinken."

Ich lächle. „Gerne."

Er ist still, während wir gehen, und ich habe das Bedürfnis, das Schweigen zu brechen.

„Nochmal danke, dass du mir zu Hilfe gekommen bist", sage ich.

„Gern geschehen. Ich wollte dich eh ansprechen, doch ich dachte, du wartest auf ein Date, nachdem du deine Sachen auf dem Hocker neben dir hattest."

Meine Wangen werden rot. Soviel zum guten ersten Eindruck. Erstens sieht er anhand meines Ex, dass ich einen schrecklichen Geschmack habe, was Männer angeht, und zweitens ist klar, dass ich versetzt worden bin.

„Meine Freundin ist bei der Arbeit aufgehalten worden", lüge ich. „Kein Date."

Er nickt.

„Ich habe dich noch nie im *Twisted Chord* gesehen", sage ich.

„Ja, ich gehe normalerweise in eine Bar in meiner alten Gegend, doch hier ist meine neue Wohnung."

„Oh. Das heißt, ich werde dich wahrscheinlich öfter dort sehen." Ein Adrenalinschub geht durch mich bei dem Gedanken, mein Puls rast, alle meine Sinne sind geschärft. *Sei cool!* Ich hatte noch nie eine so intensive Reaktion auf einen Mann, den ich gerade getroffen habe. Ich darf es mir nicht anmerken lassen.

„Hängt davon ab. Ich bin nicht mehr so in der Barszene aktiv. Bin mehr wegen meiner Brüder hier."

Ich will fragen, worauf er steht und wie er Leute trifft. Vielleicht benutzt er eine Dating-App wie ich. Das fühlt sich alles zu persönlich an, also halte ich den Mund.

Wir kommen am Eingang der Bar an, und Connor öffnet mir die Tür. Eine einfache Geste, die jedes Nervenende erwachen und Schmetterlinge in meinem Bauch tanzen lässt. Ich habe ein Faible für gute Manieren.

Er lächelt auf mich herab, als ich an ihm vorbei streife, und ich bin so fasziniert von seinem sexy, sauberen Duft und der Art, wie sein Lächeln sein Gesicht erhellt, dass ich den Blick nicht abwenden kann.

Bam! Ich stolpere seitwärts durch die Tür und falle wie ein nasser Sack auf den Fliesenboden. *Autsch. Autsch. Autsch.* Ich habe die Stufe vergessen. Alle verstummen, alle Blicke sind auf mich gerichtet. Ich bleibe einen Moment auf meiner Seite liegen, mein Gesicht brennt, meine Hüfte sticht. Doch mein Ego hat am meisten gelitten. Wäre es so schlimm, vor diesem Kerl wirklich gut auszusehen?

Connor beugt sich über mich. „Irgendwas gebrochen?"

„Nein." Ich will mich aufrappeln, als er mich vom Boden aufklaubt und mich zu einem gemütlichen Tisch für zwei in der hinteren Ecke trägt.

Ich spüre immer noch alle Blicke auf mir, doch meine Augen gehören ganz meinem Helden. Connor … Nachname unbekannt. Ein Prinz unter den Männern.

Connor

Ich betrachte die nervöse Frau mit den rosa Wangen, die mir gegenübersitzt. Becca ist auffallend schön. Ihre roten Lippen im Gegensatz zu ihrer hellen Haut sind mir schon vorhin ins Auge gestochen. Sie ist groß für eine Frau und hat schlanke lange Beine. Sie hat auch einen beschissenen Abend hinter sich, den ich hoffentlich noch retten kann. Ich glaube nicht, dass ich mich jemals zuvor von einer Frau so angezogen gefühlt habe. „Ich gehe uns ein paar Drinks holen und lasse meine Brüder wissen, was los ist. Fall nicht vom Stuhl, während ich weg bin."

Sie wirft mir einen finsteren Blick zu und presst ihre vollen roten Lippen aufeinander. „Ich bin normalerweise nicht so ungeschickt. Ich habe jahrelang Ballettunterricht gehabt." Sie hört sich nicht so an, als wäre sie aus Brooklyn. Ich kann nicht sagen, woher sie kommt. Sie hat überhaupt keinen erkennbaren Akzent.

Auf jeden Fall bin ich mir nicht sicher, was Ballett damit zu tun hat, durch eine offene Tür zu fallen, also sage ich nichts dazu. „Noch einen Weißwein?" *Ja, ich habe bemerkt, was sie vorhin getrunken hat.*

Sie hebt ihre Brauen. „Ja. Chardonnay, bitte."

Ich gehe zur Bar und gebe die Bestellung auf, bevor ich

mich meinen Brüdern Brendan und Garrett zuwende. Komisch, Garrett hat sich kürzlich rasiert und Brendans Bart braucht einen Schnitt. Zusammengenommen hätten sie den perfekten Stoppelbart wie ich. Wir sind wie die drei Bären – zu pelzig, zu kahl, genau richtig. Der Beweis? Goldlöckchen hat mich ausgewählt. Ha.

Ich beschränke mich auf das Wichtigste. „Ich habe jemanden getroffen, also bis später. Wir werden uns am Montagmorgen auf der Fahrt unterhalten."

„Ja, ich habe gesehen, wie du mit dem Vorgetäuschter-Freund-Manöver zu ihrer Rettung geeilt bist", sagt Brendan, trinkt einen Schluck von seinem Bier und schaut sich beiläufig in der Bar um, wahrscheinlich auf der Suche nach einer Frau. Er bevorzugt Rothaarige aufgrund seiner abstrusen Theorie, dass sie feuriger sind.

Garrett beugt sich um Brendan herum und bietet mir einen Faustcheck an. Seine aquamarinblauen Augen funkeln. „Sie sieht aus, als wäre sie aus einer Anzeige für ein Luxusauto ausgestiegen. Wirklich stilvoll." Er ist der Einzige von uns, der die Augenfarbe unseres Vaters geerbt hat, angeblich ein Merkmal der wahren Herrscher von Villroy, da die Augenfarbe der Rourkes dieselbe ist wie das Meer dort. Nicht, dass der jüngste Sohn der Exilfamilie jemals König sein könnte. Habe ich schon erwähnt, dass wir von einem Königshaus abstammen? Der Rest von uns hat die blauen Augen unserer Mutter, offensichtlich ein Zeichen unseres bürgerlichen Blutes.

Ich nicke Garrett zu. Wir nennen ihn Beast wegen seiner riesigen Muskeln. Er hat Recht. Becca strahlt Stil aus. Sie trägt eine schneeweiße Bluse und eine schwarze Hose, ist perfekt geschminkt und selbst nach ihrem Sturz durch die Tür ist kein Haar am falschen Platz. Sie kleidet sich und klingt wie jemand aus einer Managementetage, hängt jedoch in einer funky Nachbarschaftsbar in Brooklyn rum. Ich könnte sie mir in einer High-End-Cocktail-Lounge in Manhattan vorstellen, wo sie an einem 30-Dollar-Martini nippt. Die Getränke hier sind billig. Die Widersprüche in ihr faszinieren mich. Vielleicht, weil mein ganzes Leben auch ein bizarrer Widerspruch war – ich bin ein in Brooklyn aufgewachsener Prinz, der weder den Reichtum noch die Privilegien genießt, die normalerweise mit dem Titel einhergehen. Es wäre einfacher gewesen, nicht zu wissen, was mir entgangen ist, doch Dad hat uns nie vergessen lassen, dass königliches Blut in unseren Adern fließt. Nicht, dass ich verbittert wäre. Ich mag mein Leben hier in Brooklyn, und in unserer Familie stehen wir uns alle sehr nahe.

Brendan deutet mit dem Kinn auf mich. „Eine so stilvolle Frau steht auf dich? Was hast du zu ihr gesagt?" Wir ziehen uns immer gegenseitig auf – doch wir halten einander auch den Rücken frei, sodass sich das ausgleicht.

Ich grinse. „Also gibst du zu, dass du Abschlepptipps von deinem großen Bruder brauchst." Ich bin nur zwei Jahre älter, doch ich muss Autorität betonen.

Er knufft meine Schulter. „Bitte. Ich habe kein Problem damit, Frauen abzuschleppen. Ich werde heute Abend mit einer nach Hause gehen."

Die Band fängt ein lautes Cover von Aerosmiths „*Walk this Way*" zu spielen. Auch gut, denn so muss ich Brendans leidenschaftliche Verteidigung seiner „raffinierten" Flirtmoves nicht hören. Nicht mein Problem.

Ich blicke rüber zum Tisch und sehe, dass Becca mich anstarrt. Sie steht auf mich. Und ich bin froh, dass sie heute versetzt worden ist. Ja, ich weiß, dass sie gelogen hat. Ich kann Leute lesen, und bei ihr ist das überhaupt nicht schwer. Als ich sie vorhin an der Bar beobachtet habe, wurde sie im Laufe der fünfundvierzig Minuten, in denen sie dagesessen hat, erst nervös dann genervt und zum Schluss resigniert. Dann war sie wegen ihres Ex' aufgewühlt, und als sie dann gestolpert ist, verlegen, und jetzt? Nun, jetzt sieht sie so aus, als würde sie sich auf etwas Aufregendes freuen, und das bin ich.

Ein paar Minuten später kehre ich mit den Getränken zum Tisch zurück. Sie lächelt mich an und ruft über die laute Musik. „Vielen Dank! Magst du Live-Musik?"

Ich ziehe meinen Stuhl zur Seite des Tischs, damit wir nah genug sind, um uns hören zu können. „Ja, ist ganz okay."

Ihre Wangen werden pink. „Ich liebe *murmel, murmel.*" Sie ist eher schüchtern. Das macht mir nichts aus. Ich bin kein großer Redner und finde gesprächige Leute anstrengend.

Ich beuge mich zu ihr und neige mein Ohr zu ihr. „Sag das nochmal."

„Ich sagte, mein Vater ist Musiklehrer, also bin ich mit Musik aufgewachsen."

„Cool." Ich trinke einen Schluck von meinem Bier. „Mein Vater hat in der Buchhaltung der Baufirma meines Onkels gearbeitet. Jetzt macht er in Immobilien, man könnte also sagen, ich bin mit Gebäuden aufgewachsen."

Sie lacht, ein musikalischer Klang, von dem ich mehr hören will. Ich lächle. So weit, so gut. Ich erwähne nicht, dass mein Vater den Thron von Villroy aufgegeben hat, um meine Mutter zu heiraten. Es ist eine komplizierte Geschichte mit der derzeit regierenden Familie und meiner. Ich mag es nicht, dass wir von vielen der älteren Generation als der Pöbel der Familie betrachtet werden. Laut meinen Brüdern sollte ich die Prinzenkarte öfter spielen. Anscheinend haben viele Frauen eine Prinzenfantasie.

Sie beugt sich vor, um direkt in mein Ohr zu sprechen, und ich atme den köstlichen Duft von Zitrusfrüchten, Gewürzen und etwas Einzigartigem ein. Mein Mund wird tatsächlich wässrig. „Hat dein Vater was mit den Immobilien am Wasser zu tun?"

Ich richte mich auf, um ihr in die Augen zu sehen, und wir sind uns plötzlich sehr nahe. Ihre hellblauen Augen weiten sich, und ihr roter Mund öffnet sich. „Du hast unsere Unterhaltung von vorhin mitgehört?"

Sie wendet den Blick ab und wird rot. „Ich konnte nicht anders, als sie zu hören."

„Was?", sage ich und lege meine Hand an mein Ohr. Hauptsächlich, weil ich sie wieder näher haben will.

Sie beugt sich vor. „Tut mir leid. Ich konnte nicht anders, als mitzuhören. Bevor die Band angefangen hat zu spielen, war es hier ziemlich ruhig."

„Mit wem wolltest du dich treffen?"

Sie antwortet nicht, lehnt sich zurück und nippt an ihrem Wein.

Ich beuge mich vor. „Du musst auf ein Date gewartet haben."

Ihre Augen weiten sich. „Wie kommst du darauf?"

Ich gestikuliere in ihre Richtung. „Du bist zu schön angezogen für diesen Laden."

Sie blickt an sich hinab. „Das ist doch lässig." Sie hält ihr Handgelenk hoch. „Siehst du, sogar nur ein schlichtes Armband als Accessoire. Außerdem trage ich Ballerinas."

„Ah." Ich stelle mir vor, dass sie normalerweise ziemlich schick gekleidet sein muss, wenn das lässig für sie ist.

„Was?", fragt sie und sieht plötzlich verunsichert aus.

Ich schüttle meinen Kopf. „Nichts."

Die Band fängt an, einen anderen Rocksong zu spielen, den ich nicht kenne. Vielleicht ein eigenes Stück.

Ich beuge mich vor und flüstere ihr ins Ohr. „Ich habe nur nach deinem Date gefragt, um herauszufinden, ob du Single bist. Hast du auf einen Typen gewartet?"

Sie wendet den Blick ab und beißt sich auf die Unterlippe, als würde sie vielleicht versuchen zu entscheiden, wie sie reagieren soll. Ich will nur, dass sie ehrlich zu mir ist. Vielleicht habe ich die Situation falsch interpretiert, und sie sieht mich eher als Retter von ihrem Arschloch-Ex und nicht als einen Typ, an dem sie interessiert ist. „Bin dir so oder so nicht böse. Sag's mir einfach."

Sie beugt sich vor und flüstert: „Ich sollte hier jemanden treffen, jemand Neuen, keinen Freund. Wie auch immer, er hat mich versetzt, was ich ziemlich beschissen finde."

Sie ist Single. Mein Glück.

„Das ist scheiße", sage ich. *Für diesen Typen.*

Sie lächelt irgendwie deprimiert. „Ich habe zu lange auf ihn gewartet. Ich hätte einfach nach Hause gehen, Popcorn machen und den *Home Improvement Channel* einschalten sollen. Ich mag es, wenn sie sich eine Bruchbude vornehmen und sie renovieren."

Ich lächle. „Klingt nach einem perfekten Abend."

Sie lächelt zurück, und ihre hellblauen Augen funkeln. „Das hier ist besser."

Ich beuge mich vor. „Ja?"

„Ja." Sie nippt an ihrem Wein und versucht, locker auszusehen, ist jedoch immer noch nervös. „Magst du den *Home Improvement Channel*?"

„Ich bin der Typ, den du auf dem *Home Improvement Channel* siehst."

Sie setzt ihr Getränk mit großen Augen ab. „Du bist im Fernsehen?"

„Ha! Nein, ich baue und renoviere, gewerblich und privat. Ich arbeite für das Baugeschäft meiner Familie."

Ihr Blick fällt auf meinen Bizeps und wandert dann über meine Brust. „Kein Wunder, dass du so fit bist."

„Ähm … ja, danke." Ich verstecke ein Lächeln, indem ich einen Schluck Bier trinke. „Woher kommst du?"

„Ursprünglich?"

„Ja, ursprünglich. Du hörst dich nicht so an, als wärst du von hier."

Sie beugt sich vor und flüstert: „Ich hoffe, das hört sich nicht so an, als hätte ich was gegen lokale Akzente – deiner stammt eindeutig aus Brooklyn –, doch ich habe mit einem Voice Coach gearbeitet, um meinen Queens-Akzent loszuwerden. Es ist nur so, dass die Leute in meinem Job damit Mangel an Bildung assoziiert haben, obwohl das überhaupt nichts mit Bildung zu tun hat. Es ist nur Wahrnehmung, und ich musste in meinem Job ernst genommen werden."

Ich starre sie an. „Nein echt? Du bist aus Queens?"

„Ich hab's mit eigenen Augen gesehen! Es war genau hiaaa!", ruft sie gedehnt, wie Gott es beabsichtigt hat. Sie hat das R beim „hier" natürlich weggelassen. Einige Leute machen sich über den New Yawk-Akzent lustig, doch ich finde ihn großartig. Ich würde eine gebürtige New Yorkerin überall erkennen, doch Becca ist die Ausnahme mit ihrem Voice Coach.

Ich grinse. „Klingt für mich ganz normal. Bisschen schriller als bei uns entspannten Brooklynern."

„Hey, ich bin auch ein Brooklyner. Ich lebe jetzt seit sechs Jahren hier, obwohl ich wegen meines Jobs viel gereist bin."

„Was machst du beruflich?"

„Früher Unternehmungsberatung. Jetzt kalibriere ich mich neu."

Ich beuge mich vor. Gott, sie riecht gut. „Und was rekalibrierst du?"

„Ein neuer Versuch, verstehst du?"

„Ich bin mir nicht sicher, was du meinst, aber okay."

Sie atmet scharf aus. „Im Grunde habe ich jede Nacht wachgelegen und jeden einzelnen Teil meines Lebens und was zum Teufel ich will in Frage gestellt und bin zu dem Schluss gekommen, alles umzukrempeln."

„Eine Art Lebensrenovierung."

„Genau!"

„Wie läuft das bisher?"

Sie starrt meinen Mund an. „Jeden Moment besser."

Ich beuge mich langsam vor und will einen Kuss, bin mir jedoch nicht sicher, ob das zu forsch ist. Ich bleibe für eine heiße Sekunde in der Nähe und blicke in ihre Augen. Sie sind geschlossen. *Das ist ein Ja.* Und dann überrascht sie mich und küsst mich zuerst. Eine Welle der Lust trifft mich hart.

Sie zieht sich zurück und starrt mir tief in die Augen. Sie hat es auch gespürt. Ich halte ihren Blick fest, die Luft knistert. Es ist lange her, dass ich mich durch einen einfachen Kuss so gefühlt habe – wach, lebendig, gierig auf mehr. Ich sehe den Moment, in dem sie sich dafür entscheidet, und ihre Wimpern flattern zu, als sie mich wieder küsst. Ihre Lippen sind weich und geschmeidig unter meinen. Ich bin dabei, den Kuss zu vertiefen, als ich eine männliche Stimme neben uns höre.

„Hey, ich bin Brendan." Mein idiotischer Bruder. *Verdammt.*

Ich drehe mich um und starre ihn an, doch er ist zu beschäftigt damit, Becca sein charmantestes Lächeln zu schenken, um es zu bemerken. Garrett steht hinter ihm und starrt zur Tür, als hatte er nicht hierherkommen wollen. Er hat bessere Überlebensinstinkte.

„Was?", blaffe ich.

Brendan deutet auf meinen Mund. „Die Farbe steht dir gut." Ich muss Beccas roten Lippenstift an mir haben.

Ich wische meinen Mund mit einer Serviette ab und zerknittere sie. Ich überlege mir Beleidigungen über seinen ungestutzten Bart. *Versuchst du, einen auf Wikinger zu machen? Ist ein Frettchen auf deinem Gesicht gestorben?* Doch dann kommt er näher an Becca heran und ich bin in Alarmbereitschaft.

Er spricht laut, um über die Musik gehört zu werden. „Wir wollten gerade gehen, doch ich wollte vorher ein gutes Wort für Con einlegen. Ich bin sein Bruder, also weiß ich, wie er wirklich ist."

Beccas Augen tanzen amüsiert, als sie zwischen mir und meinem lästigen Bruder hin und her blickt. „Und wie ist er wirklich?"

„Verschwinde, Mann", sage ich und stoße ihn weg.

Er lacht. „Er hat tatsächlich weibliche Kumpels."

Ich schüttle meinen Kopf. „Ich habe *einen* weiblichen Kumpel." Ich wende mich Becca zu. „Wir sind zusammen aufgewachsen. Jetzt ist sie verheiratet, hat zwei kleine Mädchen und lebt auf Long Island."

Brendan beugt sich zwischen uns. „Zählt trotzdem."

Becca zieht die Brauen hoch. „Was genau bedeutet es, einen weiblichen Kumpel auf Long Island zu haben?"

Ich zucke die Achseln. Es bedeutet, dass mein Bruder nervt.

Brendan lächelt breit. Entweder tut er mir einen großen Gefallen und lässt mich tatsächlich gut aussehen, oder er killt meine Chancen bei Becca vollständig. „Es bedeutet, dass er in der Lage ist, sich auf nicht-körperlicher Ebene mit Frauen einzulassen. Das ist ein Plus, oder? Es bedeutet, dass er ein moderner Mann ist."

Er wird mich mit diesem Kommentar in der Freundeszone verdursten lassen! Ich will Becca nicht auf einer *nicht-körperlichen* Ebene.

„Oder es könnte bedeuten, dass du immer noch ein Neandertaler bist", knurre ich.

Er täuscht Empörung vor, seine blauen Augen weit aufgerissen. „Hey, das war nicht nötig." Er grinst Becca an. „Oder stehst du auf Neandertaler?"

Sie lacht.

„Du kannst jetzt gehen", sage ich ihm.

Er hebt seine Handflächen. „Okay, okay, bin ja schon weg." Er beugt sich zu Becca vor. „Im Ernst, nur weil er nie länger als ein, zwei Monate in einer Beziehung war, heißt das nicht, dass er nicht kann. Er hat echtes Potenzial."

Becca sieht aus, als würde sie versuchen, nicht zu lachen. Das ist so *peinlich.*

Ich stöhne und schrubbe eine Hand über mein Gesicht. „Im Ernst, du bist alles andere als hilfreich."

Er wirft mir einen betroffenen Blick zu. „Ich bin so hilfreich. Sie sieht aus wie ein Beziehungs-Mädchen."

„Halt die Klappe", knurre ich. Es ist, als würde er bewusst versuchen, alles zu ruinieren, bevor ich mit ihr irgendwohin kommen kann. Er gießt mir in der Freundeszone Zement um die Füße – nicht-körperlich, weibliche Kumpels, beziehungsfähig. *Er ist der Kumpel, den du immer wolltest.*

„Er hat allerdings nicht ganz Unrecht", sagt Becca.

Ich funkele Brendan an. „Er ist nicht hilfreich, weil er überhaupt hier ist."

Er zerzaust meine Haare, und ich klatsche seine Hand weg. „Vermassle ich dir etwa die Tour?" Er grinst mich an und dreht sich zu Becca um. „Scherz. Da gibt's nichts zu vermasseln. Hat kein Talent mit Frauen, der Junge."

Fick dich, und wie ich das habe. Ich behalte die Worte für mich, weil ich nicht sicher bin, ob Becca gerne hören möchte, wie mein Talent mir hilft, Frauen zu finden, wann immer ich will. Stattdessen werfe ich ihm meinen besten „*ich werde dir so dermaßen in den Arsch treten*" Blick zu. „Ich schwöre–"

„Okay, okay, ich geh ja schon." Er zieht sich zurück. „Komm, Beast."

Garrett winkt uns kurz zu, bevor er Brendan aus der Tür folgt. Sie wohnen jetzt zusammen. Ich bin vor kurzem in meine eigene Wohnung gezogen, nachdem ich eine Weile mit Brendan zusammengewohnt habe. Garrett hat sich mit ein paar Leuten eine Wohnung geteilt, die den Eltern einem seiner Freunde gehört. Als sie verkauft haben, war's das mit ihrer WG gewesen.

„Beast?", fragt Becca, sobald sie aus der Tür sind.

„Er trainiert zu viel, übermäßig muskulös, wie ein Tier. Darum Beast." Ich trinke einen Schluck von meinem Bier und versuche, mich zu entspannen. Ich weiß, meine Brüder und ich, wir ziehen uns dauernd gegenseitig auf, doch das ist nicht die richtige Zeit dafür.

Sie lächelt mich süß an. „Er füllt sein T-Shirt gut aus. Ich denke, seine Oberweite ist größer als meine."

Wir lachen.

„Ich bin mir sicher, deine macht mehr Spaß", sage ich.

„Willst du es herausfinden?"

Ich will gerade *sicher* antworten, als sie mit großen Augen eine Hand vor ihren Mund schlägt.

Sie lässt die Hand sinken. „Ich kann nicht glauben, dass ich das gerade gesagt habe."

Ich zwinkere. „Macht mir nichts aus."

„Lass uns einfach die Musik hören."

Und das tun wir. Ich spiele den Coolen und spreche gelegentlich mit ihr über Musik, die sie mag, während ich ihren Arm und dann ihre Hand berühre. Ich muss sie berühren. Sie ist gleichzeitig schüchtern und selbstbewusst, doch 100% sexy.

Die Band hört um elf auf zu spielen, und es ist seltsam ruhig, nur mit den Gesprächen der Leute an der Bar und ein paar Tischen.

Sie lächelt mich ohne besonderen Grund strahlend an, was mich denken lässt, dass sie sich gleich verabschieden wird. Ich mache mich bereit. Ich will mich noch nicht verabschieden, doch ich werde mich nicht aufdrängen, wenn ich nicht erwünscht bin. „Also Connor, das war ein wirklich schöner Abend."

Sie klingt förmlich, zu höflich. Nach all unseren persönlichen Gesprächen und diesem erstaunlichen Kuss sollten wir das hinter uns haben. Ich nehme ihre Hand und streife mit meinem Daumen über die Innenseite ihres Handgelenks. Ich begegne ihrem Blick und senke meine Stimme zu diesem heiseren Ton, den Frauen lieben. Zumindest tun sie das, wenn sie auf mich stehen. „Ich hatte auch eine gute Zeit."

Sie starrt auf meinen Daumen, der ihr Handgelenk streichelt. Ich senke den Blick. Gänsehaut breitet sich auf ihrem blassen Arm aus. Ein gutes Zeichen.

Unsere Blicke kollidieren, und ich will sie so sehr küssen, dass ich mich nicht zurückhalten kann. Ich gebe ihr einen zärtlichen Kuss, nicht zu aggressiv. Ich will, dass sie mir auf halbem Weg entgegenkommt.

Ihre Stimme kommt atemlos heraus. „Ich tue das sonst nie, doch willst du mich nach Hause begleiten?"

„Gern."

Ich stehe auf und nehme ihre Hand, gehe mit ihr zur Tür hinaus und sorge dafür, dass sie ohne Zwischenfälle den Schritt über die Schwelle schafft.

Sie bleibt auf dem Gehsteig stehen. „Das habe ich eigentlich nicht so gemeint."

„Oh. Okay." Ich schätze, sie hat es sich anders überlegt, dass ich sie nach Hause begleiten soll. Scheiße für mich, doch was soll ich tun? Vielleicht kann ich ihre Nummer bekommen.

Sie tritt näher. „Ich meinte, willst du mit mir nach Hause gehen?" Sie verzieht das Gesicht, ihre Wangen werden rot. „Oh Gott, ich presche nie so schnell vor. Es ist nur –"

„Ja."

3

Becca

Ich kann nicht fassen, dass ich das tue. Ich gehe Hand in Hand mit einem sexy Typen direkt aus einer meiner Handwerker-Fantasien – hey, diese Renovierungsshows können für Singlefrauen sehr inspirierend sein! – auf direktem Weg zu meiner Wohnung. Ich mit einem heißen Bauarbeiter! Ich presche nie so schnell vor. Ich habe eine strenge Fünf-Dates-Regel, bevor ich einen Mann zu mir nach Hause einlade, damit ich mir sicher bin, dass er sich für mehr als nur meinen Körper interessiert. Gah! Ich bin so ein Heuchler, weil ich jetzt diejenige bin, die von seinem Körper angetörnt ist. Die Muskeln seines Bruders sind praktisch aus seinem Hemd geplatzt, doch Connors sind besser und füllen sein blaues T-Shirt perfekt aus. Dieser Mann ist keiner dieser Fitnessstudio-Posertypen. Er hat sich diese Muskeln verdient. Und ich darf erst gar nicht daran denken, wie gut er seine Jeans ausfüllt. Und seine Hände sind auch so schön, warm und schwielig von seiner Arbeit.

Und dieser Kuss! Eine Explosion von Funken ist über meine Haut gerast, ein Hitzeblitz und ein Verlangen nach mehr, wie ich es noch nie zuvor gespürt habe.

Ich schaue ihn noch einmal von der Seite an. *Mmm-hmm, hallo, heißer Bauarbeiter*. Ausnahmsweise mache ich mir keine

Sorgen, dass der Sex eine große Enttäuschung sein wird. Er strahlt entspanntes Selbstvertrauen aus. Und wisst ihr was? Ich habe es verdient, ein bisschen Spaß zu haben. Es ist fast ein Jahr her, seit ich mit einem Mann zusammen gewesen bin. Okay, neun Monate, doch es fühlt sich sicher wie ein Jahr an.

Ich hebe meinen Blick zu seinem Profil und mustere sein Gesicht – er scheint vollkommen entspannt und mit allem einverstanden zu sein. Ich bin mir ziemlich sicher, dass er ein guter Kerl ist. Er arbeitet mit seinen Brüdern zusammen und steht ihnen nahe genug, um zusammen an einer Bar rumzuhängen. Er hat mir einen Drink ausgegeben, mir Fragen über mich gestellt (anstatt wie die meisten Leute nur über sich selbst zu prahlen) und zu guter Letzt hat er mich aufgehoben und zum Tisch getragen, als ich eine Bauchlandung hingelegt habe. Kein Mann hat mich *jemals* getragen. Ich weiß nicht, ob es meine Größe oder mein Verhalten ist, doch Männer sehen mich einfach nicht als den niedlichen Tragetyp. All das reicht, um zu Recht zu sagen, dass er ein Typ ist, den ich nicht nur um seines Körpers willen mag. Mein schlechtes Gewissen lässt nach, und ich fühle mich sofort leichter. Ja. Es gibt definitiv Potenzial für mehr als eine Nacht mit diesem heißen Bauarbeiter. Daher ist es ipso facto – tiefer Atemzug – vollkommen in Ordnung, sofort eine wilde, leidenschaftliche Nacht mit ihm zu genießen. Ich hatte das Ziel, mich ein bisschen zu entspannen und meine Komfortzone zu erweitern. Gehört alles zu meinem Lebensplan.

„Deine Augen brennen ein Loch in mich", sagt er mit neckender Stimme. „Willst du über irgendwas reden oder genießt du einfach die Aussicht?"

Erwischt! Ich kämpfe gegen das Erröten an. Hoffentlich kann er es im schwachen Schein der Straßenlaternen nicht sehen. „Ich habe nur versucht, mich zu erinnern, ob ich irgendwas zu Hause habe, was ich dir zum Trinken anbieten kann."

„Ich brauche nichts."

„Ich habe definitiv Wasser."

Er schmunzelt. „Ein feines Glas Wasser mag ich. Ich hoffe, es ist ein guter Jahrgang."

Ich lache. Und dann werde ich still. Ich kann dem Gespräch nichts mehr hinzufügen, was nicht mehr verrät, als ich möchte, dass er es weiß. Zum Beispiel, wie sehr ich ihn will und wie weit das hier außerhalb meiner Komfortzone liegt. Die Wahrheit ist, ich bin angetörnt, seit er sich vorgebeugt und mit dieser sexy tiefen Stimme direkt in mein Ohr gesprochen hat. Er riecht so gut. Wie das Meer, doch auch warm und sinnlich. Kann ein Mann so riechen? Vielleicht ist es das Testosteron, das in Wellen von ihm ausgeht. Es ist genug, um jede Frau vor Lust benommen zu machen.

Ich blicke zu ihm auf, und er lächelt und drückt beruhigend meine Hand. Es ist ein echtes Lächeln, das seine atemberaubenden blauen Augen erreicht, die auf mich herabfunkeln, als wäre er begeistert, mit mir zusammen zu sein. Oder vielleicht ist es nur die Straßenlaterne, die von seinen Augen reflektiert wird. Wen interessiert das? Ich entscheide mich zu glauben, dass er begeistert ist.

„Da wären wir", sage ich und deute auf das sechsstöckige Backsteingebäude am Ende des Blocks. „Ist ein Vorkriegsgebäude, daher hat meine Wohnung viele süße, charmante Details wie Türbogen und eingebaute Bücherregale. Sie haben gerade die Küche renoviert, bevor ich eingezogen bin. Die ist also modern. Das Foyer ist auch wunderschön – weiße Stuckdecke, Holzvertäfelung mit Einlegearbeiten an den Wänden, Marmorfliesenboden." Ich sage fast, dass wir uns wegen dem Lärm wegen der massiven Wände und Betonböden im Gebäude keine Sorgen machen müssen, dass wir zu laut sein könnten, doch ich komme zu dem Schluss, dass das ein bisschen zu viel des Guten wäre.

„Klingt so, als ob du dir oft den *Home Improvement Channel* ansiehst. Oder willst du mich überzeugen, hier einen Mietvertrag für eine Wohnung zu unterschreiben? Bist du jetzt Immobilienmaklerin?"

Ich lache. „Nicht im Geringsten." Ich plappere, weil wir fast am Eingang meines Gebäudes sind und ich das nie mache und nicht einmal weiß, wie ich das machen soll. Ich meine natürlich, ich weiß, wie man Sex hat. Ich bin keine Jungfrau. Ich weiß nur nicht, wie ich die erwünschte wildleidenschaftliche Nacht anstoßen soll, ohne peinlich zu sein. Ich bin über eine Türschwelle gestolpert, weil er so nah war und unglaublich gut gerochen hat.

Das bedeutet, dass du deine Komfortzone verlassen musst. Sei einfach cool wie er.

Ich gehe schneller und denke, je schneller wir zu meiner Wohnung kommen, desto geringer ist die Wahrscheinlichkeit, dass ich mehr nutzlose Fakten über das Haus herunterleiere.

Sobald wir das Foyer betreten, ruft Connor: „Schau dir diese Decken an! Sehr schönes Beispiel für ein Vorkriegsgebäude." Er zwinkert mir zu.

Meine Wangen brennen, mein Mund flattert auf und dann wieder zu. Mir fällt keine schlagfertige Erwiderung ein. Gerade, als ich überzeugt bin, dass er mich für einen totalen Trottel hält, legt er einen Arm um meine Schultern und drückt mich, bevor er mit mir zum Aufzug geht. *Okay, entspann dich. Er neckt dich nur. Offensichtlich zerbricht er sich nicht den Kopf über die Situation und macht sich keine Sorgen, dass ich ihn nur um seines sexy Körpers willen will.*

„Vorkriegsgebäude mit Aufzug", sagt er und drückt den Knopf. „Nett."

„Dachte ich auch."

Wir betreten den Aufzug, der klein und dunkel ist. Ich drücke den Knopf für meine Etage. Sechs.

„Oberste Etage", sagt er und zieht die Brauen über funkelnden Augen hoch. „Schick."

Der Aufzug fährt nach oben und knarzt als würde er in den letzten Zügen liegen.

Ich entspanne mich ein bisschen. „Hat auch hohe Decken und Parkettböden."

Er lächelt mich sexy an, legt einen Arm um meine Taille und zieht mich an sich, bis wir Nase an Nase, Brust an Brust stehen. Mir wird von Kopf bis Fuß heiß. „Sprich noch mehr über Architektur mit mir."

Ich starre verlegen auf seine Brust. „Ich langweile dich wahrscheinlich. Du lebst und atmest dieses Zeug."

Er streicht mir die Haare aus dem Gesicht und dann einen Finger über die Linie meines Kiefers, bevor er mein Gesicht zu seinem hebt. „Das tue ich, doch ich höre dich gerne so begeistert."

Mein Magen sackt in Richtung meiner Kniekehlen. Ich fühle mich wie am Rande einer Klippe, kurz vor dem freien Fall ins Unbekannte. Es ist der intensive Blick in seinen Augen. Mein Mund wird trocken. „Dieser Aufzug ist uralt."

„Mh-hm. Ich werde dich jetzt küssen."

Ich schließe meine Augen. „Bereit."

Ich spüre, wie sein Lachen in seiner Brust rumpelt, bevor er endlich den Kopf senkt und seine Lippen über meine streifen. Einmal, zweimal. Ich seufze fast vor Glück, bis er sich zurückzieht.

Das war's? Ich greife nach seinem Hemd und ziehe ihn zurück. „Hey, ich war noch nicht fertig."

„Warst du nicht?", fragt er mit gespielter Überraschung. Ich bin mir jedoch nicht sicher, da ich ihn kaum kenne. *Oh Gott, ich kenne diesen Kerl kaum!*

Seine große Hand wiegt meinen Kiefer, und dann bedeckt sein Mund meinen und bringt meine innere Stimme sofort zum Schweigen. Sein sexy Duft umgibt mich. Seine Lippen sind göttlich. Ich möchte ihn besteigen wie einen sexy Berg. Die Zeit bleibt stehen, während ich den Nervenkitzel spüre, einen wunderbaren Küsser gefunden zu haben. Gute Vorzeichen für das Schlafzimmer.

Der Aufzug hält mit einem Ruck an, und wir beenden den Kuss. *Wir sind da. Ja!*

Ich nehme seine Hand und gehe zielstrebig den Flur entlang zu meiner Eckwohnung. Ich hole meinen Schlüssel aus meiner Handtasche, stecke ihn ins Schloss und öffne die Tür, während er eine Spur heißer Küsse meinen Hals hinunter hinterlässt. Endlich ist die Tür auf. Er folgt mir in die Wohnung, und die Tür fällt leise hinter uns zu. Ich stecke meine Schlüssel in meine Handtasche und werfe sie auf den kleinen Tisch neben der Tür.

Ich drehe mich zu ihm um und sehne mich nach mehr.

Seine durchdringenden blauen Augen begegnen meinen. Warum fühlt es sich an, als könnte er durch mich hindurchsehen? Spürt er, dass ich sowohl erregt als auch schrecklich nervös bin? Wartet er darauf, dass ich den ersten Schritt mache?

Der fantastische Aufzugskuss vor wenigen Augenblicken gibt mir das Selbstvertrauen, mutig zu sein. Ich lege meine Arme um seinen Hals und küsse ihn leidenschaftlich. Er erwidert den Kuss mit derselben Begeisterung. *Ja!* Ich schmelze gegen ihn, meine Glieder sind schwer, eine köstliche Hitze überflutet mich. Verlangen erwacht tief in meinem Bauch. Der Kuss geht weiter und weiter. Der Drang, ihm so nah wie möglich zu kommen, überwältigt mich. Seine großen Hände ruhen auf meinen Hüften, und ich brauche plötzlich mehr.

Ich reiße schwer atmend meinen Mund von seinem. „Ich will dich."

Ein Mundwinkel hebt sich, und seine blauen Augen funkeln. „Das dachte ich mir schon, als du dein Bein um mich gewickelt und dich an mir gerieben hast, doch schön zu hören."

Mein Bein liegt tatsächlich um seine Hüfte. Ich scheine mich tatsächlich an ihm gerieben zu haben. Bevor ich mein Bein senken kann, zieht er mich hoch, sodass ich beide Beine um seine Taille schlingen muss. Unsere Münder kollidieren in einem rasenden Kuss, die Hitze tobt zwischen uns. Er drückt genau an der richtigen Stelle gegen mich, und dann wird es noch besser. Er dreht sich um und pinnt mich gegen die Wand, sein Mund verschlingt meinen, als er sich an mir reibt. Es ist so intensiv, so ... oh, oh, oh. *Hör nicht auf, hör bloß nicht auf.* Es ist ein endloser Kuss, und ich erhebe mich mit meinem privaten Aufzug immer höher zur Penthouse-Suite mit glitzernden Sternenexplosionen des Vergnügens. Mein Körper zuckt heftig zusammen, als eine Explosion weißglühenden Vergnügens mir den Atem nimmt, durch mein Innerstes rast und nach außen strahlt. *Oh mein Gott.*

Er hebt den Kopf. „Bist du gerade −"

„Ja!" Ich strahle und küsse ihn fest auf den Mund. „Es ist viel zu lange her."

Er trägt mich den Flur entlang, während ich immer noch an seiner Vorderseite klebe.

„Wundervoller Mann", schwärme ich, während ich seine

erhitzten Schultern und seinen Rücken streichle. „Wundervoller, wundervoller Mann."

Er lächelt, als er mein Schlafzimmer betritt und das Licht einschaltet. Von der Deckenleuchte fällt sanftes Licht auf helle Holzmöbel mit weißen Akzenten. Ich bin so froh, dass ich mich für das große Doppelbett entschieden habe, denn jetzt habe ich einen großen Mann, der den Raum ausfüllt. Und hoffentlich bald mich. Ich poche vor Vorfreude.

„Du bist auch wunderbar", sagt er, zieht die weiße Daunendecke zurück und lässt mich auf die Matratze sinken. „Und schön."

Er küsst mich wieder, und ich ziehe an seinem T-Shirt, frustriert von all dem Stoff zwischen uns. Er richtet sich auf und zieht sein T-Shirt mit einer geschickten Bewegung aus. Ich setze mich auf, begierig darauf, all diese wunderschönen Muskeln zu spüren, und dann küssen wir uns und reißen uns gegenseitig die Kleider vom Leib.

Es ist heiß.

Es ist wild.

Es ist *alles*.

Ich breche den Kuss gerade lange genug ab, um ein Kondom aus der Nachttischschublade zu holen, weil ich nie unvorbereitet bin, und dann sind wir wieder auf dem Weg. Er lässt sich auf mir nieder, schiebt sich zwischen meine Beine, und unsere Blicke kollidieren für einen aufgeladenen Moment. Mein Atem stockt angesichts des schwelenden Feuers in seinen Augen.

Er streicht mir die Haare aus dem Gesicht, bevor er meinen Kiefer wiegt. Die zärtliche Geste ist mein Untergang. Mein Hals schnürt sich unerwartet zu, meine Augen sind heiß.

Er küsst mich sanft. „Bereit?"

„Ja", schaffe ich es über die Enge in meinem Hals.

Er dringt mit einem langen Stoß in mich ein, und wir beide stöhnen. Ich empfinde den köstlichsten Schmerz, als sich mein Körper danach sehnt, ihn aufzunehmen. Es ist so verdammt lang her. Er hält inne, nimmt mein Gesicht in beide Hände und küsst mich innig. Es ist besser als gut. Es ist

Glückseligkeit, wie die Verschmelzung von Körper und Seele. Ich grabe meine Finger in sein dichtes Haar und streiche dann über die harten Ebenen seines muskulösen heiß glühenden Rückens. Ich muss ihm noch näherkommen. Ich schlinge meine Beine hoch um ihn und nehme ihn so tief wie möglich in mich auf. Er stöhnt in meinen Mund.

Er hebt seinen Kopf und blickt mir in die Augen. „Becca."

„Mehr", fordere ich.

Er beißt in meine Unterlippe und lässt mich aufschrecken, bevor er hart in mich hineinpumpt, nicht zu schnell, nicht zu langsam, einfach nur gut. Immer weiter und weiter, sein Atem an meinem Ohr ist keuchend. Ich schließe die Augen, verloren in einem Nebel der Lust.

„Ja, ja, ja", stöhne ich fast inkohärent. Es war noch nie so gut.

Er küsst meinen Kiefer und saugt dann an meinem Hals. Pure Lust durchbohrt mich, als ein Orgasmus unerwartet explodiert und mich hilflos gegen ihn wiegen lässt. Er stöhnt an meinen Hals, pumpt hart und schnell seinem eigenen Höhepunkt entgegen, bringt mir immer mehr Genuss, bevor er mit einem gutturalen Laut loslässt. Er lässt sich auf mich sinken, und ich lächle in mich hinein. Eine Welle der Zuneigung lässt mich ihn fest umarmen.

Heilige Scheiße. Zwei Orgasmen in einer Nacht! Das ist mir noch nie passiert! Und sie waren viel besser als alles, was ich allein erreicht habe. Was für ein wundervoller Mann. Plötzlich habe ich dieses Verlangen. Es ist, als hätte er ein Orgasmus-Monster geweckt und es ist hungrig nach mehr.

Ich streichle seinen Rücken und genieße das Gefühl all dieser spektakulären Muskeln. „Frage."

„Ja?" Das Wort ist heiß gegen meinen Hals. *Habe ich ihn erschöpft? Ist er zu müde, um den Kopf zu heben?*

Ich kann nicht anders. *Ich brauche, brauche, brauche mehr.* „Kann ich dich überzeugen, lange genug für einen weiteren Orgasmus zu bleiben? Ich weiß, dass du mit den ersten beiden schon so großzügig warst, doch irgendwie hat mich das nur dazu gebracht, mehr zu wollen."

Er hebt den Kopf, und ein Lächeln breitet sich auf seinem wunderschönen Gesicht aus. „Gierig, was?"

„Es ist nur so lange her."

Er küsst mich. „Keine Erklärung nötig. Ja. Du bekommst mehr. Später." Er rollt sich von mir herunter und geht ins Badezimmer.

Ich strecke mich träge. Unglaublicher Sex, unglaubliche Orgasmen. Ich bin so verdammt glücklich, dass ich diesen Kerl gefunden habe. *Mein heißer Bauarbeiter.* Connor Irgendwas. Ich sollte seinen Nachnamen herausfinden. Später. Jetzt bin ich so entspannt und schläfrig.

Ein paar Augenblicke später schaltet er das Licht aus, kommt ins Bett gekrochen und dreht mich, dass er sich von hinten an mich kuscheln kann. Ich bin im Himmel. Es ist so lange her, dass mich jemand gehalten hat.

Er streichelt meine Haare zurück und flüstert: „Ich bin heute ziemlich erledigt von der Arbeit. Wir haben viele Abbrucharbeiten zu erledigen gehabt. Lass mich ein bisschen schlafen, dann bin ich wieder für dich da."

„Kein Problem. Ich bin auch müde." Was für eine fantastische Wende dieser Abend genommen hatte. Zuerst wurde ich von einem Typen aus einer Dating-App versetzt, und jetzt hatte ich zwei Orgasmen und werde mit dem Versprechen, dass weitere folgen werden, gekuschelt. Eine Blase reinen Glücks breitet sich in mir aus und lässt meinen gesamten Körper zufrieden entspannen. „Ich sollte deinen Namen kennen."

Er knabbert spielerisch an meiner Schulter, und ich quietsche überrascht. „Du hast meinen Namen vergessen und verlangst immer noch mehr Orgasmen?"

Ich kann das Lächeln in seiner Stimme hören. „Ich weiß, dass du Connor heißt, doch wie ist dein Nachname?"

„Kein Nachname. Ich bin wie Beyoncé. Vergiss das. Da gibt es doch auch Typen, oder nicht?"

„Elvis? Bono? Prince?"

„Ja, ich bin wie Prince." Er reibt seine Hüfte an mir, als würde er einen sexy Prince-Tanzmove machen.

Ich schlafe mit einem Lächeln im Gesicht ein.

Ich wache kurz vor dem Orgasmus auf und stelle fest, dass ich mitten in meinem üblichen Heißer-Bauarbeitertraum aus meiner Lieblings-Renovierungsshow *Reno Magic* war. Nur dieses Mal waren es ich und Connor-ohne-Nachnamen anstelle von Clint Owens.

Ich drehe mich um und finde ihn auf seinem Rücken schlafend. Ich weiß nicht, wie spät es ist, doch draußen ist es noch dunkel. Ich kann seine Gesichtszüge im spärlichen Licht der Straßenlaterne, das durch die Ränder der Fensterläden fällt, kaum erkennen. „Con, bist du wach?", flüstere ich laut. „Ich will dich nochmal."

Er murmelt etwas Unverständliches im Schlaf, also begnüge ich mich damit, die Decke langsam seinen nackten Körper hinunterzuschieben, um ihn ein bisschen zu bewundern. Er hat nicht nur Brustmuskeln und einen Waschbrettbauch, sondern auch ein tiefes V an seiner Taille. Sein Schwanz ist beeindruckend, selbst entspannt, seine Schenkel stark und muskulös. Ich glaube nicht, dass ich jemals mit einem so schönen Mann zusammen gewesen bin. Ich blicke zu seinem Gesicht auf. Schläft noch. Ich entscheide, dass es in Ordnung wäre, seinen stoppeligen Kiefer zu küssen, also tue ich es. Er riecht immer noch unglaublich – wie Meer, warmer Sonnenschein und eine Prise heißer Bauarbeiter-Sexappeal. Was ist das für ein Duft? Ich weiß nicht, ob es sein Aftershave ist oder einfach er, doch ich liebe es. Ich küsse ihn seinen Hals hinunter, atme ihn gierig ein und erkunde dann seine Brust. Ich lasse einen Kuss auf seine Bauchmuskeln fallen, die unglaublich schön sind mit Muskeltälern und Höhen, und dann liege ich neben ihm und beobachte, wie er friedlich schläft. Schöner, sexy Mann.

Ich kann nicht anders. Ich muss ihn aufwecken. Vielleicht kann ihn ein Kuss aufwecken. Ich stütze mich über ihn, lege meine Hände auf beide Seiten seiner Schultern, achte darauf, mein Gewicht nicht zu sehr auf ihn zu senken und küsse ihn sanft auf die Lippen.

Er rührt sich nicht.

Ich seufze. Ich sollte ihn in Ruhe lassen. Er hat gesagt, dass er müde ist von der Arbeit. Ich bewundere seine starken

Schultern und seinen Bizeps, stelle mir vor, wie er ohne Hemd bei der Arbeit einen Vorschlaghammer schwingt, Trockenbau und Holzbalken herausreißt und sich den Schweiß von der Stirn wischt. Oh Gott. Jetzt ist das Verlangen tief in meinem Bauch erwacht und ein Pochen zwischen meinen Beinen. Ich habe noch nie einen Mann so gewollt. Nur noch ein Kuss und ich werde ihn schlafen lassen. Ein Gutenachtkuss.

Ich drücke meine Lippen sanft auf seine. „Ahhh!", kreische ich. Er hat mich einfach auf den Rücken geworfen!

Seine Unterarme sind auf die Matratze gestützt und halten sein Gewicht, als er mich angrinst. „Du hast das Tier geweckt."

Mein Herz donnert gegen meinen Brustkorb, mein Atem geht schwer. Ich versuche, die Coole zu spielen. „Ich dachte, das Tier wäre dein Bruder."

„Sag du's mir." Er küsst mich zärtlich, langsam meinen Hals hinunter, schmeckt, kratzt gelegentlich seine Zähne über meine Haut und jagt heiße Schauer durch mich. Das Adrenalin verlässt meinen Körper, ersetzt durch eine wachsende Lust, und alle meine Nervenenden prickeln, während er weiter Küsse über meinen Körper verteilt. Er streichelt meine Brüste, küsst und saugt jede einzelne und schenkt ihnen Aufmerksamkeit. Dieser Mann. Ich schmelze in die Matratze und stöhne leise. Heißes Prickeln rast über meinen Körper, als er noch tiefer wandert und eine Spur über meinen Bauch küsst, weiter, tiefer. Mein Atem stockt, meine Hüfte hebt sich vor Erwartung.

„Wundervoller Mann!", keuche ich, als er den Mund auf mein Lustzentrum senkt.

Dann küsst er die Innenseiten meiner Oberschenkel.

„Warum hörst du auf?", frage ich verzweifelt.

„Wundervoller Mann", sagt er und ich höre das Lächeln in seiner Stimme. „Du bist sehr begeisterungsfähig."

„Bitte hör nicht auf."

Er gehorcht, senkt seinen Kopf zwischen meine Beine, und ich sterbe einen kleinen Tod. Seine Lippen, seine Zunge. Mein Gott. Ich beiße mir auf die Unterlippe, um zu verhindern, irgendetwas anderes herauszuposaunen, das dem intensiven Genuss ein Ende setzen könnte. Meine Finger krallen sich in die Laken, und dann bete ich seinen Namen wie ein Mantra, als wäre dies der einzige Weg, ihn dazu zu bringen, weiterzumachen. *Con, Con, Con. Komm, komm, komm.* Mein Atem stockt, und ich bin *dahin*. Welle um Welle des Genusses kracht in einem überwältigenden Rausch über mich. Er bleibt bei mir und treibt mich unerbittlich an, während ich mich gegen ihn wiege, verloren in unendlichem Vergnügen.

Schließlich sinke ich auf die Matratze, und er löst sich von mir. Ich bin tot. Eine glückselige zufriedene Art von tot.

Und als ich mich endlich wieder bewegen kann, ist er bereit für mich, das Kondom bereits übergerollt. Ich klettere auf ihn und reite ihn mit wilder Hingabe.

Ich will, dass es nie endet.

Er auch nicht, da wir den Rest der Nacht übereinander herfallen.

Bis wir irgendwann erschöpft zusammenbrechen und die beste Nacht meines Lebens endet.

4

Becca

Ich erwache in einem kalten Bett, die helle Morgensonne späht durch die Vorhänge, und ich höre Kleidung in der Nähe rascheln. Ich öffne ein Auge und sehe, dass Connor sich mit dem Rücken zu mir anzieht. Ich blicke zum Nachttisch. Samstagmorgen, sieben Uhr. Mein Bauch zieht sich zusammen. Das war doch nicht, wofür ich es gehalten habe. Ich schlucke schwer. Ich dachte, dass es Potenzial für mehr zwischen uns geben könnte. Offensichtlich war es nur eine heiße Nacht. Er schleicht sich an einem Samstag praktisch im Morgengrauen aus dem Haus. Das ist scheiße. Im harten Tageslicht fühle ich mich schrecklich, weil es nur Sex war. Ich meine, ja, ich habe es sehr genossen, doch ich denke, ein Teil von mir hat irgendwie gehofft, dass es der Anfang von etwas war.

Ich habe es vermasselt. Natürlich. Mit einem Mann ins Bett zu gehen, den ich gerade getroffen habe, sendet offensichtlich das Signal, dass es nur vorübergehend ist. Er glaubt wahrscheinlich, dass ich das andauernd mache. Verdammt, *er* macht das wahrscheinlich andauernd. Ich bin von meinem Lebensplan abgewichen und genau das ist passiert. Neunundzwanzig, bereit für was Festes, doch ich mache das. Dumm, dumm, dumm. Nur wegen meiner heißen Bauarbeiter-Fantasie und der langen Trockenzeit. Ich muss es besser angehen.

Ich rolle mich von ihm weg auf meine Seite und schließe meine Augen. Ich will ihn nicht gehen sehen. Zu denken, dass ich zu Beginn der Nacht Schuldgefühle hatte, dass ich ihn mit all meiner Lust an seinem sexy Körper ausnutzen könnte, wenn es tatsächlich umgekehrt gewesen war. Zumindest habe ich mir die Zeit genommen, über seine anderen Qualitäten nachzudenken.

Ich höre ihn um das Bett auf mich zukommen und atme ruhiger, damit er denkt, ich schlafe. Ich weiß, ich weiß, doch es ist nur so, dass ich mich nach einem One-Night-Stand nie mit dem Morgen danach befassen musste. Genau deshalb habe ich vor dem Sex eine Fünf-Date-Regel. Um die Möglichkeit dieser Unbeholfenheit zu vermeiden.

Die Matratze sinkt ein, als er sich neben mich setzt. Er streicht meine Haare hinter mein Ohr. „Schade, dass du schläfst, weil ich dir gerne einen Abschiedsorgasmus anbieten wollte."

Meine Augen fliegen auf. „Was?" *Ist es schlimm, dass ich das will?*

Er lacht, und seine blauen Augen funkeln. „Ich wusste, dass du nur so getan hast, als ob du schläfst. Ich habe fünf Brüder, die das alle probiert haben. Ich falle nicht mehr auf viel rein."

Ich rolle mich auf den Rücken. „Ich war nur sehr müde." *Und verlegen.*

Er hält mein Kinn, als er sich nach unten beugt und meine erhitzte Wange küsst. „Ich kenne niemanden, der im Schlaf rot wird." Er richtet sich auf und zieht sein Handy aus der Gesäßtasche. „Was ist deine Nummer?"

Meine Augen weiten sich. „Du willst meine Nummer?"

„Warum klingst du so überrascht?"

Ich starre an die Decke und blinzele ein paarmal, während meine Gedanken versuchen, meine vorherige Einschätzung der Situation neu zu ordnen. Hat er auch an meine anderen Qualitäten gedacht?

„Becca?"

„Ich dachte, es wäre eine einmalige Sache", platzt es mir heraus. Nicht, dass ich es möchte, doch ich bin verwirrt, immer noch erschöpft und weit weg von meinem Element. Lässiger heißer Sex-Typ will jetzt mehr. Doch mehr was? Wird er mir jedes Mal eine SMS schreiben, wenn er mit mir schlafen will, oder ist das etwas anderes?

Er neigt den Kopf und studiert mich. „Vielleicht könnte es eine zweimalige Sache sein."

„Zweimalig", wiederhole ich. Das klingt lässig. Ich sollte nein sagen, weil es offensichtlich nirgendwo hingehen wird, doch dann gibt es auch die Situation mit den mehreren Orgasmen zu berücksichtigen. Das kann ich nicht ganz ausschließen.

„Ja oder was auch immer. Nummer bitte?"

Ich gebe sie ihm, ohne zu zögern, weil er so höflich gefragt hat. Es ist meine Gewohnheit, Manieren zu belohnen, weil ich sie schätze.

Er lächelt, steckt sein Handy in die Tasche und beugt sich zu mir herunter. Ich erwarte einen schnellen Kuss, doch stattdessen küsst er zärtlich meine Stirn, meine Nasenspitze und dann meine Lippen. „Bis dann, Becca."

„Bis dann", murmele ich, ein wenig verblüfft über die unerwartete Wendung der Ereignisse.

Er verlässt das Zimmer, und ich höre, wie sich die Haustür leise hinter ihm schließt.

Was ist gerade passiert?

Er war am Ende irgendwie süß und zärtlich. Ich denke noch einmal über unser Gespräch nach und suche nach Hinweisen in seinem Gesichtsausdruck, seinem Ton, seinen Worten. „Ja, oder was auch immer" könnte echtes Potenzial haben. Zweimal oder vielleicht öfter? Vielleicht war letzte Nacht doch kein Fehler.

Ich kuschle mich wieder unter die Decke. Ein paar Momente später geht mein Wecker los, und ich schrecke hoch. Scheiße. Ich springe aus dem Bett und eile zur Dusche. Ich habe es fast vergessen. Ich unterrichte heute Morgen meinen ersten Kurs an der Business School der NYU. Neuling bekommt den Samstagmorgenkurs für berufstätige Studenten. Ich bin nur Teilzeit auf Probe, doch wenn es gut geht, besteht die Möglichkeit, dass ich in Vollzeit eingestellt werde. Mein Vater hat mit dem Dekan der Business School studiert, also war das mein Fuß in der Tür. Dem Dekan gefiel auch die Tatsache, dass ich einen MBA mit mehrjähriger Erfahrung in einer renommierten Unternehmensberatung habe, wo es meine Aufgabe war, Unternehmen bei der Bewältigung organisatorischer Veränderungen zu helfen. Genau darum geht es in meinem Kurs – organisatorische Veränderungen. Es ist ein Wahlkurs im Führungskräfteprogramm. Ich hoffe, dass ich im nächsten Semester mehr Kurse über Führung und Strategie unterrichten kann. Ich freue mich ziemlich drauf, wenn ich ehrlich bin.

Ich drehe die Dusche auf, und während ich darauf warte, dass das Wasser warm wird, betrachte ich mich im Badezimmerspiegel. Wow, ich sehe toll aus! Welche Wunder Orgasmen für eine Frau bewirken können. Meine Haut strahlt, und mein normalerweise schlaffes blondes Haar hat Schwung. Wahrscheinlich, weil ich so viel auf der Matratze herumgerollt bin, doch hey, gefällt mir so.

Konzentrier dich! Du darfst nicht zu spät zu deiner ersten Vorlesung kommen.

Ich ziehe mich schnell aus und hüpfe in die Dusche. Ich werde meine Notizen auf der U-Bahnfahrt in die Stadt durchgehen. Ich will wirklich, dass das funktioniert. Das ist der Anfang meiner neuen Karriere. Meine Eltern sind so stolz, dass ich den Beruf ergreifen will, dem sie ihr Leben gewidmet haben. Mein Vater unterrichtet Musik an der örtlichen Mittelschule, und meine Mutter unterrichtet die erste Klasse. Ich gebe mir einen mentalen Pep-Talk, um mich zu motivieren. Es ist immer ein harter Kampf, meine natürliche Schüchternheit zu überwinden, doch ich darf sie mir nicht im Weg stehen lassen. *Du bist dafür gemacht. Es liegt in deiner DNS.*

Tatsache ist, ich liebe das Material, und ich liebe meine neue Mission, aufstrebenden Geschäftsleuten zu helfen, sich in der Unternehmenswelt zurechtzufinden. Lehren ist eine höhere Berufung, und ich bin bereit für die Herausforderung. Ich wasche mich schnell und spüle die Seife ab. *Mein dreistün-*

diger Kurs wird ein voller Erfolg. Ich arbeite meinen Lebensplan, und mein Lebensplan funktioniert für mich.

Etwas mehr als eine Stunde später steige ich in der Nähe des Campus aus der U-Bahn und fühle mich benommen, als ich an einem klaren Herbsttag Ende September in die Sonne blinzele. Ich brauche Koffein, nachdem ich die halbe Nacht wach gewesen bin. *Denk nicht an ihn. Fokus, Fokus, Fokus.* Ich gehe zum Café an der Ecke und starre aus dem Fenster, während ich in der Schlange warte. Ich habe den September immer geliebt, weil ich die Uni liebe. *Ich bin dafür gemacht. Heute beginnt der beste Teil meines Lebens, und mein Schicksal erfüllt sich.*

Das Warten auf Kaffee dauert länger als gedacht, und jetzt komme ich zu spät zum Unterricht.

Ich jogge fast zum Gebäude, ein bisschen nervös, und versuche verzweifelt, es nicht zu sein. *Du kannst das. Du kennst dich aus. Du wirst nur, was du weißt, mit anderen interessierten, gleichgesinnten Leuten teilen.* Ich habe meinen dunkelblauen Glücks-Anzug angezogen, meine neuen schwarzen Pumps mit Blockabsatz, und ich hoffe, dass ich immer noch das orgasmische Nachglühen auf den Wangen habe. *Denk nicht daran. Doch es ist ein Schönheitselixier!*

Das Gebäude ist ein schöneres, neueres Gebäude mit einer vierstöckigen Rotunde, raumhohen Fenstern und viel Glas entlang der modernen Treppen. Ich renne hinauf in mein Klassenzimmer im zweiten Stock. Es ist einer der kleineren Räume, kein riesiges Auditorium.

Der Unterricht fängt in ein paar Minuten an. Ich komme in dem hellen, holzgetäfelten Flur direkt vor meinem ersten Klassenzimmer an, ein wenig aufgewühlt, und atme ein paarmal tief durch, bevor ich die Tür öffne und selbstbewusst eintrete. Hier sitzt bereits eine gute Menge an langen weißen Tischen in vier gestuften Reihen. Hier drin herrscht Weiß vor – die Tische, die Wände und mehrere Whiteboards vorne an meinem Platz. Drei Fenster ganz hinten im Raum sorgen für noch mehr Licht, das von all dem Weiß reflektiert wird.

Ich sehe schnell meine neuen Studenten an, sage guten Morgen und gehe direkt zum vorderen Rednerpult. Ich sollte wahrscheinlich meinen Namen an das Whiteboard hinter mir schreiben, doch ich bin im Moment zu nervös. Ich ziehe mein Handy heraus, um die Zeit im Auge zu behalten, stelle meine Handtasche neben das Rednerpult und hole meine Notizen und Kopien des Lehrplans aus meiner Botentasche. Ich habe vor, den Lehrplan durchzugehen, einen Vortrag zu halten, eine fünfzehnminütige Pause einzulegen und sie dann in kleinen Gruppen Fallstudien besprechen zu lassen. Der Kurs befasst sich mit organisatorischen Veränderungen in Unternehmen jeder Größe, was meine Spezialität aus meiner früheren Karriere als Unternehmensberaterin ist. Ich gehe meine Notizen durch, während noch ein paar Leute ankommen, werfe einen Blick auf die Uhrzeit und blicke schließlich auf, um mit dem Seminar zu beginnen. *Showtime.*

„Guten Morgen allerseits. Ich bin Rebecca Edwards. Willkommen zu–" Mein Atem rauscht aus meinem Körper, mein Mund bliebt offen stehen, mein Magen macht einen Sprung. Das kann nicht sein.

Ich sauge scharf Luft ein. Was macht er hier? Mein heißer Bauarbeiter, Connor Nachname unbekannt wie bei Prince, sitzt hinten in meinem Klassenzimmer, seine durchdringenden blauen Augen auf meine gerichtet.

Oh Gott. Was passiert gerade? Ich bekomme scheinbar keine Luft. Mein Herz versucht, meinem Brustkorb mit seinem verrückten Stampfen zu entkommen. Ist das ein Herzinfarkt?

Ich kann das nicht glauben.

Ist er mir hierher gefolgt? Habe ich einen Stalker abgeschleppt? Nein, Moment. Er war zuerst hier. Musste so sein. Ich hätte bemerkt, wenn er mit seiner Größe, seinen Muskeln und seinem Sexappeal nach mir reingekommen wäre. Mist! Auf keinen Fall hat er wissen können, dass ich hier sein würde. Ich habe es nie erwähnt. Was nur bedeuten kann –

Dass mein heißer Bauarbeiter mein Student ist.

„Einen Moment nur", murmle ich über das Brüllen in meinen Ohren.

Ich starre auf meine Notizen, wie festgefroren – wie lange weiß ich nicht. Jemand hustet, und ich kehre zu mir zurück. Ich muss anfangen. Diese Leute haben sich nicht an einem

Samstagmorgen in ein Klassenzimmer geschleppt, nur um zu sehen, wie ihre Dozentin katatonisch vor ihnen steht. Mir fällt ein, dass ich eine Teilnehmerliste habe. Ich werde die Anwesenheit überprüfen und alle bitten, sich vorzustellen. Ja, ausgezeichnete Idee. Das wird mich lange genug aus dem Rampenlicht rücken, um mich zu sammeln. Außerdem werde ich endlich wissen, wer mir letzte Nacht mehrere Orgasmen beschert hat.

Kann ich dafür gefeuert werden?

Meine Wangen sind fieberheiß. Eigentlich ist mein ganzer Körper heiß, und ich bin ein bisschen wackelig. Ich darf meinen ersten Job in meiner neuen Karriere nicht wegen einer schmutzigen Lehrer-Schüler-Affäre vermasseln. Ich lasse mir nichts Unangemessenes vorwerfen. Nein, Sir, ich nicht. Ich vermeide den Blickkontakt und tue so, als wäre er nicht hier.

„Ich gehe die Anwesenheitsliste durch", kündige ich an und konzentriere mich weiterhin auf mein Handy, während ich auf eine E-Mail tippe, um die Teilnehmerliste zu finden, die ich zuvor von der Verwaltung bekommen habe. „Wenn ich Ihren Namen sage, teilen Sie uns bitte ein wenig über Ihren geschäftlichen Hintergrund mit und was Sie sich von diesem Kurs erhoffen."

Ich finde die E-Mail und scrolle schnell in der Teilnehmerliste nach einem Connor. Nicht, dass ich jemals vorhabe, ihn außerhalb des Klassenzimmers wiederzusehen. Ah, da. Mist. Es gibt zwei Connors – Connor O'Sullivan und Connor Rourke. Ich weiß nicht einmal, welcher er ist! Wie soll ich ihn nennen, Connor O oder Connor R? Weil ich weiß, dass ich nur an Connor Orgasmusbringer oder Connor Bauarbeiter oder Connor wirklich heißer Sex Typ denken werde.

Ich verlier den Verstand.

Pfeif' auf die alphabetische Reihenfolge. Ich ignoriere den A-Nachnamen ganz oben auf der Liste, um das Rätsel um den Nachnamen von Connor zu lösen. „Connor O'Sullivan." Ich behalte mein Handy im Auge.

Aus der ersten Reihe ertönt eine Stimme. „Das bin ich." Ich stelle Blickkontakt mit einem rothaarigen Mann in den Dreißigern her und setze ein Lächeln auf. Er setzt sich auf seinen Platz, um die Klasse anzusprechen. „Ich arbeite für ein Start-up-Unternehmen und –"

Ich blende ihn aus, während ich auf den anderen Namen starre. Connor Rourke. Etwas an diesem Nachnamen kommt mir bekannt vor. Ich starre ihn lange Momente verständnislos an. Mein Verstand weigert sich zu arbeiten. Ich muss eine Google-Suche versuchen. Plötzlich merke ich, dass die Klasse still ist. Ich sage schnell einen anderen Namen, diesmal ganz oben auf der Liste. „Michael Ahern."

Reiß dich zusammen, du musst ihn nicht googeln. Offensichtlich ist er tabu. Und ich weiß, dass ich mir selbst was vormache, wenn ich erwarte, dass jemand, der so attraktiv und sexy und auf herbe Art süß ist, dass er die drei Monate, die der Kurs dauert, warten soll, bis er wieder mit mir ausgeht. Verdammt, er ist wahrscheinlich ein Teilzeit-MBA-Student, was bedeutet, dass er jahrelang hier Vorlesungen hat, und ich werde hoffentlich länger hier unterrichten, was bedeutet, dass Connor Rourke *verboten* ist.

Mein Verstand sucht sich ausgerechnet diesen Moment aus, um die fehlenden Informationen zu seinem Nachnamen zu liefern – Rourke. Europäischer Hochadel. Daher kenne ich den Namen. Was, wenn Connor mit ihnen verwandt ist? Macht ihn das zu einem Prinzen? Habe ich mich mit einem Prinzen nackig gemacht? Gibt es irgendwann viel später, wenn dieser Kurs vorbei ist und wir beide immer noch Single sind, die Möglichkeit, dass ich den Palast besuchen könnte? Könnte es in meiner Zukunft eine Prinzessinnentiara geben?

Ugh. Ich kann nicht fassen, dass ich im La-La-Land bin. Prinz oder nicht, es gehört sich nicht, dass ich eine Affäre mit ihm habe.

Mein heißer Bauarbeiter, möglicherweise ein Prinz, ist ein MBA-Student. Wie wahrscheinlich ist das? Ich bin so fasziniert und möchte unbedingt losgoogeln, um alles herauszufinden. Nicht, dass ich irgendwas unternehmen könnte.

„Anita Beecher", lese ich während der Stille vor.

Offensichtlich war es ein großer Fehler, von meinem Lebensplan abzuweichen. Moment. Hat er deshalb letzte Nacht gesagt *kein Nachname wie Prince*? Vielleicht hat er nicht den Sänger gemeint, sondern mir tatsächlich einen Hinweis auf seine königlichen Wurzeln gegeben. Ich hake ein paar weitere Namen ab und versuche mich zu erinnern, was ich über diese königlichen Rourkes gehört habe. Oh ja, es gab einen großen Skandal, als Prinzessin Emma von ihrer eigenen Hochzeit weggelaufen ist, um mit diesem Rockstar Jackson Walker zusammen zu sein.

Ein paar Leute lachen über etwas, was einer der Studenten gesagt hat, und mir ist klar, dass ich ihnen nicht meine volle Aufmerksamkeit schenke. Nach dem Unterricht ist noch genug Zeit, um meine Neugier zu befriedigen. Das Internet geht nirgendwo hin.

Ich überspringe Connor Rourke, um ihn als letzten aufzurufen, weil ich mich für seine tiefe sexy Stimme wappnen muss.

„Ja, ich bin hier, Rebecca Edwards."

Bei meinem vollen Namen ruckt mein Kopf hoch. Er lässt mich wissen, dass wir beide endlich den Nachnamen der Person kennen, mit der wir letzte Nacht wilden, animalischen Sex hatten. Oh Gott. Können die anderen Studenten sehen, dass ich beim Gedanken daran in Flammen stehe und gleichzeitig mehr als verlegen bin? Vielleicht sollte ich den Feueralarm auslösen. Wenn jemals eine brennende Frau eine schnelle Flucht gebraucht hat, dann jetzt. Nur, dass ich niemals gegen die Regeln verstoßen und nur im Falle eines *tatsächlichen* Feuers den Alarm auslösen würde. Außerdem bin ich durch die Kraft dieser intensiven blauen Augen, die durch mich hindurch zu meinem verletzlichen zarten Herzen zu sehen scheinen, wie angewurzelt.

Connor fährt fort. „Ich arbeite für das Bau- und Immobilienentwicklungsgeschäft meiner Familie. Das Geschäft ist komplizierter geworden, seit wir in die Immobilienentwicklung eingestiegen sind, und es gibt viel im Auge zu behalten, deswegen ich bin hierhergekommen, um zu sehen, was ich lernen kann, um alles reibungslos zu steuern."

Ich reiße meinen Blick mit nicht wenig Anstrengung von ihm weg. „Was für eine interessante und bunt gemischte Gruppe." Ich nehme meine Notizen mit zitternden Händen.

„Lassen Sie uns anfangen. Die meisten Organisationen, vom Start-up bis zum Fortune-500-Unternehmen, müssen sich ändern oder scheitern." Ich habe den Text für das gesamte Seminar auswendig gelernt, doch ich halte meine Augen fest auf mein Script gerichtet. Ich brauche nur Zeit, um mich auf diesen unvorhergesehenen Umstand einzustellen, ich muss nur dieses erste Seminar durchstehen.

Oh Scheiße. Ich habe vergessen, den Lehrplan durchzugehen. Ich gebe dem am nächsten sitzenden Studenten einen Stapel. „Bitte reichen Sie die weiter."

Ich muss mich zusammenreißen. Oh Gott, drei Monate sind eine verdammt lange Zeit.

Connor

Zum ersten Mal seit Jahren drei Stunden im Klassenzimmer, und ich kann mich nicht konzentrieren. Ich habe Flashbacks zu letzter Nacht –

Becca an der Bar, wie sie mit ihren üppigen roten Lippen und langen Beinen so sexy aussieht.

Diese langen Beine, die sich um mich schlingen.

Ihre heiseren Schreie der Ekstase.

Ihre süße Begeisterung.

Meine Geliebte, meine Dozentin. *Fuck.*

Ich wusste, ich hätte mich nicht für diesen Kurs anmelden sollen. Ich bin nie aufs College gegangen und habe mir eine spezielle Erlaubnis besorgen müssen, um überhaupt teilnehmen zu können. Ich gehöre nicht hierher und habe seit meiner Anmeldung Zweifel. Es ist nur so, dass ich in der Firma unserer Familie als COO (Chief Operating Officer) die rechte Hand meines ältesten Bruders Dylan bin. Er ist der CEO. Ich kümmere mich um das Tagesgeschäft des Unternehmens, während er große Zukunftspläne schmiedet und umsetzt. Meinen Brüdern und mir gehört Byrne Construction (ursprünglich die Firma meines Onkels auf der Byrne-Seite unserer Familie) zusammen mit der neuen Firma Rourke Management für die Immobilienentwicklung.

Ich hätte nie gedacht, dass ich der COO werden würde, weil mein älterer Bruder Sean immer derjenige war, auf den sich Dylan gestützt hat. Es ergibt einen Sinn. Sean ist der zweitälteste und steht Dylan nahe. Doch die Zeiten ändern sich. Sean wollte unsere gemeinnützige Zweigstelle – die Royal Rourke Foundation US (die US-Niederlassung der Stiftung unserer Cousins) – leiten, um Spenden für Projekte zu sammeln, die bei jeder Projektentwicklung, die wir durchführen, in Parks und Spielplätze für die jeweilige Gemeinde fließen sollen. Der wahre Grund für seinen Jobwechsel ist jedoch, dass er sich in eine Schauspielerin verliebt hat und die Freiheit wollte, von überall zu arbeiten, damit er ihr zu ihren Drehorten folgen kann. Heute Morgen hat er geschrieben, dass sie sich gestern Abend verlobt haben, als sie in Atlanta zu einem Dreh waren. Ich denke, das läuft alles richtig gut für ihn. Ich war die nächste logische Wahl, um seine Rolle zu übernehmen. Jack wollte sie nicht, Brendan hat bereits seine Nische, in der er nach neuen Immobilien sucht, und Beast ist zu jung und unerfahren. Ich bin achtundzwanzig und habe zehn Jahre Berufserfahrung. Auf dem Bau, nicht Managementerfahrung.

Ich denke, man könnte sagen, dass dieser Kurs eine übers Knie gebrochene Reaktion auf meine eigene Nervosität war, COO zu werden. Ich habe angefangen zu denken, dass ich vielleicht nicht so viel weiß, wie ich sollte, um unser schnell wachsendes Unternehmen erfolgreich zu führen. Ich wollte nur so gut wie möglich vorbereitet sein, vor allem, weil ich wusste, dass Dylan in ein paar Monaten Vaterschaftsurlaub nehmen will, um Zeit mit seiner Frau und seinem Erstgeborenen zu verbringen. Alles wird auf meinen Schultern liegen, und ich darf ihn nicht enttäuschen.

In dem Moment, in dem der Unterricht endet, gibt Becca ihre Bürozeiten bekannt und schließt sich schnell der Reihe der Studenten an, ohne einen Blick zurück auf mich zu werfen. Ich habe das Gefühl, dass sie mich meidet – sie hat die gesamten drei Stunden kaum Augenkontakt hergestellt –, doch wir müssen uns darum kümmern. Ich habe nicht übersehen, wie nervös sie aussah, als sie mich hinten im Raum sitzen sah. Ich war genauso schockiert, als sie hereinkam. Die Wildkatze von gestern Abend ist eine Dozentin an einer Business School mit einem MBA und beeindruckender Berufserfahrung. Ich wundere mich für einen Moment, dass sich unsere Wege nicht nur einmal, sondern gleich zweimal kreuzen. Ich glaube nicht, dass sie sich normalerweise überhaupt kreuzen würden, doch gleich zweimal? Vielleicht hat das was zu bedeuten.

Ich gehe rechtzeitig zum Flur, um sie abzufangen. Sie spricht mit einem anderen Studenten aus der Klasse. Ich warte darauf, dass der Typ geht, und in dem Moment, in dem sie allein ist, gehe ich auf sie zu. „Hey."

Knallrote Punkte auf ihren Wangen. „Hi. Äh, ich muss –" Sie deutet den Flur entlang, als müsste sie gehen.

„Ich begleite dich raus."

„Das ist unangemessen", sagt sie leise und geht schnell weiter.

„Wir gehen nur zusammen den Flur entlang. Ich wusste nicht, dass du Rebecca Edwards bist."

„Becca ist die Abkürzung für Rebecca", murmelt sie.

„Und ich kannte deinen Nachnamen nicht. Das ist ein ziemlich bizarrer Zufall."

Sie senkt ihre Stimme. „Ich wusste, dass letzte Nacht ein Fehler war." Sie gestikuliert unbeholfen. „Ich nehme mir immer Zeit, recherchiere –"

„Recherchiere?"

Sie wirft mir einen Seitenblick zu. „Googelst du die Leute nicht, mit denen du dich einlässt?"

„Ähm, nein."

Sie hebt das Kinn. „Ich schon." Sie geht schneller.

Ich halte mit ihr Schritt. „Schauen wir uns nur die Fakten an."

Sie schüttelt den Kopf. „Ich hätte die Teilnehmerliste genauer ansehen sollen."

„Ich habe dir nicht meinen Nachnamen gesagt. Erinnerst du dich, wie wir darüber gescherzt haben, dass ich keinen Nachnamen habe wie Prince?"

Das Rot von ihren Wangen kriecht hinunter zu ihrem

Hals. Sie erinnert sich daran, wie wir nackt miteinander geku-schelt haben, als wir dieses Gespräch geführt haben. Wenn ich nicht so müde gewesen wäre, hätte ich sie dabei sofort aufge-spießt. Ich unterdrücke ein Lächeln. Ich möchte zu diesem guten, warmen Gefühl zwischen uns zurückkehren. Ich möchte definitiv nicht, dass es so schnell vorbei ist.

„Becca, ich weiß, das ist ein Schock für uns beide, doch es macht letzte Nacht nicht ungeschehen."

„Schh!" Sie bleibt stehen und geht auf mich zu. Kein roter Lippenstift heute. Heute ist er pink. Ein verlockendes Pink. Gott, sie ist wunderschön. „Natürlich darf zwischen uns nichts weiter passieren. Bitte lösch einfach meine Nummer und tu so, als wäre die letzte Nacht nie passiert."

„Was ist, wenn ich nicht so tun will, als wäre sie nie passiert?"

Sie kneift die hellblauen Augen zusammen. „Du musst. Ich bin nur eine Assistentin, und das ist mein erster Kurs. Ich möchte, dass das mit diesem Job für mich klappt."

Ich senke meine Stimme. „Was ist, wenn ich zusätzliche Hilfe brauche?"

Sie versteift sich. „Dann kannst du mich während meiner Sprechstunde am Donnerstagabend sehen."

Ich neige meinen Kopf. „Ist das nicht gefährlich, du, ich, ein Büro allein am Abend?"

„Ich glaube nicht, dass du das ernst genug nimmst", sagt sie durch die Zähne.

Ich will sie nur aufziehen, doch das ist eindeutig nicht der richtige Zeitpunkt. „Vertrau mir, ich werde nichts tun, was dich in Schwierigkeiten bringt." Sie nickt kurz und dann reitet mich der Teufel. „Es sei denn, du gibst mir keine Topnoten."

Sie stößt meine Schulter mit ihrer an. „Das ist nicht lustig."

„Es ist absurd zufällig. Das macht es lustig. Ein kleines bisschen zumindest."

Ihr Mund öffnet sich und klappt dann zu. Sie dreht sich auf dem Absatz um und geht mit erhobenem Kopf davon.

Ich beobachte sie für einen Moment und überlege, was ich

tun soll. Wir sehen uns jeden Samstagmorgen. Möglicherweise Donnerstagabend, wenn ich zusätzliche Hilfe brauche. *So falsch*. Ich schwöre, ich bin normalerweise nicht so diabolisch. Das ist mein Bruder Brendan. Ich bin der Engel meiner Familie. Zumindest haben das meine Eltern immer gesagt. Ich bin der viertgeborene Sohn und sie sagen, ich war so ein Engel, dass sie beschlossen haben, noch einen zu haben. Das nächste Kind, Brendan, hat sie dann mit seinem schelmischen Verhalten geschockt. (Sie nannten ihn einen „kleinen Teufel" oder „frechen Fratz".) Ich bin mir ziemlich sicher, dass Beast (Garrett) ein Unfall war, denn nach ihm hat sich mein Vater sterilisieren lassen, und unsere Familie bestand aus fünf wilden Jungen und mir, dem Engel. Ich bin nicht *so* ein Engel, nur eher zurückhaltend und behalte meine Gedanken für mich. Ich denke, meine Eltern wissen einen ruhigen Typ zu schätzen. Ha-ha.

Ich gehe langsam aus dem Gebäude und halte Abstand zu ihr. Ich bin mir ziemlich sicher, dass wir zur gleichen U-Bahn-Station gehen. Wir leben beide im Flatbush-Viertel von Brooklyn. Ich beschließe, mir einen Kaffee zu holen, um ihr einen Vorsprung zu gewähren. Ich werde einen späteren Zug nehmen. Offensichtlich ist sie nicht bereit, sich mit mir als ihren großartigen Geliebten und mittelmäßigen Studenten abzugeben. Ich lächle vor mich hin und erinnere mich an die letzte Nacht. Da hat sie definitiv mein Lob gesungen. Ich muss sie daran erinnern, wenn ich sie das nächste Mal sehe.

Natürlich außerhalb des Kurses.

5

Becca

Ich habe es geschafft. Ich habe mein erstes Seminar über-
lebt, sogar mit meinem unerwarteten Studenten. Ich bin
weder ohnmächtig geworden noch ausgeflippt noch habe ich
mich blamiert. Ich gehe die Treppe zur U-Bahn hinunter. Ich
würde sogar sagen, dass der heutige Tag ein Erfolg war. Ich
habe mir sogar einen Mokka-Eiskaffee zum Feiern geholt. Ich
trinke einen letzten Schluck und werfe den leeren Becher in
den Müll. Nachdem ich die erste halbe Stunde hinter mir
hatte, habe ich mich entspannt, und ich denke, wir hatten
einige sehr interessante Diskussionen. Nicht mit ihm. Er war
still. Gott sei Dank, denn ich glaube nicht, dass ich ihn so
leicht hätte ignorieren können, wenn er sich am Gespräch
beteiligt hätte.

Meine Schultern sinken, als Schuldgefühle in mir empor-
kriechen. Es ist wirklich nicht fair zu hoffen, dass sich
Connor für den Rest des Kurses nicht beteiligen wird. Er hat
sich für diesen Kurs angemeldet, um etwas zu lernen, und
das bedeutet, an der Gruppendiskussion teilzunehmen.
Nächsten Samstag, während der Pause, werde ich ihn
diskret beiseite ziehen und zur Teilnahme ermutigen. Ich
bin mir sicher, dass es mit der Zeit leichter werden wird,
seine tiefe sexy Stimme zu hören und mit seiner umwer-

fenden Präsenz zu leben. Ich atme scharf aus. Ich bin dermaßen oberflächlich. Mein neuer Lebensplan besagt, dass es Zeit für mich ist, einen echten Partner zu finden, jemanden, der auf lange Sicht gut ist, jemanden, der für mich *angemessen* ist. Connor Rourke ist das genaue Gegenteil von dem, was ich zu diesem Zeitpunkt in meinem Leben brauche.

Ich bin mir ziemlich sicher, dass ich gefeuert werden kann, wenn ich mit einem Studenten schlafe. Ich wage nicht, jemanden zu fragen. Ich muss im Mitarbeiterhandbuch nachlesen. Es ist wirklich ein heikles Gebiet, besonders für eine brandneue Assistentin in der Probezeit. Ich bin mir nicht sicher, ob ich die Anziehung ignorieren kann, wenn wir uns immer wieder sehen und ich mich nicht tiefer reinziehen lasse. Was, wenn die anderen Studenten glauben, ich bevorzuge ihn? Das wäre furchtbar für meinen Ruf.

Feste Grenzen sind der Schlüssel.

Ich gehe den Bahnsteig hinunter, warte auf meinen Zug und ziehe mein Handy aus der Tasche. Um die Connor-Tür ganz zu schließen, sehe ich in der offiziellen Richtlinie zu Beziehungen zwischen Dozenten und Studenten nach. Ja, keine Überraschung hier. Es ist strengstens untersagt, selbst auf der Ebene der Graduiertenschulen. Die einzige Ausnahme bilden außergewöhnliche Umstände, die vom Vorgesetzten genehmigt werden müssen, um mögliche Interessenkonflikte auszuschließen. Ich gehe auf keinen Fall zu Dean Sears – dem Collegefreund meines Vaters–, um um besondere Erlaubnis zu bitten, den Kerl, mit dem ich einmal im Bett gelandet bin, weiterhin sehen zu dürfen. Ich, eine Dozentin auf Probe. Ich kann das nicht. Es wäre nicht nur unerträglich peinlich, meinen Boss um eine Erlaubnis zu bitten, die er wahrscheinlich nicht gewähren würde, ich bin mir außerdem ziemlich sicher, dass Dean Sears es meinem Vater erzählen würde. Meine Eltern wären furchtbar schockiert und enttäuscht von mir. Sie nehmen ihre Arbeit als Lehrer sehr ernst – mein Vater war letztes Jahr New Yorker Lehrer des Jahres – und würden unter keinen Umständen eine Beziehung zwischen Dozent und Student gutheißen. Sie würden Connor niemals akzeptieren. Ich könnte von Glück reden, wenn sie mich nicht verstoßen würden.

Okay, wir hatten eine gute Zeit, und das war's. Irgendwann werde ich es schaffen, ihn ohne Unbehagen zu unterrichten. Alles, was ich tun muss, ist, diese festen Grenzen einzuhalten. Es professionell halten.

Ich wippe auf meinen Fersen. Ich hatte wirklich gehofft, dass letzte Nacht der Beginn von mehr war. Er ist der erste Typ, mit dem ich mich auf Anhieb verstanden habe. Alles hat sich so einfach angefühlt, so natürlich. Ich bin wirklich enttäuscht, dass ich nicht weitermachen kann. Manchmal ist es scheiße, das Richtige zu tun.

Ich konzentriere mich wieder auf mein Handy und öffne Google. Privat zu recherchieren, nur um meine Neugier wegen dieser Königshaussache zu befriedigen, überschreitet nicht die Grenze, das versichere ich mir. Auf dem Weg hierher habe ich mich an mehr über die Rourkes erinnert. Als ich letztes Frühjahr zur Arbeit in England war, war die königliche Hochzeit im nahe gelegenen Villroy in den Nachrichten. Es war eine große Sache, weil der Bräutigam aus dem Teil der Familie im Exil stammte, und ich bin mir ziemlich sicher, dass er aus New York war. Mein Herz schlägt höher bei dem Gedanken, dass ich letzte Nacht mit einem echten Prinzen zusammen gewesen sein könnte. Ich tippe *Rourke Villroy New York* ein und eine erstaunliche Anzahl von Artikeln und Fotos erscheint. Jede Menge über Dylan Rourke hier.

Ich habe plötzlich das Gefühl, dass mich jemand anstarrt, und begegne dem Blick *des* Mannes. Nicht Dylan. Des Mannes, der nicht aufhört, mir zu folgen!

Ich schiebe mein Handy schnell wieder in meine Handtasche, mein Herz ruckelt, meine Wangen sind gerötet.

Connor wirft seinen Kaffeebecher in den Müll, bevor er zu mir kommt. „Entspann dich, ich verfolge dich nicht. Wir leben in derselben Gegend."

Oh, großartig, also können wir jeden Samstag zusammen mit der U-Bahn fahren, denke ich, sage es jedoch nicht, weil ich über einer solchen Kleinlichkeit stehe. *Und ich werde ihn wahrscheinlich beim Einkaufen treffen.* Gah! Wie soll ich feste

Grenzen einhalten, wenn ich ihn überall sehe? Ich bin auch nur ein Mensch und ich fühle mich unglaublich von ihm angezogen. Distanz ist meine einzige Waffe gegen Versuchungen.

„Du musst nicht so entsetzt schauen, nur, weil wir Nachbarn sind", sagt er. „Du schienst mich letzte Nacht ziemlich gemocht zu haben."

Ich sehe mich um und suche nach bekannten Gesichtern aus dem Unterricht. Die Luft ist rein. Obwohl ich nicht sicher bin, ob ich jeden meiner zwanzig neuen Studenten in einer Menschenmenge finden könnte. Ich verschränke die Arme und sage mit meiner strengsten Stimme: „Ich sollte nicht außerhalb des Unterrichts mit dir gesehen werden, es sei denn, es ist während meiner Sprechstunde."

Er betrachtet mich so lange, dass ich mich bemühen muss, nicht zu zappeln. Hat er den Verdacht, dass ich ihn gegoogelt habe? Oder fällt es mir schon schwer, ihm zu widerstehen? „Du nimmst es ziemlich genau mit den Regeln, oder?"

Oh, gut, er ahnt nichts.

Ich entspanne meine Arme. „In diesem Fall: ja."

Das Kreischen der Bremsen kündigt unseren Zug an. Sobald die Passagiere ausgestiegen sind, presche ich hinein. Ich habe das Glück, einen leeren Drei-Personen-Sitz weit vorn im Waggon zu ergattern, denn das ist der beste Platz. Na bitte, heute ist nicht alles peinlich und quälend unbehaglich. Ich nehme den Fensterplatz ein und stelle meine Botentasche auf den mittleren Sitz. Ah, Platz.

Connor lässt sich auf den dritten Platz fallen und ich unterdrücke ein Stöhnen. Begreift er den Ernst dieser Dozent-Student-Liebhaber-Situation nicht? Wir brauchen Distanz.

Ein paar Augenblicke vergehen, und er sitzt einfach still da, als wäre er ein zufälliger Fremder, der in der U-Bahn sitzt, obwohl wir beide genau wissen, dass er mehr als das ist. Ich habe ihn nackt gesehen. Ihn geküsst, berührt, geschmeckt. Ich werde feucht bei der lustvollen Erinnerung. *Und verlasse sofort den Porno-Express in meinem Kopf. Nein, ich verlasse ihn nicht nur, ich nehme ihn aus dem Betrieb. Permanent. Der Porno Express in meinem Kopf ist jetzt offiziell stillgelegt.*

Ich wende mich ihm zu, entschlossen, die Kontrolle über die Situation zu übernehmen. „Siehst du nicht die Umstände, in denen ich mich befinde? Das ist mein erster Dozentenjob, und ich möchte wirklich, dass es klappt. Ich bin nur in Teilzeit und auf Probe eingestellt. Ich darf das nicht vermasseln."

„Das wirst du nicht."

„Ich darf nicht mit einem Studenten zusammen sein!"

Er wechselt auf den mittleren Sitz, nimmt meine Botentasche auf seinen Schoß und flüstert mir ins Ohr: „Würde es helfen, wenn ich sage, dass ich nur ein Beisitzer bin und keine offizielle Note bekomme? Ich habe von jemandem aus dem Dekanat eine Sondergenehmigung bekommen, am Kurs teilzunehmen."

Ich stoße einen kleinen Seufzer der Erleichterung aus, dass es wahrscheinlich nicht der Dekan war, mit dem er zu tun gehabt hatte, denn das ist mein Chef und ein guter Freund meines Vaters. Ich will nicht, dass unter irgendwelchen Umständen eine Verbindung zwischen uns hergestellt wird.

Ich drehe mich um, um ihn anzustarren, und wir sind uns plötzlich sehr nahe, in Kussdistanz. Ich ignoriere den Hitzeblitz, ignoriere das Dröhnen meines Pulses und lehne mich lässig aus dem Kussbereich zurück. „Warum das?"

Seine Stimme ist eine seidige Liebkosung – beruhigend, sanft, und zieht mich an. „Ich studiere nicht an der Business School. Ich wollte nur mehr lernen, da ich in meiner Firma eine Führungsposition einnehme. Ich bin nie aufs College gegangen. Das müsste ich erst tun, bevor ich an der Business School studieren kann."

„Ist das der einzige Kurs, den du besuchen willst?"

„Wahrscheinlich. Es ist nicht einfach, Studieren mit meiner Arbeit unter einen Hut zu bringen."

Ich lehne mich in meinem Sitz zurück und denke über diese neuen Informationen nach. Ein Kurs, *mein Kurs*. Ich würde ihn nicht jahrelang meiden müssen. Er ist eher ein Besucher als ein Student der Business School. Ändert das irgendetwas?

Nein, die Optik ist schlecht. Er *sieht aus* als wäre er mein Student. Und auf keinen Fall würde er drei Monate auf mich

warten, bis der Kurs vorbei ist. Wir haben uns gerade kennengelernt, und man muss ihn sich nur ansehen, offensichtlich
hat er die freie Auswahl bei Frauen.

*Soll ich fragen, ob er darauf warten würde, bis der Kurs vorbei
ist? Doch was, wenn er das nur als lockeres Ding betrachtet? Auf
mich zu warten wäre ernsthafteres Beziehungsgebiet.*

„Alles gut jetzt?", fragt er.

Ich seufze. „Es ist immer noch ein Problem. Es sieht
einfach nicht gut aus. Ich könnte gefeuert werden, weil ich
mit einem Studenten zusammen bin."

„Aber ich bekomme keine Note. Ändert das die Situation
nicht?"

Ich kann mir immer noch nicht vorstellen, Dean Sears um
Erlaubnis zu bitten, Connor daten zu dürfen. Wie soll ich das
erklären? Wir haben uns am Abend vor dem ersten Seminar
in einer Bar getroffen, und ich kannte seinen Nachnamen
nicht, also war es eine Überraschung, ihn in meinem Kurs zu
sehen? Selbst wenn ich das mit dem miteinander schlafen
weglasse, klingt es nicht gut. Extrem ungezwungen und flat-
terhaft. Ich muss wie eine Dozentin wirken, wenn ich als Voll-
zeitmitarbeiterin übernommen werden will. Außerdem will
ich nicht, dass meine Eltern davon erfahren.

„Du siehst immer noch aus wie ein Student", sage ich fest.
„Die anderen Studenten werden dich als einen von ihnen
betrachten." *Und ich werde mich selbst verraten.* Ich bin überhaupt nicht sicher, ob ich die Anziehung, die ich empfinde,
verbergen kann, wenn ich ihn weiter date. Lustvolle Erinne-
rungen voll von vielen, vielen Nächten mit mehreren Orgasmen. Uff, das ist scheiße. Ich habe endlich Leidenschaft
gefunden, und jetzt ist sie tabu? Das will mir nicht in den
Kopf. Und ich bekomme nicht einmal einen Abschiedskuss.
Überhaupt keine atemberaubenden Küsse mehr, keine
unglaublichen Orgasmen von diesem wundervollen Mann.
Der schlimmste Morgen danach aller Zeiten.

Er nimmt meine Hand und streicht mit seinem Daumen
über die empfindliche Unterseite meines Handgelenks. Ein
heißer Schauer rast meinen Arm hinauf. „Ich möchte auch

nicht, dass du gefeuert wirst. Was ist, wenn wir ganz diskret sind? Nur du und ich müssen davon wissen."

Ich ziehe meine Hand weg. Ich darf mich nicht in Versuchung führen lassen. „Nein."

Er blickt geradeaus. „Okay." Er gibt mir meine Botentasche.

Ich nehme sie mit meiner Handtasche auf meinen Schoß. *Das war's dann, was?* Ich dachte, es würde ihm ein bisschen mehr ausmachen. Er muss es als eine zwanglose Sache zwischen uns gesehen haben.

Ich knirsche mit den Zähnen und wende mich ab. Im Ernst, nach all den schmutzigen Dingen, die wir letzte Nacht miteinander gemacht haben. Ich bin wütend und mir der Ironie voll bewusst. Ich kann es einfach nicht ändern. Ich gebe es nur ungern zu, weil ich versuche, stark zu bleiben und das Richtige zu tun, doch es wäre schön gewesen, wenn es ihm auch nicht egal wäre. Ich denke, es ist am besten so. Sicher, der Sex war fantastisch, doch wenn es nirgendwohin führt, warum sich dann überhaupt die Mühe machen? Das ist nicht, was ich will. So viel weiß ich über mich.

Ich schaue zu ihm hinüber, und seine Augen sind geschlossen, als würde er ein Nickerchen machen. Im Ernst jetzt? Er sitzt direkt neben mir in einem Dreisitzer und ignoriert mich?

Ich flüstere ihm ins Ohr: „Siehst du, du hast gerade meinen Standpunkt bewiesen. Du meinst es nicht ernst mit uns. Warum sollte ich meine Zukunft nur wegen Sex riskieren?"

Er macht sich nicht die Mühe, seine Augen zu öffnen. „Welcher Sex? Ich habe es vergessen, wie du gesagt hast."

Ich sacke in meinem Sitz zusammen. Ich habe ihm gesagt, er soll es vergessen, doch muss er es wirklich tun?

„Dann ist ja gut", versichere ich ihm. „Ich habe es auch schon vergessen."

Er lächelt, seine Zähne blitzen weiß. „Nein, hast du nicht."

So selbstgefällig, so arrogant, so verdammt sexy. Ich lehne es ab, mich davon anziehen zu lassen. Das einzig Richtige ist, ihn zu ignorieren. Wir müssen lernen, nebeneinander zu existieren, ohne zu eng miteinander zu interagieren, wenn wir das Semester überleben wollen.

Ich hole mein Handy aus meiner Handtasche und halte es so, dass er das Display nicht sehen kann, falls er die Augen öffnet. Ein paar Klicks später scrolle ich durch die Hochzeitsbilder von Dylan Rourke. Oh mein Gott, er ist es! Mein heißer Bauarbeiter ist wirklich ein heimlicher Prinz. Oh, das ist schlecht. Er ist eine doppelte Fantasie für mich, verpackt in einem Paket – einem königlichen Bauarbeiter. Wie unwahrscheinlich ist es, dass ich einen Mann treffe, der *alle* meine Fantasiekriterien auf einmal erfüllt? Bevor ich süchtig nach Renovierungsshows mit heißen Bauarbeitern geworden bin und mich auf diese Fantasie von hemdlosen Typen mit Werkzeuggürteln eingelassen habe, hatte ich meine Prinzenfantasie. Er würde mich in seinen Palast bringen, wo ich als Prinzessin mit all den schönen Kleidern und Pferden leben würde, die sich ein Mädchen vorstellen kann. (Ich war ein bisschen jünger, als diese Fantasien begannen, doch es ist immer noch aufregend, sich das vorzustellen.) Wie soll ich drei lange Monate der Versuchung widerstehen? Besonders, wenn ich weiß, dass er ein königlicher Bauarbeiter ist, der mir mehrere Orgasmen pro Nacht schenkt. So unfair.

Ich sehe ihn an. Er ruht immer noch mit geschlossenen Augen. „Du bist ein Prinz."

Er öffnet seine Augen einen Spalt weit. „Hast du mich gegoogelt?" Er klingt amüsiert.

„Warum hast du mir nicht gesagt, dass du ein Prinz bist?"

Er schließt die Augen, und da ist er wieder, dieser selbstgefällige Ausdruck auf seinem wunderschönen Gesicht. „Schade, dass du nicht interessiert bist, denn ich bin schon ein Fang."

„Wenn du meinst", murmele ich.

Da seine Augen wieder geschlossen sind, wende ich mich sofort wieder Google zu und erfahre die faszinierende, komplizierte Geschichte der Verbundenheit seiner Familie mit diesem fernen Königreich. Sein Vater hat den Thron aufgegeben, um aus Liebe zu heiraten. So romantisch! Kein Wunder, dass Prinz Connor mich getragen hat, als ich gestolpert bin. Er hat diese königlichen Manieren in seinen Genen.

Ich seufze ein bisschen wehmütig und merke plötzlich, dass der Zug angehalten hat und Connor aufgestanden ist. Das ist meine Haltestelle. Ich schnappe meine Taschen und beeile mich.

Er folgt mir. *Ah, verdammt. Bei meinem Glück wohnt er nur einen Block von mir.* Auf diese Weise erinnert mich das Universum daran, dass das Abweichen vom Lebensplan nur Chaos verursacht. Darum *habe* ich überhaupt einen Plan.

„Du kannst dich entspannen", sagt er, als wir die Treppe zur Straße hinaufgehen. „Ich wohne drei Blocks von deinem Haus entfernt. Du wirst mich nur sehen, wenn ich dich sehen will."

Ich halte meine Augen geradeaus gerichtet und bemühe mich um einen kühlen, gleichmäßigen Ton. „Das ist kein Problem. Du lebst dein Leben, und ich werde meins leben. Geh einfach nicht wieder ins *The Twisted Chord*." Er ist neu in der Gegend, und es ist meine Bar. Ich liebe sie der Live-Musik wegen und, natürlich, weil sie nicht weit von meiner Wohnung ist. Er kann sich eine andere Stammkneipe suchen, in der er Frauen abschleppen kann. Ich möchte das auf keinen Fall mitansehen.

„Wie jetzt, meldest du Ansprüche an dem Laden an?"

„Ja. Ich gehe seit Jahren dahin und habe dich bis gestern Nacht noch nie da gesehen. Ist also meine Bar."

Wir erreichen den Gehsteig, und er geht weiter mit mir in Richtung meines Gebäudes. „Was ist, wenn ich ein Bier will?"

„Dann kannst du dir ein Sixpack in deinem örtlichen Spirituosengeschäft kaufen."

„Du meinst das in deinem Block?"

„Wo auch immer."

Er packt mich am Arm und hält mich auf. Sein Kiefer ist angespannt, seine Stimme ist frustriert. „Willst du, dass ich den Kurs aufgebe?"

Mein Bauch zieht sich zusammen, und ich schlucke schwer, voller Schuldgefühle. „Nein, das will ich nicht. Du hast das Recht, dort zu sein. Ich hoffe, du findest ihn nützlich."

„Okay. Also wirst du irgendwann aufhören, so feindselig mir gegenüber zu sein?"

Ich bin überrascht. Ich habe nur versucht, Grenzen zu ziehen. „Ich bin nicht feindselig. Ich bin nur ein bisschen aus dem Konzept. Bis nächste Woche geht es mir gut. Versprochen."

Er nickt, und wir gehen schweigend weiter. In meinem Kopf tobt ein Gewirr widersprüchlicher Gedanken. Ich möchte ihn immer noch sehen, doch ich weiß, wie scheinheilig und falsch das ist. Es ist nur so, dass er so viel ist, was mich fasziniert – ein Prinz und ein Bauarbeiter – und bei weitem der beste Liebhaber, den ich je hatte. Ich wette, er ist auch in seinem Job geschickt mit seinen Händen. Er kann wahrscheinlich diese komplizierten Holzarbeiten schnitzen, die ich so an antiken Möbeln liebe.

„Bist du gut in deinem Job?", frage ich schließlich.

„Ja, ich glaube schon."

„Was machst du genau?"

„Ich kann alles machen. Mein Onkel, dem früher unsere Firma gehört hat, hat mich alles Mögliche lernen lassen. Gipskarton, Sanitär, Elektrik, Dach –"

„Holzbearbeitung?"

Seine Lippen verziehen sich, seine blauen Augen funkeln vor guter Laune. „Ja, es ist bekannt, dass ich Holz bearbeite." Er flirtet.

„Erwarte keine Antwort darauf."

„Verdammt."

Ich beiße mir auf die Unterlippe. Dies ist genau wie meine *Reno Magic*-Fantasie, in der ich mit dem großartigen Moderator Clint Owens auf der Baustelle bin und über die Werkzeuge, das Holz und all das scherze, und dann machen wir es plötzlich auf einem frisch restaurierten originalen Parkettboden. *Nein. Ich muss stark bleiben.*

Wenig später erreichen wir mein Gebäude. Seine Augen suchen meine. „Sieht so aus, als wären wir bei dir." Er will wissen, wo er steht. Vielleicht spürt er meine Verwirrung.

Mein Kopf und mein Körper ringen um die Vorherrschaft auf den richtigen Weg. Und mein Herz weiß nicht, was ich tun soll. Ich weiß nicht, wo ich bei ihm stehe. Ich weiß nicht, ob es sich lohnt, meine Karriere wegen dem, was wir haben, zu riskieren, da das wirklich nur eine Nacht ist.

„Con", sage ich, weil das jetzt wirklich zwischen Con und Becca von letzter Nacht ist, nicht zwischen dem Studenten/königlichen Bauarbeiter Connor Rourke und seiner Dozentin Rebecca Edwards. Und die Wahrheit ist, er ist nicht nur Fantasiematerial, er ist ein echter Mann mit echten Gefühlen, mit denen ich nicht spielen möchte. Ich weiß, was das Richtige ist. Ich muss nur die Kraft finden, es zu tun.

Seine Stimme ist heiser, und meine Knie werden weich. „Ja, Becca."

Ich öffne meinen Mund und schließe ihn wieder. *Tief durchatmen und Pflaster abreißen.* „Bis nächste Woche beim Seminar."

Er tritt mit angespannter Miene einen Schritt zurück, bevor er mir knapp zunickt und sich auf den Weg macht.

Ich habe das Richtige getan. Da bin ich mir sicher. Doch warum schmerzt meine Brust dann, als hätte ich gerade etwas Wichtiges verloren?

6

Connor

Ich lasse mich schwer in einen Klappstuhl am provisorischen Mittagstisch fallen, der eigentlich nur eine Holzplatte ist, die auf Sägeböcken liegt, und grunze den Jungs – Brendan, Beast und ein paar neuen Arbeitern – ein Hallo zu. Ich schlafe neuerdings beschissen. Es ist zwei Tage her, seit ich meinen *versehentlich scharf auf meine Lehrerin-Moment* hatte. Ich weigere mich, an unsere gemeinsame Nacht zu denken, was tagsüber einfach ist, wenn ich beschäftigt genug bin, um abgelenkt zu bleiben. Das Problem ist in der Nacht. Ich wälze mich unruhig im Bett, bevor ich endlich einschlafe, und dann träume ich von ihr und wache mit einer Latte auf. Ihre weiche Haut, ihre hellblauen Augen, ihre vollen, rosa Lippen – jedes Detail von ihr hat sich in mein Gehirn eingebrannt. Ich muss sie vergessen, das weiß ich, doch es ist unmöglich. Es ist nur so, dass es zwischen uns Klick gemacht zu haben schien. Wir haben über die gleichen Dinge gelacht, mit ihr zu reden war leicht und der Sex fantastisch. Wie groß ist die Wahrscheinlichkeit, dass ich sie in zwei Tagen zweimal treffe? Ich bin gerade in die Gegend gezogen, also war es eine Sache, sie an der Bar zu treffen. Alle Leute sind neu für mich da. Doch wie stehen die Chancen, dass ich sie dann an der NYU sehen würde?

Hör auf, an sie zu denken!

Ich packe mein übliches Mittagssandwich aus – Kartoffel-chips auf Roastbeef und Provolone – und höre dem Geschwätz am Tisch zu, etwas über einen Underground-Club. Wir haben für dieses Projekt neue Leute eingestellt, weshalb ich einen Teil der Crew nicht so gut kenne. Wir renovieren eine alte Fabrik für Taue im ehemaligen Industriegebiet am Wasser von Brooklyn und wandeln sie in Gewerbeflächen im Loft-Stil um, in der Hoffnung, Mieter aus der Tech- und Designbranche zu gewinnen. Es gibt viel Licht dank der hohen Bogenfenster, und der Blick auf die Skyline von Manhattan ist spektakulär. Teil unserer philanthropischen Idee für dieses Projekt ist es, erschwingliche Kunststudios für Leute einzurichten, die einen großen Raum benötigen, um mit ihren Materialien zu arbeiten, wie Holz- und Metallbildhauer und Keramikkünstler. Das umliegende Land braucht einen neu wiederaufgebauten Pier, der schließlich Teil eines kleinen Wasserparks mit einem Wanderweg und einer Rasenfläche für Sonnenanbeter und Picknicker wird. Es ist unser bislang ehrgeizigstes Projekt, und ich spüre den Druck auf der Unternehmensseite, zumal unsere Familie es finanziert. Weiter mit der Crew auf der Baustelle zu arbeiten, hilft mir, nicht den Verstand zu verlieren. Ich könnte niemals nur einen Schreibtischjob haben.

Brendan nimmt sein Handy und stöhnt. „Wer hat Mom zu unserer WhatsApp-Gruppe hinzugefügt? Oh Mann! Endlose Benachrichtigungen. Nicht alles, was wir in der Gruppe sagen, ist für ihre Augen geeignet." Die Jungs in der Crew kichern. Meine Brüder und ich haben eine WhatsApp-Gruppe.

Er blättert durch die Nachrichten und murmelt: „Das wird uns in den Arsch beißen." Er hebt den Kopf und sieht mich und dann Beast an. „Wer auch immer das getan hat, nimm sie wieder raus."

„Aber sie wird es mitbekommen, wenn wir sie raus-schmeißen", sagt Beast und verrät sich damit. „Ich dachte nur, es wäre einfacher, ein Datum zu finden, das für alle für Seans und Josies Verlobungsfeier funktioniert."

Brendan schüttelt sein Handy in der Luft. „Sie hört nicht auf zu schreiben."

„Dann mach eine separate Gruppe ohne sie", sage ich.

Beast tippt auf seinem Handy herum. Er ist das Baby der Familie. Mom nennt ihn ihren Teddybär. Das ist wahrscheinlich der Grund, warum er so viel trainiert hat – nur, um diesen Kosenamen loszuwerden. Ich gebe zu, er sieht jetzt eher aus wie ein Tier als wie ein Teddybär. Zumal er sich die Haare militärisch kurz abgeschnitten hat. Das kurze Haar lässt sein Gesicht wirklich kantiger und tougher aussehen. Alles Show, um seine sensible Seite zu verbergen.

Mein älterer Bruder Jack setzt sich und stellt eine Flasche scharfe Sauce auf den Tisch. Sein dunkelbraunes Haar ist oben länger, und er sieht dadurch viel mehr nach Hipster aus als er ist. Er packt sein Sandwich aus. „Will jemand scharfe Sauce? Ist ein neues Rezept von Lola's." Das ist das Restaurant seines Kumpels. Doch soweit ich weiß, verkaufen sie da keine Saucen zum Mitnehmen.

Niemand bekundet Interesse an der Sauce. Jack ist der König der Scherzbolde, und er hat uns alle schonmal erwischt, sogar die neuen Jungs. *Besonders* die neuen Jungs. Ein echtes Problem für sie, denn Jack ist jetzt ihr Vorarbeiter.

„Nimm du zuerst welche", sage ich und nehme ein Stück Sandwich.

„Hab ich schon", sagt er. „Ist auf meinem Sandwich."

„Dann zeig mir, wie du was direkt aus der Flasche drauf kippst", sage ich.

Jack versucht, beleidigt auszusehen, und macht große Augen. „Komm schon. Du weißt, ich habe meine Streiche runtergefahren. Meine Verlobte hat mir die Augen geöffnet und gezeigt, wie es ist, am empfangenden Ende von Streichen zu sein. " Er liebt es, *meine Verlobte* zu sagen. Er hat es schon hundertmal gesagt, und sie sind erst seit drei Wochen verlobt.

Brendan lacht. „Sie hat dich in Vegas ziemlich gut erwischt."

„Nicht das einzige Mal", sagt Jack.

Alle wollen wissen, was sie sonst noch getan hat.

Er hält eine Hand hoch. „Ich werde nicht über die grausigen Details reden. Lasst mich einfach sagen, dass mich eine hinterhältige Frau ziemlich vorgeführt hat." Ein albernes Lächeln breitet sich auf seinem Gesicht aus, als er eine Flasche Wasser öffnet. Er hat keine Ahnung, wie sehr er mit seinem dümmlichen Grinsen wie ein Trottel aussieht. Ein verliebter Jack ist sowohl nervig als auch unterhaltsam. Es ist seine erste echte Beziehung, und er hat alles auf diese eine Karte gesetzt. Ich freue mich für ihn, doch ich muss ihn ein bisschen ärgern. So sind wir nunmal.

Ich mache ein Foto von seinem lächerlichen Gesichtsausdruck und zeige es ihm. „Schau dir den Trottel an."

Er grinst. „So sieht ein verliebter Mann aus." Er nimmt die scharfe Sauce und träufelt etwas davon direkt auf seine Zunge. „Siehst du? Nur scha-ha-ha-harf." Er nimmt sein Wasser und trinkt mit rotem Gesicht.

Alle lachen.

„Brot hilft besser als Wasser", lacht Beast.

Wir alle werfen ein Stück Brot von unseren Sandwiches an Jacks Kopf. Er lacht und hustet dann.

„So scharf ist es gar nicht", behauptet er keuchend. „Nur pur würde ich nicht empfehlen."

Dylan, unser ältester Bruder und CEO, kommt herein und sagt mit dröhnender Stimme: „Hey! Sieht so aus, als wäre ich gerade rechtzeitig zum Mittagessen gekommen." Er ähnelt meinem Vater mehr als der Rest von uns, nicht nur sein Gesicht, sondern auch sein angeborenes Selbstvertrauen und seine Haltung. Vater und Dylan sind beide geborene Anführer. Nur anstatt König und Kronprinz zu sein, sind sie Familienoberhaupt und Geschäftsführer. Sie sind in jeder wichtigen Hinsicht immer noch führend.

„Warum bist du so gut gelaunt?", fragt Brendan mit dem Mund voller Pommes. „Hast du was Interessantes gefunden?"

Dylan hat uns gesagt, dass er heute Morgen einen Termin hatte, doch er hat nicht gesagt, worum es dabei ging. Ich bin mir nicht sicher, was Brendan denkt. Wir haben nicht die Mittel, um noch eine Immobilie zu kaufen, während wir noch am aktuellen Projekt arbeiten.

„Hat sich das mit dem Wasserturm geklärt?", frage ich, da der uns momentan die größten Kopfschmerzen bereitet.

Dylans Lächeln schwindet. „Nein zu beidem. Con, wir müssen über den Wasserturm sprechen." Er kommt zu uns und hält sein Handy hoch. „Es ist ein Mädchen. Wir kommen gerade vom Ultraschall."

Wir alle beugen uns vor und blinzeln auf einen körnigen Schwarz-Weiß-Fleck.

„Woran siehst du das?", fragt Brendan.

Dylan knirscht mit den Zähnen.

„Herzlichen Glückwunsch", sagt Beast, und wir alle stimmen verspätet zu.

„Ich kann immer noch nicht sagen, ob es ein Mädchen ist", sagt Brendan, steht auf und geht um den Tisch, um über Dylans Schulter zu schauen. „Was ist das für ein langes Ding?"

Dylan streckt die Hand nach Brendans Gesicht aus und stößt ihn weg. „Das ist die Nabelschnur, du Idiot. Sie hat keinen Penis. Siehst du? Es ist ein Mädchen." Dylan starrt auf sein Handy, ein breites Lächeln breitet sich auf seinem Gesicht aus. „Eine Tochter." Er sieht uns an, seine Augen sind feucht. „Ich werde Vater." Er schüttelt den Kopf und scheint immer noch ein bisschen fassungslos zu sein. „Könnt ihr glauben, dass ich Vater werde?"

Ich schlucke den Kloß in meinem Hals herunter. Meine älteren Brüder verloben sich und heiraten, und jetzt wird Dylan bald Vater. Und hier stecke ich mit einer Frau fest, die ich nicht haben kann. Mein Magen dreht sich, meine Augen sind trocken vom Schlafmangel. Ich hasse es, dass ich neidisch bin. Es ist nur so, dass Dylan so glücklich aussieht und ich alles andere als glücklich bin. Das ist es. Ich werde sie wiedersehen. Ich bin mir nicht sicher, wo oder wann. Ich muss meine Karten richtig spielen. Wir werden uns von Angesicht zu Angesicht unterhalten und einen Weg um das Problem finden, bei dem wir weiter zusammen sein können.

Ich wende mich Dylan zu. „Du wirst ein großartiger Vater sein. Du hast immer auf uns aufgepasst, als wir Kinder waren." Ich bemerke Jacks Blick. „Erinnerst du dich, als er

Andy Wilson auf die Nase gehauen hat, weil er unser Pausenbrot gestohlen hat?"

„Ja, das war genial", sagt Jack. „Andy Wilson. Was für ein Wichser, von jüngeren Kindern zu stehlen."

Dylan sinkt langsam auf den leeren Stuhl neben mir. „Oh Scheiße. Ich weiß, was ich mit Brüdern anstellen soll. Ich hatte nie eine Schwester. Ein Mädchen ist eine ganz andere Kragenweite."

„Ariana hat eine Schwester", sage ich. „Sie wird wissen, was zu tun ist." Das ist seine Frau. Sie ist im Haus neben uns aufgewachsen, ein stiller Bücherwurm. Ich war vor langer Zeit mal in sie verknallt, doch sie war vier Jahre älter, also hatte ich nie eine Chance.

Er reibt sich mit der Hand über den Kiefer. „Ariana ist die jüngere Schwester. Rosalie hat auf sie aufgepasst. Ich glaube nicht, dass sie weiß, was zu tun ist." Er sieht sich am Tisch um und scheint nach Antworten zu suchen. Keiner von uns ist Vater. Die neuen Jungs reden immer über Partys und Dates. Da wir nichts zum Thema beizutragen haben, wenden wir uns wieder unserem Mittagessen zu.

Brendan setzt sich mir gegenüber, nimmt sein Hühnchen Parmigiana-Sandwich und hebt es an seinen Mund. „Mach dir keine Sorgen, Dylan. Ich bin mir sicher, dass Mädchen genauso sind wie Jungs." Er beißt in sein Sandwich, kaut und fährt fort. „Abgesehen von den Haaren." Er schluckt sein Essen und spricht nachdenklich weiter. „Und Schleifen und Kleider und all das Rosa –" Als er Dylans Blick sieht, schweigt er und beißt erneut in sein Sandwich. Ich bin mir ziemlich sicher, dass, um ein Mädchen großzuziehen, mehr nötig ist als Schleifen und Kleider und Rosa, doch ich habe natürlich keine Ahnung. Mädchen waren mir ein Rätsel, als ich ein Kind war, und sind es jetzt, wo ich erwachsen bin, immer noch. Ihr Denkprozess ist so kompliziert und jede Nuance scheint von Bedeutung zu sein. Ich denke nicht, dass mein Ton oder meine Miene halb so viel bedeuten, wie einige meiner Exen behaupteten. Bei mir bekommt man, was man sieht, keine tiefe geheime Bedeutung, die irgendwo zwischen den Zeilen versteckt ist.

Dylan seufzt. „Ich werde es herausfinden. Deshalb nehme ich mir am Anfang drei Monate frei – um sofort eine Beziehung mit ihr aufzubauen."

Meine Schultern sind angespannt. Das ist der Hauptgrund, warum ich so schnell zum COO ernannt wurde, damit ich ihn während seiner Abwesenheit vertreten kann. Ich darf das nicht vermasseln.

„Bis ins Teenageralter", sagt Jack wenig hilfreich mit einem Grinsen. Er muss immer Ärger machen. Zum Glück hat er jetzt eine *Verlobte*, die ihn im Zaum hält. „Lass deine Tochter nur nicht mit einem Loser ausgehen."

„Nicht hilfreich", knurrt Dylan.

„Ignorier ihn", sage ich.

Dylan klopft mir auf die Schulter. „Hilft zu wissen, dass ich Con hier am Steuer habe, während ich in Vaterschaftsurlaub bin. Apropos, du musst morgen zu einem Meeting in der Stadt wegen dem Wasserturm. "

Ich unterdrücke ein Stöhnen. Dieser Turm ist ein Schandfleck auf unserem Grundstück – verrostet und mit Graffiti beschmiert –, doch die Leute aus der Gegend sehen ihn als historisches Wahrzeichen und wollen, dass er bleibt. Er ist mitten in unserem zukünftigen Park und könnte eine Gefahr darstellen, wenn Kinder auf die Idee kommen, daran hochzuklettern. Ein Unfall oder eine Klage ist nur eine Frage der Zeit.

Ich drehe mich zu ihm um. „Ich werde mich darum kümmern."

Er nickt kurz, sieht zufrieden aus und starrt wieder auf sein verschwommenes Babybild. „Ich wusste, dass ich mich auf dich verlassen kann, Con."

Am nächsten Tag schleppe ich mich nach Hause. Nach einem anstrengenden Meeting mit der Stadtverwaltung und einer weiteren Nacht, in der ich kaum geschlafen habe, weil sie mich bis in meine Träume verfolgt. Weitere Meetings stehen auch in Zukunft an, da das heutige ohne endgültige Entscheidung geendet hat. Status: Weitere Überlegungen erforderlich. Es ist spät genug am Tag, gegen vier Uhr, wo es keinen Sinn mehr hat, nochmal auf die Baustelle zu fahren. Ich könnte eine gute Dosis Koffein gebrauchen. Spaß machen all diese Meetings nicht. Ich bin es gewohnt, praktisch zu sein, Probleme auf der Baustelle zu lösen und aktiv zu sein. Zähe Verhandlungen und ewiges Gelaber sind nicht mein Ding. Das ist erst unser zweites Immobilienentwicklungsprojekt für Rourke Management. Das erste Projekt, die Umwandlung einer alten Grundschule in gewerbliche Büroräume und der Bau eines behindertengerechten Spielplatzes nebenan, war ein großer Erfolg. Wir haben vom Stadtrat eine Auszeichnung für die Wertsteigerung des Stadtviertels und Auszeichnungen für unser beispielhaftes Sozialverantwortungsbewusstsein bekommen. Das sollten Punkte zu unseren Gunsten sein, doch es gibt einige sehr lautstarke Anwohner bei diesem neuen Projekt, die glauben, dass wir versuchen, die Geschichte ihres Viertels auszulöschen.

Ich mache in einem Café Halt und stelle mich in die Schlange. Ich denke, ich sollte mir einen doppelten Espresso gönnen, obwohl ich normalerweise nur den normalen Hauskaffee bestelle. Ich gehe vernünftig mit meinem Geld um, da ich spare, um mir was Eigenes zu kaufen. Doch ich soll heute Abend in die Stadt gehen, um zu sehen, wie meine zukünftige Schwägerin Josie Standup-Comedy macht (sie ist die Verlobte meines älteren Bruders Sean, eine Schauspielerin/Komikerin). Ich möchte nicht durchschlafen. Josie ist auch so ein ansteckendes Energiebündel, also denke ich, dass sie am Mikrofon wirklich lustig ist. Es wird das erste Mal sein, dass ich sie auftreten sehe.

Ein Vater, der ein Kleinkind auf den Schultern trägt, rückt mit dem Rest der Schlange weiter vor, und ich erstarre. Meine Nackenhaare richten sich auf. *Sie.* Die Frau, die mich in meinen Träumen verfolgt. Becca ist eine Barista, die fachmännisch an den Kaffeemaschinen arbeitet. Adrenalin schießt durch meine Adern, und ich bin plötzlich wacher und wacher als seit ... dem letzten Mal, dass ich sie gesehen habe. Das ist das dritte Mal, dass ich sie völlig zufällig treffe. Ich kann das nicht einfach ignorieren. Es ist, als ob ich ein Teil ihres Lebens sein *soll*. Warum sollte sie sonst immer wieder da auftauchen, wo ich bin? Normalerweise gehe ich unter der Woche nicht nachmittags Kaffee holen in meiner Gegend. Ich bin normalerweise auf der Arbeit. Und warum arbeitet sie hier? Ich dachte, sie wäre Dozentin.

Ich gebe meine Bestellung an der Kasse auf und gehe zum Ende des langen Tresens, um zu warten. Becca hat mich nicht bemerkt, ihre Augen sind auf ihre Arbeit gerichtet. Ich beobachte, wie sie Milch aufschäumt, verteilt und mehrere Becher verschließt. Ich kann nicht anders, als zu glauben, dass es einen Grund gibt, warum ich sie immer wieder treffe. Wir können diese Sache zwischen uns nicht ignorieren, nur wegen der seltsamen Umstände, in denen wir uns befinden. Ich hatte darüber nachgedacht, sie zu bitten, sich irgendwo mit mir auf einen Drink zu treffen, doch das Schicksal hat andere Pläne. Also improvisiere ich.

Sie ist beschäftigt, darum schweige ich, bis sie meinen Namen für meine Getränkebestellung ruft und aufblickt. Hofft sie, dass ich es bin?

Ich lächle. „Hi Becca."

Sie quietscht und schlägt sich mit großen Augen die Hand vor den Mund. Ich habe sie versehentlich erschreckt.

„Ich wusste nicht, dass du hier arbeitest." Ich senke meine Stimme. „Warum arbeitest du hier?"

Sie lässt ihre Hand von ihrem Mund sinken. „Stalkeralarm."

„Ich schwöre, ich bin keiner."

„Okay, Stalker."

„Ich würde vor deinem Haus rumlungern, wenn ich ein Stalker wäre. Bist du nicht diejenige, die mich gegoogelt hat?"

Ihr Gesichtsausdruck wird weicher, als sie mich einen Moment lang mit so fast staunender Miene ansieht, bevor sie sagt: „Ich muss weitermachen."

„Wann ist deine Pause?"

Sie wendet sich wieder den Getränkebestellungen zu. „Ich habe in einer halben Stunde Pause. Warum?"

„Könnten wir dann reden?"

Sie erstarrt und dreht sich langsam zu mir um. „Worüber?"

„Zeug." Ich kann das nicht vor allen hier sagen. „Wie's dir geht, zum Beispiel?"

Sie seufzt und arbeitet weiter. „Mach dir keine Sorgen um mich. Ich habe einen Lebensplan."

Ich denke schnell und bin nicht bereit, mir diese Gelegenheit durch die Lappen gehen zu lassen. „Und ich brauche einen Lebensplan. Ich würde gerne von einem Experten hören, was dazugehört. "

Sie dreht sich zu mir um, und ein Lächeln umspielt ihre Lippen. „Okay gut. Ich gebe dir Tipps für deinen Lebensplan, wenn du bereit bist, ein paar Fragen zu beantworten, die Google aufgeworfen hat."

„Haben die mit Villroy zu tun?"

Sie lächelt und ihre Augen leuchten. „Ja."

Ich spiele nie die Prinzkarte.

Doch diesmal werde ich so was von die Prinzkarte spielen.

„Deal."

7

Connor

Eine halbe Stunde später begleitet Becca mich an einen
kleinen Tisch in der Nähe der Vorderseite des Ladens. „Ich
hab nur fünfzehn Minuten." Sie öffnet eine Flasche Wasser
und trinkt einen langen Schluck. „Willst du erklären, warum
ich immer wieder auf dich treffe?"

Ich zucke mit den Schultern. „Ich war überrascht, dich
hier zu sehen. Normalerweise komme ich nachmittags nicht
vorbei, doch ich bin früher von der Arbeit gegangen. Am
Wochenende war ich auch nur ein paarmal hier."

Sie stößt mich mit einem Finger an. „Schwör, dass du kein
Stalker bist?"

Ich hake meinen kleinen Finger in ihren. „Ich schwöre auf
das Leben meiner Schwester."

„Du hast keine Schwester."

Ich lache, weil ich sie ertappt habe. Sie hat über mich
recherchiert, wie sie gesagt hat, dass sie es immer tut, bevor
sie mit jemandem ausgeht. „Ich würde sagen, wenn ich mir
dich und mich ansehe, bist du eher die Gruselige, die online
über meine Familie liest."

Sie wird rot und flüstert dann: „Wie ist es, adelig zu sein?"

Ich beuge mich über den Tisch und flüstere zurück: „Ich
bin sozusagen undercover, niemand weiß davon."

„Und?"

„Und da niemand weiß, behandeln mich alle genau so, als wäre ich ein Typ aus Brooklyn." Ich lehne mich zurück und hebe eine Hand. „Und dreimal darfst du raten: ich *bin* ein Typ aus Brooklyn."

Sie lehnt sich stirnrunzelnd zurück. „Du hast versprochen, du würdest Details erzählen."

Ich bin wirklich nicht gut darin, die Prinzkarte zu spielen. „Die Wahrheit ist, wenn du mit Geschichten aufwächst, dass dein Vater aus seinem Königreich vertrieben wurde, weil er deine Mutter geheiratet hat, und ein Teil der Familie uns als Pöbel bezeichnet, hast du keine Illusionen, was den Adel angeht."

Sie stützt ihren Kopf auf ihre Hand, ein verträumtes Lächeln auf ihrem schönen Gesicht. „Wie ist der Palast?"

Das ist offensichtlich eine Frau mit einer Prinzenfantasie. Um unserer beider willen muss ich nachsichtig sein.

Ich versuche, etwas Begeisterung in meine Stimme zu zwingen. „Okay, stell dir vor, wie ein königlicher Palast aus einem Märchenbuch oder einem dieser Zeichentrickfilme aussehen würde. So ist er. Eine große Steinmonstrosität mit Türmen."

Sie nickt begeistert. „Ich habe online ein Foto gesehen, das von weitem aufgenommen wurde. Es ist so schön. Gibt es einen Wassergraben?"

„Nein, nur ein großer Platz davor."

„Wie ist es drin?"

„Wie ein Museum."

Sie gestikuliert, um mich anzutreiben. „Komm schon, Details!"

Ich denke daran zurück, als ich im letzten Frühjahr zu Dylans Hochzeit dort war. Und ich war auch für die Hochzeit meines Cousins Adrian da. „Zweistöckige Eingangshalle aus weißem Marmor mit Seidentapete und Kristallleuchtern. Ein riesiger Ballsaal mit Parkettboden, goldenen Tapeten, Deckenfresken und noch mehr Kronleuchtern. Viel zu viele Zimmer. Es ist wie ein Labyrinth, in dem man versucht, sich zurechtzufinden. Ostflügel und Westflügel rahmen einen Innenhof mit einem parkähnlichen Garten mit getrimmten Hecken und geometrisch gepflanzten Blumen ein."

Sie seufzt. „Wow. Du hast so ein Glück. Ich habe Bilder von dir und deinen Brüdern auf Dylans Hochzeit gesehen."

„Das bin ich. Prinz Connor Rourke zu Ihren Diensten." *Doch nicht so schwer, die Prinzenfantasie zu kultivieren.*

Sie lächelt und sieht mich unter ihren Wimpern hervor an. „Ich kann nicht glauben, dass ich einen echten Prinzen kenne."

„Also stehst du wirklich auf dieses Adelsding?"

Sie lehnt sich zurück, ihre Wangen und ihr Hals sind gerötet. „Es ist interessant." Sie trinkt ihr Wasser. Sie steht definitiv darauf. Es könnte mich glatt dazu bringen, mich mit meinem Cousin Adrian in Verbindung zu setzen, damit Becca den Palast sehen kann, doch eins nach dem anderen. Mein Cousin ist sehr entgegenkommend, was Besuche angeht, und dank seinem Privatjet ist es noch leichter, dorthin zu reisen. Zuerst muss ich Becca allerdings dazu bringen, dass sie zustimmt, mich wiederzusehen.

„Du bist dran", sage ich. „Erzähl mir mehr über diesen Lebensplan."

Sie presst ihre rosa Lippen aufeinander. Meine Gedanken werden sofort schmutzig. *Nein. Pfui. Sitz. Keine schmutzigen Gedanken.* „Willst du es wirklich wissen, oder wirst du dich über mich lustig machen?"

„Ich möchte es wirklich wissen."

Sie setzt ihr Wasser ab. „Im Grunde genommen macht man eine Bestandsaufnahme seines Lebens und wo man sich in verschiedenen Kategorien sehen will – Arbeit, Gesundheit, Persönliches – und dann arbeitet man rückwärts und legt Schritte fest, um dorthin zu gelangen. Ich habe eine Einjahres-, Dreijahres- und Fünfjahresansicht gewählt, doch du kannst das variieren, wie du willst."

„Es ist also wie ein Businessplan für dein Leben."

„Genau!"

„Siehst du, ich habe schon was aus deinem Kurs gelernt."

Sie lässt die Schultern sinken und wendet den Blick ab. „M-hm, gut."

Idiot. Warum musste ich den Kurs erwähnen? Das ist der ganze Grund, warum sie zögert, sich auf mich einzulassen.

„Ich hätte auch gern einen Lebensplan", sage ich. „Erzähl mir von deinem, damit ich meinen daraus entwickeln kann."

Sie mustert mich argwöhnisch.

Ich beuge mich vor. „Es ist mein Ernst. Ich will es wirklich gerne wissen." Hauptsächlich, um dich besser kennenzulernen. Becca heute zu sehen macht all die unruhigen Nächte wett. Wenn ich sie nur reden höre und ihr Lächeln sehe, entspannen sich meine Schultern.

„Okay. Was Arbeit angeht, habe ich beschlossen, dass ich in den Lehrberuf gehen will. Meine Eltern tun das auch und lieben es, und mir gefällt die Idee, Menschen dabei zu helfen, in ihrer Karriere zu wachsen. Ich hatte Glück und habe sofort was gefunden. Im Moment nur als Assistentin, doch es ist ein Anfang. Und das Unterrichten gibt mir eine bessere Work-Life-Balance. Zuvor habe ich hundert Stunden die Woche gearbeitet und bin für meinen Job rund um die Welt gereist. Ich war ausgebrannt. Wenn ich versucht hätte, in diesem Tempo weiterzumachen, hätte ich sicher ernsthafte gesundheitliche Probleme bekommen. Ich habe kaum noch geschlafen."

„Und jetzt kannst du schlafen."

„Ja. Ich fühle mich wieder mehr wie mein altes Selbst."

„Wie viele Jobs hast du?"

„Nur zwei. Ich arbeite hier in Teilzeit der Krankenversicherungsleistungen wegen. Mein Boss will mich zum Manager machen, doch ich versuche, mir ein bisschen Luft zum Atmen zu geben."

Sie muss in ihrem alten Job gut verdient haben, wenn sie nur Teilzeit arbeiten und sich weiter ihre schöne Wohnung leisten kann. Das heißt, sie spart wie ich. Ich mache mir eine mentale Notiz.

Sie geht weiter. „Für meine Gesundheitsziele ernähre ich mich gesund, mache Schlaf zu einer Priorität und versuche, jeden Tag ein bisschen Sport zu machen."

„Das sind also Arbeit und Gesundheit." Ich beuge mich

vor, meine Stimme ist heiser. „Was ist mit den persönlichen Zielen?"

Sie senkt den Kopf und reibt sich den Nacken. „Wie spät ist es?"

Ich werfe einen Blick auf mein Handy. „Du hast noch sieben Minuten. Wir sprechen schnell. Du besonders." Die meisten New Yorker sprechen schnell.

Sie seufzt. „Zum einen arbeite ich daran, alles ein bisschen lockerer angehen zu lassen. Ich versuche, entspannter zu sein."

Locker angehen lassen klingt für mich unmöglich, doch das sage ich nicht. „Was hast du noch in deinen persönlichen Zielen?" Ich dränge, weil ich das Gefühl habe, dass es damit zu tun hat, was Dauerhaftes zu finden. *Und dreimal darfst du raten, wer dir gegenübersitzt? Der Typ, mit dem du letzten Freitagabend umwerfenden Sex hattest.* Ich habe sie definitiv umgehauen. Sie konnte nicht aufhören mich zu preisen. *Wundervoller Mann.* Niemand hat mich jemals so genannt, besonders nicht mit ihrer Begeisterung. Ich höre es in meinen Träumen.

Sie trinkt einen Schluck Wasser und mustert mich über die Flasche hinweg, während sie für eine Weile schweigt.

Ich warte, weil ich vermute, dass sie tief im Inneren irgendetwas sagen möchte.

Sie setzt ihr Wasser ab, und ihre Stimme ist so leise, dass ich mich vorbeugen muss. „Ich bin neunundzwanzig und wünsche mir eine echte Beziehung bis ich dreißig bin. Eine, die was bedeutet. Also habe ich jeden Freitag ein Date. Diesen Freitag habe ich auch eins, genau nach Plan. Das bedeutet, einen Lebensplan zu haben, du folgst dem Plan, und der Plan funktioniert für dich."

Ich richte mich auf. Sie hat diesen Freitag ein Date? Ich fahre mir mit der Hand durch die Haare und versuche herauszufinden, wie ich sie stoppen oder mich als bessere Option an seine Stelle setzen kann. Natürlich bin ich die bessere Option. Wir hatten eine tolle Nacht zusammen. Und auf keinen Fall ist er ein Prinz. *Komm schon! Das kann nicht nur einseitig sein.*

Schweiß rinnt mir über die Brust. Ich spiele cool. „Wie sorgst du dafür, dass dein persönliches Ziel für dein Freitagsdate planmäßig erreicht wird? Ist es nicht Zufall, wen du triffst?" *Wie wir uns immer wieder treffen?*

Sie lächelt. „Das ist das Schöne an einem Plan, verstehst du? Ich folge einfach den Schritten. Zuerst recherchiere ich und –"

„Recherchieren für eine Beziehung?"

Sie schüttelt langsam den Kopf und sieht mich mitfühlend an. „Du kannst nicht erwarten, jemanden für eine ernsthafte Beziehung einfach so an einer Bar zu finden. Man muss die Kandidaten zuerst überprüfen."

Ich kann nicht anders als zu fragen. „Mit Google?"

Sie lacht. „Das kommt später. Wie auch immer, ich vereinbare ein Date pro Woche, und wenn wir nicht innerhalb der ersten Stunde klicken, verabschiede ich mich."

Meine Brust schwillt. Ich habe es bis weit über die erste Stunde hinaus geschafft. Mir fällt ein, dass sie ihre Kandidaten im *The Twisted Chord* auf einen Drink trifft und letzten Freitag allein dort war, weil der Typ sie versetzt hat. Das ist wahrscheinlich auch der Grund, warum sie nicht will, dass ich dorthin gehe. Sie hat einen Plan – Freitagabend für Drinks an der Bar in ihrer Nähe. *Für eine bequeme sexuelle Kompatibilitätsprüfung danach?* Nein. Sie hat gesagt, dass sie das nie tut, als sie mich zu sich eingeladen hat. Außerdem hat sie am Anfang nervös gewirkt und danach verlegen. Ich war die Ausnahme. Auf jeden Fall was Besonderes hier.

Und das bedeutet, dass sie auf der Suche nach einem ernsthaften Beziehungstyp ist. Ich würde nicht sagen, dass ich auf der Stelle eine Familie gründen will, doch ich habe nichts gegen Beziehungen. Meine Eltern haben eine gute Ehe, und meine Familie ist eng gestrickt. Meine älteren Brüder – Dylan, Sean, Jack – haben alle Frauen gefunden, nach denen sie verrückt sind. Vielleicht bin ich an der Reihe. Warum sollte ich ihr sonst immer wieder begegnen? Würde auch erklären, warum ich nicht aufhören kann, an sie zu denken und von ihr zu träumen. Ich hab mich noch nie so in eine Frau verguckt. Ich kann sie am Freitag nicht auf dieses Date gehen lassen. Was ist, wenn sie mit diesem Kerl klickt?

Verdammt, sie hat zuerst mit mir geklickt, und ich will nicht, dass sie weiterzieht. *Bleib cool, denk nach.*

„Wo findest du deine Dates?", frage ich.

Sie senkt ihre Stimme. „Ich habe recherchiert und den besten Online-Dating-Service für Leute gefunden, die ernsthafte Beziehungen suchen."

Na bitte, hatte ich Recht oder nicht? Sie ist auf einer Suche. Nach mir.

„Du meinst New York Edge?" Das habe ich gerade frei erfunden.

„Nein, eLoveMatch."

Bingo!

Sie runzelt die Stirn. „Ich habe noch nie von New York Edge gehört."

„Ich weiß nicht. Ich dachte, ich hätte Beast darüber reden hören. Wenn man gematcht wird, ist es angeblich so, dass man so gut zusammenpasst, dass es beim ersten Date schon wie beim zweiten ist."

„Im Ernst?" Sie nimmt ihr Handy, um es zu suchen. „Vielleicht versuche ich es da mal."

Ich lege meine Hand über ihr Handy. „Ist nicht für ernsthafte Beziehungen."

„Aber du hast gesagt, dass sie gut zusammenpassen."

„Ja, damit beide sich behaglich fühlen, um schneller ins Bett zu kommen. One-Night-Stand mit Potenzial, keine großen Erwartungen." *Ein bisschen wie wir letzten Freitag.*

„Oh." Ihre Lippen teilen sich, als sie mich ansieht. Sie erinnert sich an unsere Nacht. Das ist gut.

Sie deutet vage hinter sich. „Ich sollte besser gehen. Schnell zur Toilette und dann wieder an die Arbeit." Sie steht auf und bietet mir ihre Hand an. „Viel Glück bei deinem Lebensplan."

Ich stehe auf und drücke ihre Hand. „Dir auch, Becca. Wir sehen uns."

Sie schüttelt lächelnd den Kopf. „Ja. Nur nicht zu viel, Stalker."

Ich grinse. „Du solltest mein Bild besser von deinem Wallpaper löschen." Ich bin mir sicher, dass sie während ihrer Online-Recherche über mich das Bild im Smoking für Dylans Hochzeit gefunden hat. Ich kann mich auch schick machen.

Ihre Wangen werden rot. „Ich habe dein Bild nicht als Wallpaper! Du bist schon ein bisschen arg eingebildet, oder?"

„Aber behalt es auf deinem Handy." Ich zwinkere ihr zu. „Deinen geheimen Prinz."

Sie streicht sich die Haare hinters Ohr. „Lächerlich. Du bist nicht ... ich habe nicht –" Sie begegnet meinem Blick, und das schlechte Gewissen steht ihr ins Gesicht geschrieben. Sie *hat* mein Bild aus dem Internet gespeichert. „Ich gehe jetzt."

„Tschüss, Becca."

Ich drehe mich um und gehe zur Tür hinaus. Hier ist definitiv was, und jetzt habe ich einen Plan, der uns direkt auf den gleichen Weg bringt. Es ist einen Versuch wert.

Solange wir nicht erwischt werden.

Becca

Es ist Donnerstagabend, und ich sitze für meine Sprechstunde in einem kleinen Büro in der Uni. An diesem Ende des Flurs ist es ruhig, nur ein paar Abendvorlesungen finden im Gebäude statt. Meine Tür ist offen, und jedes kleine Geräusch lässt meinen Puls schneller pochen. Ich kann nicht anders, als mich zu fragen, ob Connor auftauchen wird. Er ist ganz zufällig bei meinem anderen Job aufgetaucht. Wenn er hier auftaucht, muss es etwas bedeuten. Denn jetzt weiß er genau, wo ich zum Thema Beziehung stehe. Wenn er immer noch was von mir will, bin ich mir nicht sicher, was ich tun werde. Traue ich mich, meine Karriere zu riskieren, um eine Chance auf die Art von Beziehung zu bekommen, nach der ich mich gesehnt habe?

Ich habe keine Frage, was passieren würde, wenn jemand es mitbekäme – ich würde gefeuert und nie wieder als Dozentin Arbeit finden. Diese Art von Regelverstoß verfolgt einen. Und diese Regeln gibt es aus gutem Grund. Ich bin mir nur nicht sicher, ob meine Situation die Art ist, an die Administratoren gedacht haben, als sie sie eingerichtet haben. Immerhin ist es völlig einvernehmlich. Wenn überhaupt, ist Connor derjenige, der mir den Hof macht, nicht umgekehrt. Und wir haben uns kennengelernt, bevor ich wusste, dass er mein Student ist. Ja, ich weiß … ich rationalisiere.

Er könnte auftauchen. Ich habe ihn praktisch eingeladen und gesagt, dass das der geeignete Ort ist, um mit mir zu sprechen. Ich fächle mir mit dem Lehrplan zu, Connors heisere Stimme klingt in meinem Kopf. *Was, wenn ich zusätzliche Hilfe brauche?*

Und ich: *Dann kannst du mich während meiner Sprechstunde am Donnerstagabend sehen.*

Mein heißer Bauarbeiter/geheimer Prinz/bester Liebhaber, den ich je hatte: *Ist das nicht gefährlich, du, ich, ein Büro allein am Abend?*

Ich lege den Lehrplan auf den Tisch und fahre mir durch die Haare. Ich hoffe, er taucht nicht auf, weil das unangemessen wäre und ich mich nicht mitreißen lassen darf. Ich meine, wenn er jetzt hier mit seinem charmanten Lächeln und seiner tiefen sexy Stimme hereinkommen und mich küssen würde –

Meine Gedanken schießen zu jener Nacht. Connor hat mich an die Wand gedrückt, sein Mund hat von meinem Besitz ergriffen. Seine großen schwieligen Bauarbeiterhände, sein harter Körper, sein berauschender Geruch. All diese wunderbaren Orgasmen, die er mir geschenkt hat. Ich werde rot, ein leises Sehnen in meinem Bauch erinnert mich daran, wie gierig ich nach immer mehr war. Ein Kuss ist alles, was es braucht. Und im nächsten Moment würden wir es auf diesem Metallschreibtisch tun – heiße Haut gegen kaltes Metall … *Stopp!* Jemand würde uns sehen, und ich würde gefeuert werden. Den Job zu verlieren, die Schande, meinen Eltern unter die Augen zu treten und meine neu gewählte Karriere so schnell zu beenden – ich kann das einfach nicht.

Ich schließe die Augen und atme tief ein. Wenn er auftaucht, sage ich ihm, dass wir uns unterhalten, während wir den Flur entlanggehen. Ich gratuliere mir zu diesem cleveren Plan. Wir werden in der Öffentlichkeit sein, also keine Chance auf etwas Intimes, und ich kann immer noch sehen, falls ein anderer Student auftaucht.

Ich werfe einen Blick auf die Uhr auf meinem Handy. Meine Sprechstunde dauert noch 45 Minuten. Sie nennen es „Bürozeiten", doch es ist eigentlich nur eine Stunde. Einige Professoren bieten sie mehrmals pro Woche an, doch mit nur einem Kurs reicht eine für mich. Hm, ich frage mich, ob jemand auftauchen wird. Der Dekan hat uns zu einer *Politik der offenen Tür* aufgefordert und unseren Studenten angeboten, dass sie auch nur zum Reden vorbeischauen können. Sie brauchen nicht einmal eine Frage zu haben. Es geht darum, dass wir Dozenten unsere Studenten und ihre Bestrebungen kennenlernen, damit wir ihre Karriereziele unterstützen können. Sie sind hier auf die Studenten ausgerichtet. Um ehrlich zu sein, war es an meiner Business School ähnlich, und ich glaube, ich bin in den zwei Jahren, in denen ich dort war, vielleicht zweimal zur Sprechstunde gegangen.

Es klopft an meiner Tür, und mein Herz rast. „Herein." Ich lächle den Mann an, der nicht Connor Rourke ist, und versuche meine Enttäuschung zu verbergen. Warum kann ich nicht aufhören, an ihn zu denken? Ich weiß, dass er tabu ist.

„Mike Ahern", sagt er, kommt herein und bietet mir seine Hand an. Ich strecke die Hand aus, und er gibt mir einen festen Händedruck, bevor er mir gegenüber Platz nimmt. Er ist wahrscheinlich in den Dreißigern und hat kurzes blondes Haar mit Seitenscheitel. Im Unterricht war es offensichtlich, dass er ein Macher ist, er spricht laut und schnell und dominiert oft die Diskussion.

„Ja, ich erinnere mich an Ihren Namen. Wie gefällt Ihnen der Unterricht bisher?"

„Sehr gut. Toller Start, und ich bin wirklich froh, dass ich mich für diesen Kurs angemeldet habe. Die Fallstudie zum Thema Kaffee war faszinierend. Ich habe nie über den Unterschied zwischen fairem und direktem Handel nachgedacht. Man hört die ganze Zeit über fair gehandelten Kaffee und man zahlt einen Aufpreis dafür, klar, ha-ha, doch welche Option ist besser für die Arbeiter? Was ist das eigentliche

Endziel, und wie stellen wir Qualitätsstandards im Kaffee sicher?"

Ich bekomme kaum eine Antwort heraus, bevor er eine lange Tirade über Marketingpraktiken beginnt und wie einige Unternehmen die Terminologie zweckentfremdet haben, ohne das Konzept tatsächlich zu befolgen. Er ist ziemlich leidenschaftlich, und ich finde, er ist ein origineller Denker, der eines Tages etwas Wichtiges in der Welt tun wird.

Als er sich endlich entspannt, sage ich: „Erinnern Sie mich daran, was Sie im Job tun, Mike."

„Ich bin IT-Projektmanager. Sehr wichtiger Job. Die Leute wollen, dass ihre Technologie jederzeit voll funktionsfähig ist und schnell. Zurück zum Kaffee. Die Lieferkette fasziniert mich. Darüber habe ich auch nie wirklich nachgedacht." Er beginnt einen Vortrag, die meiner Vorlesung sehr ähnlich ist.

Ich öffne ein paarmal meinen Mund, um etwas zu sagen, doch es scheint, dass das nicht nötig ist. Mike ist hier, um mir zu sagen, was ich bereits gesagt habe, mit ein paar Wiederholungsschleifen und gewürzt mit seiner persönlichen Meinung. Ich fühle mich fast, als wäre ich der Student und er der Professor, nur dass er wie ein Papagei nachplappert, was ich bereits gelehrt habe. Vielleicht ist er doch kein so origineller Denker. Meine Güte, ich will ihn wirklich nicht noch eine Sprechstunde an der Backe haben. Ich werde meine Studenten am Samstag daran erinnern, dass ich sie sehr gerne während der Bürozeiten sehe, um ihre Ziele zu besprechen und ihnen Ressourcen zur Verfügung zu stellen. Ich bete nur, dass mindestens ein weiterer Student auftaucht. Was ist, wenn ich jeden Donnerstagabend einen Vortrag von Mike bekomme, der meine Vorlesung kopiert? Kann mich bitte jemand erschießen?

Zum Glück ist die Stunde um, und ich stehe auf und nehme meine Jacke und meine Handtasche. „Also, Mike, ich muss dann los." Ich stecke den Lehrplan in meine Botentasche. „Wir sehen uns am Samstag zum Seminar."

Er steht ebenfalls auf. „Wow. Die Stunde ist so schnell vergangen."

Ich gehe um den Schreibtisch herum und warte darauf,

dass er hinausgeht. Ich soll die Tür abschließen, wenn ich gehe.

Er lächelt. „Hey, warum gehen wir nicht einen Kaffee trinken und setzen das Gespräch fort? Wäre es nicht toll, Kaffee zu trinken, während wir darüber diskutieren?"

„Es ist spät, und ich muss wirklich gehen. Trotzdem danke."

„Klar, sicher, kein Problem." Er dreht sich um und geht zur Tür hinaus.

Ich folge ihm und schließe hinter mir ab.

Er bietet wieder seine Hand an und gibt mir einen weiteren festen Händedruck. „Tolles Gespräch. Freue mich auf das nächste Seminar."

Ich muss ihm Punkte für seine Begeisterung geben. Ich lächle. „Ich bin froh, dass Sie Spaß an den Seminaren haben."

Er verabschiedet mich mit einem zu strahlenden Lächeln, bevor er den Flur entlang geht.

Ich seufze und gehe in die entgegengesetzte Richtung. Ich glaube nicht, dass ich jemals eine anstrengendere Sprech-stunde erlebt habe. Und zu denken, meine größte Sorge war, dass Connor auftauchen könnte!

Meine Schultern hängen. Connor ist nicht aufgetaucht. Ich denke, er will doch nichts von mir. Ich hätte meinen Freitag-abend-Termin bei eLoveMatch nicht stornieren sollen. Ich straffe meine Schultern und gehe schneller. Doch es ist okay. Ich habe meine Ziele klargemacht, und er will offensichtlich nicht dasselbe. Außerdem sind wir zwei zusammen sowieso zu kompliziert. Jetzt muss ich mir keine Sorgen mehr machen. Nur leben wie gewohnt und zurück zu eLoveMatch für mein *nächstes* erstes Date. Es gibt jede Menge potenziell großartige Leute in der App. Ich ignoriere das unangenehme Gefühl, das sich bereits bei dem Gedanken aufbaut. Ich habe aus einem bestimmten Grund einen Lebensplan erstellt und werde ihn auf jeden Fall befolgen.

8

Becca

Soviel zum hervorragenden Ruf von eLoveMatch. Ich kann das nicht fassen! Hier bin ich und warte im *Twisted Chord*, um mich mit einem weiteren Mann zu treffen, der sich nicht die Mühe macht, aufzutauchen. Ich habe erst gestern Abend nach meiner qualvollen Sprechstunde auf Matts Einladung reagiert. Er schien begeistert zu sein, als ich geantwortet habe. Ich glaube, ich werde eine sehr streng formulierte E-Mail an eLoveMatch schicken und mein Geld zurückverlangen. Ich werfe einen Blick auf mein Handy. Immer noch keine Nachrichten, und er ist fünfzehn Minuten zu spät. Es ist mir egal, ob er eine gute Ausrede hat. Ich werde hier nicht sitzen und so tun, als ob er von einem Auto überfahren wurde. Wenn er nicht pünktlich sein kann, ist er raus. Ich kann es nicht leiden, meine Zeit zu verschwenden. Meine Augen brennen, und ich schlucke schwer. Warum ist es so schwer, jemanden zu treffen? Wirke ich *so* unnahbar? Es ist nicht so, dass ich die ganze Zeit, die ich hier herumsitze, lächeln kann. Kann ich was dafür, wenn ich kein Dauergrinser bin?

Ich trinke meinen Wein aus und entscheide, dass ich den Abend mit Popcorn auf meinem Sofa mit meiner Lieblingsrenovierungsshow verbringen werde. Clint Owens von *Reno Magic* wird heute Abend mein Date sein. Ich hole Geld aus meiner Handtasche, um mein Getränk zu bezahlen, als gerade ein Mann in einem weißen Hemd neben mir Platz nimmt.

„Hey, Becca", sagt eine vertraute sexy Stimme.

Ich blicke abrupt auf, und mein Herz hämmert gegen meinen Brustkorb. „Connor."

Er lächelt, und ich lächle zurück. Er hat ein so warmes Lächeln, das seine tiefblauen Augen erreicht und winzige Falten um sie herum tanzen lässt. Er trägt ein weißes Hemd mit Jeans und schwarzen Stiefeln. Lässig heiß.

„Ich hoffe, es macht dir nichts aus, dass ich wieder in unserer Nachbarschaftsbar bin", sagt er.

Ich habe vergessen, dass ich ihm gesagt habe, er soll sich fernhalten. „Hey, es ist Freitagabend. Genieß es. Ich wollte eh gerade gehen."

„Hast du auf jemanden gewartet?"

Ich presse meine Lippen fest zusammen. Ich kann nicht zugeben, dass mein Lebensplan so im Eimer ist, nachdem ich so begeistert davon gesprochen und vor allem eLoveMatch in höchsten Tönen gelobt habe. Ich bin angepisst und werde ein bisschen paranoid, weil ich zwei Wochen hintereinander versetzt worden bin. Ich drehe seine Frage um. „Bist du allein hier?"

Ein Mundwinkel hebt sich. „Ich hatte gehofft, jemanden zu treffen."

Ich ärgere mich. *Er tut so, als ob unsere gemeinsame Nacht nichts bedeutet! Als wäre es mir egal, wenn er jemanden vor meiner Nase abschleppen würde. In meiner Bar! Dabei habe ich meine Besitzansprüche angemeldet!*

„Viel Spaß", sage ich steif. Ich stehe auf und drehe mich um, um an ihm vorbeizugehen, als er mein Handgelenk packt.

Seine Augen sind auf meine gerichtet. „Ich hatte gehofft, dich zu treffen. Ich bin der Typ, auf den du wartest. Tut mir leid, dass ich wegen der Arbeit ein bisschen spät dran war."

Ich runzle verwirrt die Stirn. „Nein, ich warte auf Matt Williams. Er ist ein Finanzplaner. Kurzes dunkelbraunes Haar, braune Augen, steht auf ..." Als ich seinen intensiven

Blick bemerke, verstumme ich und schlucke. „Du meinst es ernst."

„Matt ist der Ehemann einer Freundin. Ich habe nur einige seiner Details verwendet."

Er hält immer noch mein Handgelenk, und es gefällt mir viel zu sehr. Ich stehe einfach da und starre ihn an, während meine Gedanken von Schock zu Verwirrung zu – ich hasse es zuzugeben – extrem geschmeichelt umschlagen. Er will mich wiedersehen, nachdem er weiß, dass ich eine Beziehung will, und er hat sich wirklich Mühe gegeben. Andererseits hat er gegen die Regeln verstoßen, und das ist kein gutes Omen für die professionellen Regeln, die absolut nicht gebrochen werden dürfen. Was er getan hat war vollkommen unethisch. Warum bin ich so von ihm angezogen? Ich wünschte, ich wäre es nicht. Es ist einfach zu kompliziert.

„Con, du hast auch sein Bild benutzt. Es verstößt gegen die Regeln, sich als jemand anderes auszugeben. Ich könnte dich für immer von eLoveMatch verbannen lassen."

„Okay."

Er lockert seinen Griff um mein Handgelenk, nimmt meine Hand in seine und schließt sie mit Wärme ein. Er rutscht auf seinem Hocker vor. Ich stehe zwischen seinen Beinen, und wir sind auf Augenhöhe. Ich weiß nicht, was ich tun soll. Ich hatte nicht erwartet, ihn heute Abend zu sehen, und ich habe mich davon überzeugt, dass er keine Beziehung will. Jetzt will er vielleicht eine, doch es ist extrem riskant. Meine Eltern würden niemals akzeptieren, dass ich mit einem Studenten ausgehe, nein, sie würden *ihn* niemals akzeptieren. Die Ausreden und Ausflüchte, die ich benutzen müsste, um diese Beziehung zu ermöglichen, liegen weit außerhalb meiner Komfortzone. Und ja, ich arbeite daran, meine Komfortzone zu verlassen, doch lügen ist ein Schritt zu weit. Außerdem habe ich mich auf ein erstes Date mit Matt vorbereitet, und all das getan, was nötig ist, um mich im besten Licht zu präsentieren und Anzeichen von Potenzial in meinem Date zu suchen.

Ich bin so verwirrt.

„Willst du auf einen Drink bleiben?", fragt er.

Ich starre zur Bar, doch der Gedanke gefällt mir nicht. Ich weiß, was ich wirklich will, und ich denke, er wird es verstehen. Er hat gesagt, er steht nicht mehr so auf die Barszene. „Ehrlich gesagt will ich einfach nach Hause gehen, Popcorn essen und eine Show auf dem *Home Improvement Channel* anschauen."

„Perfekt. Ich komme mit."

Aus irgendeinem Grund hatte ich das nicht erwartet. „Du lädst dich zu mir nach Hause ein?"

Er hält mich am Kinn, und seine blauen Augen funkeln amüsiert. „Dein heimlicher Prinz liebt den *Home Improvement Channel*."

Ich kann spüren, wie sich mein Widerstand auflöst. Er berührt mich, er riecht so gut, und er liebt es, das zu tun, was ich gerne tue – heiße Bauarbeiter bei der Arbeit zu beobachten. Nein, Moment.

„Warum liebst du den *Home Improvement Channel*?", frage ich.

„Was gibt's da nicht zu lieben? Zuschauen, wie ein Projekt Formen annimmt. Am Ende hat sich immer was verbessert. Außerdem kann ich heimlich lachen, wenn ich weiß, dass sie die Kosten immer viel zu niedrig ansetzen. Es ist, als würden sie die Arbeitskosten weglassen."

Mir fällt ein, dass er wirklich eine einzigartige Perspektive hinzufügen kann, die faszinierend sein könnte. „Okay, doch du solltest nicht annehmen –"

„Ich nehme nichts an." Er dreht mich um und führt mich dann mit einer Hand auf meinem unteren Rücken zum Ausgang. Die Hitze seiner Hand elektrisiert mich, Funken strahlen von der Stelle aus. Dann ruiniert er es. „Jetzt lassen Sie mich ganz ehrlich mit Ihnen sein, Miss Edwards, ich will diese Arbeit nicht schreiben. Das ist nichts für mich." Er spricht mich als seine Dozentin an.

Das ist so falsch.

Trotzdem weiß ich, warum er denkt, dass die Studienarbeit nichts für ihn ist. Ich denke, er hat kein Vertrauen in seine akademischen Fähigkeiten, weil er nicht aufs College gegangen ist. Ich kann jedoch sehen, dass er intelligent ist.

„Warum willst du sie nicht schreiben?", frage ich und schnappe überrascht nach Luft, als er seinen Arm um meine Taille legt und mich über die Schwelle hebt. Und dann erhitzen sich meine Wangen, als mir bewusst wird, dass es wahrscheinlich daran liegt, dass ich durch dieselbe Tür gestolpert bin.

Er setzt mich auf dem Gehsteig ab, nimmt meine Hand und geht in Richtung meiner Wohnung. „Meine Grammatik ist grausam."

Ich konzentriere mich auf sein Problem anstatt auf meine Verlegenheit. Außerdem mag ich die Art, wie er mich beiläufig hochhebt. „Mach es trotzdem. Es ist Teil des Kurses."

„Du wirst mich für dumm halten."

„Ich werde dich nur für dumm halten, wenn du die Arbeit nicht machst. Warum hast du dich für diesen Kurs angemeldet, wenn du die Arbeit nicht machen willst?"

„Um zuzuhören und zu sehen, ob ich irgendwelche großen Geschäftsgeheimnisse verpasst habe."

„Und hast du?"

„Ich würde nicht sagen, dass es Geheimnisse sind, doch es ist interessant zu hören, wie andere Unternehmen schwierige Probleme angehen. Ich hatte in dieser Hinsicht einen Tunnelblick und weil ich jahrelang mit derselben Crew an derselben Art von Projekten gearbeitet habe. Bis vor kurzem. Ich sehe, in welcher Hinsicht dein Kurs in Zukunft wirklich hilfreich für mich sein kann. Vor allem, wenn so viel von unserem aktuellen Projekt anhängt. Es steht viel Geld auf dem Spiel und darum lastet verdammt viel Verantwortung auf meinen Schultern."

Ich versuche, meine Enttäuschung zu verbergen. Ich fühle mich schrecklich, weil ich vorschlagen wollte, dass er den Kurs einfach abbrechen soll, wenn er nichts lernt, damit wir uns wieder dem Spaß zuwenden können. *Schlechte Dozentin, schäm dich!* Ich kann ihn nicht aus egoistischen Gründen bitten, den Kurs zu verlassen.

„Ich bin froh, dass du ihn nützlich findest", sage ich und versuche ein Lächeln.

„Ich will die Arbeit aber wirklich nicht schreiben", sagt er und versucht, seinen Vorteil auszunutzen, nur weil wir uns nackt gesehen haben.

Ich bemühe mich um einen strengen Ton. „Die Studienarbeiten haben einen Sinn. Sie sollen dir helfen, auf einer tieferen Ebene zu lernen. Wenn du sie schreibst, wirst du mehr über die Zusammenhänge nachdenken, anstatt nur das zu wiederholen, was ich in der Vorlesung sage." Ich denke daran, wie Mike das gestern Abend während meiner Sprechstunde gemacht hat, behalte es jedoch für mich. Ich denke nicht, dass ich meinem derzeitigen Studenten einen anderen Studenten empfehlen sollte. Oh Gott. Was tue ich?

„Okay, Prof. Ich werde die verdammte Arbeit schreiben."

Das dringt zu tief in das Gebiet Student/Dozent ein, und ich werde an all die Gründe erinnert, warum ich eine Grenze zwischen uns gezogen habe.

Ich bleibe stehen und ziehe meine Hand aus seiner. „Ich denke nicht, dass das eine gute Idee ist. Du gehst bei dir fernsehen und ich bei mir. Du kannst mir deine Meinung zur Renovierung schreiben, okay?"

Er starrt mich mit diesen intensiven blauen Augen an. Ich schwöre, er kann durch mich hindurchsehen – all meine widersprüchlichen Gefühle und wie sehr ich mich zu ihm hingezogen fühle. „Becca, hier sind die Fakten. Wir haben verrückte Chemie –"

„Con –"

„Leugne es nicht. Ich kann es nicht ignorieren. Wir beide mögen Renovierungsshows, und ich denke, wir können einen schönen Abend haben, indem wir einfach zusammen abhängen oder was auch immer. Keiner von uns steht mehr auf die Barszene. Sei ehrlich, du zwingst dich, jeden Freitagabend hinzugehen, um jemanden zu treffen, und es macht dir keinen Spaß. Du hast Glück. Du hast jemanden getroffen, mich, also musst du dich nicht mehr dazu zwingen."

„Aber –"

„Ich kann nicht aufhören, an dich zu denken", sagt er heiser.

Oh, das ist schön. Wirklich schön. „Ich auch, aber –"

„Bec." Er streichelt meine Haare hinter mein Ohr. „Ich habe mir gesagt, ich soll dich in Ruhe lassen, doch ich laufe dir immer wieder über den Weg, und ich denke, es könnte vielleicht was bedeuten."

Mein Puls schlägt schneller, und etwas sprudelt in mir hoch, das sich gefährlich nach Hoffnung anfühlt. Er ist warmherzig, er ist aufrichtig, es ist nicht nur das Körperliche für ihn. „Es ist riskant", flüstere ich, als könnte mein Boss um die Ecke lauern. „Für mich. Es steht viel auf dem Spiel."

„Ich weiß, und ich schwöre, ich werde nichts tun, um deiner Karriere zu schaden." Er nimmt meine Hand und drückt sie beruhigend. „Niemand muss es wissen."

„Eine Beziehung vor allen geheim halten – all die Lügen und Täuschungen – ich bin mir nicht sicher, ob ich das kann. Mein Boss, Dean Sears, ist eng mit meinem Vater befreundet, und meine Eltern – beide Lehrer, wenn du dich erinnerst – würden mich wahrscheinlich verstoßen, wenn es herauskommen würde. Außerdem würde ich entlassen werden, könnte nie wieder im akademischen Bereich arbeiten, und mein gesamter Lebensplan würde implodieren."

Er atmet tief durch und senkt die Lider. „Okay, ich verstehe. Glaub mir, ich wünschte, die Umstände wären anders, doch so sind sie nun einmal. Und ich will das zwischen uns nicht aufgeben."

Ich will nein sagen, doch was herauskommt, ist einfach sein Name, mit all der Sehnsucht gesagt, die ich wirklich in mir empfinde. „Con."

„Lass uns gehen."

Ich stottere, als er mich weiterzieht. „Es gibt immer noch ein großes Problem."

Er bleibt stehen und zieht mich gegen sich. „Küss mich."

Ich starre ihn an, mein Atem stockt, mein Kopf ist völlig leer. Die Hitze seines Körpers strahlt durch mich hindurch, meine Weichheit drückt sich gegen seinen harten muskulösen Körper. Ich bin so dermaßen in seiner Anziehung gefangen.

Er berührt meine Wange und streichelt mit seinem Daumen die empfindliche Stelle hinter meinem Ohr. „Bitte."

Ich gehorche, weil er bitte sagt, und es ist genauso

wunderbar wie zuvor. Funken schießen über meine Haut, die Hitze entzündet sich zwischen uns. Ich schlinge meine Arme um seinen Hals und verliere mich in der Art von Leidenschaft, die ich mir bisher immer nur vorgestellt habe.

Einen langen Moment später bricht er den Kuss ab, seine Finger streichen über meinen Nacken und lassen mich heiß zittern. „Bec, andere Leute haben ein Problem, doch es gibt kein Problem mit uns."

Er tritt zurück, und ich will ihn unbedingt wieder nah spüren. Könnte jemand wirklich mitbekommen, ob er in Brooklyn mit mir nach Hause gegangen ist? Es ist unwahrscheinlich, dass ich hier meinen NYU-Studenten begegne. Sie hängen wahrscheinlich in der Stadt rum. Doch ich muss ihn morgen früh im Kurs sehen. Es wäre unmöglich, die Anziehung zu verbergen. Ein Blick aus seinen wissenden Schlafzimmeraugen, und ich würde sofort rot werden.

Warum ist es so schwer, das Richtige zu tun?

„Con?"

„Ja?"

„Wie wäre es, wenn wir nach dem Ende des Kurses da wieder anknüpfen, wo wir aufgehört haben? Dann gibt es kein Problem."

Er atmet scharf aus. „Das ist Dezember. Es ist gerade Mal September."

„Ja, doch dann wäre es kein ethisches Dilemma, und bis dahin würde ich wissen, ob sie mich als Dozentin behalten wollen. Es besteht die Möglichkeit, dass ich in Vollzeit eingestellt werde."

Er sieht zum Himmel, bevor er mich mit einem harten Blick anstarrt. „Also erwartest du, dass ich vier Monate warte, bis du dich entscheidest, ob du an einem Freitagabend mit mir fernsehen willst?"

„Eher drei Monate. Und du weißt, es wäre nicht nur Fernsehen."

Er zieht mich an sich und streichelt meine Haare hinter mein Ohr, bevor er meine Wange in seiner großen Hand wiegt. „Und woher weiß ich das?"

Ich werde rot. „Die verrückte Chemie. Irgendwas würde passieren. Es ist ein Spiel mit dem Feuer. "

„Und du willst dich nicht verbrennen."

„Genau", sage ich leise.

„Was ist, wenn du einfach nur warm wirst?"

Ich lache.

Seine Hand streicht in einer warmen Liebkosung über meinen Arm, bevor er meine Hand nimmt. „Ich warte nicht vier Monate. Das ist nur Zeitverschwendung. Und was ist, wenn du jemanden mit dieser Dating-App triffst oder mir ein anderer sexy Dozent über den Weg läuft?"

Ich kneife meine Augen zusammen. „Warum hast du nicht sexy Studentin gesagt?"

Er drückt meine Hand und zwinkert. „Ich glaube, ich steh auf Lehrer. Das Angebot läuft in zehn Sekunden ab."

Ich ziehe meine Hand aus seiner. „Ich lasse mich nicht gern unter Druck setzen. Du weißt, dass ich hin- und herge-rissen bin."

„Ich versuche, dich dazu zu bringen, nicht mehr so viel nachzudenken und einfach zu fühlen. Wir zusammen fühlen uns gut an."

„Es ist komplizierter."

„Rein oder raus, Becca? Letzte Möglichkeit."

Ich parke eine Hand auf meiner Hüfte. „Wir sehen uns morgen im Unterricht." Ich drehe mich um und gehe nach Hause. Meine Güte. Ich mag nicht, wie er versucht, mich unter Druck zu setzen. *Zehn Sekunden. Hmpf.* Nur, weil ich eher ruhig bin, heißt das nicht, dass ich kein Rückgrat habe.

„Wenn ich dich mit einem anderen Mann bei *The Twisted Chord* sehe, muss ich Hallo sagen", verkündet er.

Ich wirbele herum. „Soll das eine Drohung sein?"

Er zuckt mit den Schultern. „Triff dich nicht in meiner Nachbarschaftsbar mit deinen Typen, das ist alles, was ich sage. Es ist unhöflich dem Mann gegenüber, der angeboten hat, mit dir fernzusehen."

Ich marschiere zurück zu ihm. „Das ist *meine* Nachbar-schaftsbar. Ich habe bereits meine Ansprüche angemeldet."

„Ich hab dich gewarnt", sagt er, als hätte er keinen Einfluss darauf.

Ich brause auf. „Was ist dein Problem?"

„Ich habe kein Problem."

„Doch, das tust du. Ein großes."

Seine blauen Augen leuchten, ein kleines Grinsen auf seinem Gesicht. „Und das wäre?"

Ich werfe meine Hände hoch. „Du bist ein Rechthaber, bildest dir ein, du weißt alles, und du interessierst dich nicht für berufliche Grenzen. Oder persönliche!"

Er neigt den Kopf. „Becca, wenn ich alles wüsste, warum sollte ich dann an deinem Kurs teilnehmen?"

Ich bin trotz der kühlen Nacht plötzlich überhitzt. Ich ziehe meine weiße Strickjacke aus und binde sie mir um meine Schultern. „Und du bist viel zu ruhig, was alles angeht."

Seine Lippen kräuseln sich. „Zu cool für die Schule."

„Hör auf, Schul- und Lehrerwitze zu reißen!"

Er ergreift mein Handgelenk und streichelt mit seinem Daumen die sensible Unterseite. Ich ignoriere die prickelnde Hitze, die von der Stelle ausgeht. „Manchmal vergesse ich, dass Frauen keine Witze verstehen."

„Ich kann Witze verstehen!"

„Warum regst du dich dann so auf?"

Meine Wangen sind heiß, genau genommen ist mir überall heiß. Ich rege mich wahnsinnig auf, doch ich kann mein Handgelenk nicht aus seinem Griff ziehen. Es fühlt sich zu gut an, wenn er mich berührt. Ich starre auf mein verräterisches Handgelenk und beobachte, wie er es dreht. Sein Blick kollidiert mit meinem, als er mein Handgelenk an seine Lippen hebt und den Puls küsst. Ich falle fast in Ohnmacht.

Er senkt meine Hand, seine Finger immer noch fest um mein Handgelenk gelegt, damit ich nicht entkommen kann. Es ist fast eine Erleichterung, dass er die Kontrolle übernimmt und mich in der Nähe hält. „Bec." Seine Stimme ist heiser.

„Ja?", hauche ich.

Er beugt sich nah an mein Ohr. „Du weißt, dass diese Renovierungsshows nicht echt sind, oder? Wenn ich sie mit dir anschauen würde, könnte ich dir sagen, was wirklich abläuft, was hilfreich wäre, wenn du auf dem Markt für ein Haus bist. Ich spare selbst schon seit Jahren, um mir was Eigenes zu kaufen."

Dies ist der sexieste Dirty Talk, den ich je gehört habe. „Du sparst?" So viele Männer haben diese Fähigkeit zum langfristigen Planen nicht. Es ist eines der Dinge, die mir bei einem Mann wichtig sind, da ich selbst ein Planer bin.

Er lächelt, und ich fühle mich schwach. „Ich spare. Ich esse seit Jahren dasselbe Sandwich zum Lunch, um jeden Cent zu sparen, den ich sparen kann."

Meine Stimme klingt sogar in meinen eigenen Ohren kehlig. Ich bin einfach so angemacht. „Sparen ist eigentlich eine gute Qualität. Es heißt, dass man keine sofortige Befriedigung braucht und langfristig denken kann."

Er küsst meinen Hals und arbeitet sich bis zu meinem Ohr vor. Meine Knie werden weicher. „Ist es das, wonach du bei einem Mann suchst?"

„Ja", gebe ich zu.

Er begegnet meinem Blick, sein Atem streicht über meine Lippen. „Was sonst?"

Ich lehne mich an ihn und merke, dass sein Arm jetzt um meine Taille liegt. „Ich will jemanden, der gesund ist, weil das zeigt, dass er auf sich selbst aufpassen kann. Jemanden, der ein gutes Verhältnis zu seinen Eltern hat und keinen Beziehungsballast."

„Check, check und check."

Ich schmelze. Er ist alles, was ich will, und er hält mich auf eine Weise fest, dass ich kaum denken kann. Trotzdem kann ich das nicht riskieren, wenn es keine Belohnung gibt. „Willst du wirklich eine Beziehung?", frage ich leise.

Er wiegt meinen Kiefer, sein Blick ist zärtlich. „Ich habe nicht nach einer gesucht, doch irgendwie hat sie mich gefunden."

Ich seufze. „Oh, Con."

Seine Lippen begegnen meinen in einem sanften Kuss. Ich lege meine Arme um seinen Hals und küsse ihn leidenschaftlich zurück.

In der Nähe bricht Applaus aus. Ich unterbreche den Kuss und drehe mich zu den neugierigen Blicken einer kleinen Gruppe von 20-Jährigen um, die vor der Bodega an der Ecke herumhängen.

Ich begegne Connors Blick, und wir lachen. Ich schätze, wir haben eine nette Show geliefert. Ich nehme seine Hand und gehe in Richtung meiner Wohnung. „Komm. Wir brauchen Privatsphäre."

Er lacht. „Du musst nicht an meiner Hand ziehen. Ich komme freiwillig mit."

Ich ziehe fester. „Lass uns gehen, Mister – ah!" Er wirft mich über seine Schulter! Mehr Applaus.

Ein Typ ruft: „Zeig ihr, wer der Boss ist."

Ich will protestieren, als Connor beiläufig antwortet: „Sie hat mich gut erwischt. Schh, sag's ihr nicht."

Ich strahle und drücke seinen Rücken ein bisschen. Er drückt meinen Po dafür. Das ist alles so unangemessen, doch ich liebe jede Sekunde. „Warum kann ich dir nicht widerstehen?"

„Einfach. Weil ich unwiderstehlich bin."

Ich lache. „Con, mein Kopf fängt an zu pochen. Kannst du mich runterlassen?"

Er verlagert mich so, dass ich mich in seinen Armen wiege. „Besser?"

Ich schmiege mein Gesicht an seine Brust. „Die Leute starren."

„Wenn ich dich runterlasse, wird das Blut aus deinem Kopf fließen. Dir wird schwindelig, und du torkelst wie eine Betrunkene. Wäre das besser?"

Ich lächle ihn an. „Wenn du es so ausdrückst."

„Außerdem weiß ich so, dass du nicht davonlaufen wirst."

„Wir sollten das nicht tun."

„Wir sollten das *nicht* tun."

Ich lehne meine Wange an seine Brust, seine Hitze entspannt mich. „Das ergibt keinen Sinn."

„Doppelt negativ. Zwei Fehler heben sich auf."

„Doch ich bin immer vorsichtig, es ohne Fehler richtig zu machen."

„Mit mir liegst du richtig. Es ist einfache Mathematik. Con plus Becca ist gleich …"

Ich hebe meinen Kopf, um seinen Augen zu begegnen. „Ist gleich was?"

Er lächelt warm. „Was Gutes."

Ich seufze glücklich und lehne mich an seine Brust. Es ist so schön, so an ihn gekuschelt zu sein. Als ob mich nichts in der Sicherheit seiner Arme erreichen könnte.

Er setzt mich einige Minuten später am Eingang meines Gebäudes ab. Ich schließe auf, und wir gehen zum Fahrstuhl. Meine Gedanken wandern zu letztem Freitag, als wir in diesem Aufzug waren – meine Nervosität, die knisternde Spannung in der Luft, dieser Kuss. Nur diesmal steht Connor mit den Händen an den Seiten und starrt geradeaus. Er scheint jetzt irgendwie ernst zu sein.

Wir steigen aus dem Aufzug und gehen schweigend zu meiner Wohnung. Ich fange an, nervös zu werden. Ich weiß nicht, was in seinem Kopf vor sich geht. Ist das eine Beziehung für ihn? Was Ernstes? Ich hatte auf eine Fortsetzung von letztem Freitag gehofft.

Ich schließe auf, und er geht direkt in mein Wohnzimmer, schaltet das Licht an und nimmt die Fernbedienung vom Sofatisch aus Glas. „Soll ich dir mit dem Popcorn helfen?"

Meine lustvollen Gedanken kühlen ab. „Nein, ich komm schon klar."

Ich gehe in die Küche. Ich bin enttäuscht, obwohl ich es nicht sein sollte. Er zeigt mir, dass es nicht nur körperlich ist. Er will meinen Lieblingsabend mit mir verbringen – Popcorn essen und Renovierungsshows ansehen. Ich hole eine Packung Popcorn aus dem Schrank, lege sie in die Mikrowelle und drücke den Popcornknopf. Ich habe die neuesten *Reno Magic*-Folgen aufgenommen. Doch wenn ich die anstelle, wird Con dann bemerken, dass ich sabbere, wenn ich den Moderator sehe? Manchmal zieht Clint Owens sein Hemd aus, um draußen zu arbeiten, und ich genieße es sehr *solo*. Würde Con daran teilhaben wollen?

An was denke ich da gerade? Ich habe hier das richtige Angebot. Mein heißer Bauarbeiter sitzt in meinem Wohnzimmer. Noch besser, er ist ein königlicher Bauarbeiter, und er sagt, dass ich ihn gut erwischt habe. Und ich denke, das bedeutet, dass er in meiner Gegenwart genauso schmilzt wie ich in seiner. Ich brauche die Fantasie von Clint Owens nicht.

Ich lasse das Popcorn in der Küche und schaue ins Wohnzimmer. Connors Arme sind auf der Rückseite des beigen Sofas ausgebreitet, seine langen Beine ausgestreckt und an den Knöcheln gekreuzt.

Ich kann nicht anders. Er sieht so männlich aus, so auf meinem Sofa ausgestreckt. Ich gehe direkt zu ihm.

„Kein Popcorn?", fragt er. „Ich könnte schwören, dass ich Popcorn gerochen habe."

Ich setze mich rittlings auf seinen Schoß, und meine Finger graben sich in seine weichen Haare. „Ich will dich."

Er lächelt mich sexy an und legt seine Arme um mich. „Ich weiß."

9

Connor

Ich werde am frühen Samstagmorgen von Beccas Wecker wach. Sie schaltet ihn mit einer Hand ab und stöhnt. Wir haben uns letzte Nacht lange wach gehalten. Was kann ich sagen? Die Frau will mich wirklich.

Ich kuschle mich an ihren Hals, und sie macht ein schnurrendes zufriedenes Geräusch, bevor sie nach Luft schnappt und mich wegschiebt. Sie springt aus dem Bett. „Ich muss mich fertig machen."

Ich setze mich auf „Ich mich auch."

Sie hält eine Hand hoch. „Du kannst nicht mit mir mit der U-Bahn zum Unterricht fahren. Wir dürfen nicht zusammen gesehen werden. "

„Es gibt zahllose Leute in der U-Bahn. Niemand wird uns bemerken."

Sie sieht mich streng an, ihre Lippen zu einer dünnen Linie aufeinandergepresst. „Con, wir müssen den Schein wahren."

„Das werden wir. Ich lasse dich zuerst ins Zimmer gehen. Niemand wird etwas bemerken."

Sie nickt kurz und eilt ins Bad. Ein paar Minuten später kommt sie mit der Zahnbürste im Mund heraus. Sie zieht sie heraus. „Du setzt dich ganz hinten in den Raum und stellst keinen Blickkontakt her."

Ich schlage die Decke zurück und gehe auf sie zu. Ich bin nackt, und ihr Blick fällt auf meinen Schwanz, ruckt zu meinen Augen, und dann geht sie schnell zurück ins Bad.

Ich folge ihr hinein. Nachdem sie sich den Mund ausgespült hat, lege ich meine Arme von hinten um sie und küsse ihren Hals. Normalerweise macht sie das ganz schwach, doch jetzt öffnet sie den Medizinschrank und holt eine neue Zahnbürste hervor, die noch in der Verpackung ist.

„Hier", sagt sie und gibt sie mir.

Ich verstehe den Hinweis. Sie will, dass ich minzfrisch bin, bevor ich sie noch mehr küsse. Ich putze mir die Zähne und sehe im Spiegel zu, wie sie das Wasser für die Dusche anstellt und darauf wartet, dass es warm wird. Sie ist groß und schlank, mit kleinen frechen Brüsten, einem glatten flachen Bauch, schmalen Hüften, langen Beinen. Sie erinnert mich an ein Model. Ich denke, sie hätte eins sein können, wenn sie nicht so schüchtern und fleißig gewesen wäre. Sie hat mir gestern Abend erzählt, als wir uns im Dunkeln unterhalten haben, dass sie die Schule geliebt hat, weil sie so gut darin gewesen ist, was ein Teil des Grundes ist, warum sie froh ist, wieder an einer Uni zu sein. Ich habe die Schule nie so ernst genommen, weil ich wusste, dass ich bereits einen Job in unserem Familienunternehmen sicher hatte. Wenn ich mich damals angestrengt hätte und tatsächlich gearbeitet hätte, wäre ich vielleicht auch gut in der Schule gewesen. Doch die Wahrheit ist, ich arbeite gerne mit meinen Händen, ich mag einen guten harten Arbeitstag, der mich ins Schwitzen bringt, und ich will für die Familie arbeiten. Ich bereue es nicht, nicht auf die Uni gegangen zu sein, doch jetzt wünschte ich mir, ich wüsste mehr über Betriebswirtschaft.

Ich mache einen kurzen Ausflug zurück ins Schlafzimmer, während ich mir die Zähne putze, und kehre ins Badezimmer zurück, um zu spülen und zu spucken. Alles bereit. Ich ziehe den Duschvorhang zurück und gehe zu ihr.

„Con!"

„Ja, Becca", sage ich und ziehe sie in meine Arme. „Ich bin

jetzt minzfrisch." Ich küsse sie, und sie schmilzt an mich. Ich liebe es, wenn sie das macht.

Sie bricht den Kuss. „Du hast ein echtes Problem mit Grenzen. Versprich mir, dass du die Grenzen im Klassenzimmer respektierst. Du musst hinten sitzen und mich nicht ansehen."

Ich küsse ihren Hals und sauge an ihrer Haut. Ich will sie schon wieder.

Sie klammert sich an meine Schultern. „K-kannst du das?"

Ich hebe meinen Kopf. „Ich werde mich zurücklehnen, doch ich muss dich vielleicht ab und zu ansehen. Du bist ganz vorne und wirst sowieso nicht aufhören zu reden."

„Sei ernst."

„Es hört sich also so an, als wären Rosen tabu, oder? Keine großen romantischen Gesten für meine Lieblingsdozentin?"

Sie reißt die Augen auf. „Absolut nicht."

Ich lächle. „War ein Scherz. Rosen sind teuer, und du weißt, ich spare." Sie liebt es, dass ich ein Sparer bin.

Ihre Wimpern flattern zu, als sie auf meine Brust starrt. „Ich weiß. Zu einem anderen Anlass wären Rosen romantisch. Nur nicht im Klassenzimmer."

„Du willst einen Kerl, der all diese romantischen Sachen macht, nicht wahr?"

Ihr Kinn ragt heraus. „Und was ist daran falsch?"

Ich streiche mit meinen Händen über ihre Seiten und überfliege die Seiten ihrer Brüste. Ihre Nippel richten sich auf. „Absolut gar nichts. Jetzt kenne ich den Schlüssel zu Becca."

Ihre Stimme ist atemlos. „Tu nichts Unangemessenes, okay?"

„Wer ich?" Ich streichle ihre Brüste, und sie stöhnt. „Du musst dir keine Sorgen machen, ich bin der Engel der Familie."

„Ich schaudere, wenn ich mir den Rest vorstelle."

Ich dränge sie an die Wand und küsse sie lange und gründlich. Ich küsse sie, bis sich ihre Nägel in meine Schultern graben und ihr Bein sich hebt und sich hoch um meine Hüfte legt. Das ist ihr *ich will dich* Signal. Ich beiße in ihr

Ohrläppchen und zupfe daran. „Ich verbiege die Regeln, wenn es mir passt. Ich breche sie nicht."

Sie ist still, als ich ihrem Blick begegne. Ich studiere sie für einen Moment. Sie ist definitiv angetörnt, macht sich aber immer noch Sorgen wegen uns. In diesem Moment weiß ich, was sie wirklich braucht. Der Schlüssel zu Becca sind nicht Blumen, sondern Planung.

Ich halte ihren Kiefer. „Ich habe einen Plan gemacht, um Zeit mit dir zu verbringen, und ich habe die Schritte befolgt, um es zu erreichen."

„Con", sagt sie eindringlich und kippt ihr Becken.

Ich schiebe meine Hand zwischen uns und streichle sie. Innerhalb weniger Momente wiegt sie sich gegen mich, den Kopf an die Wand gelehnt, ihr Griff um meine Schultern lockert sich. Ihre Knie geben nach, und ich ziehe sie an mich. Das Wasser läuft über uns beide. Ich streichle ihre Brust, rolle und zupfe ihre Nippel, während ich sie streichle, um einen Gang hochzuschalten. Sie stöhnt meinen Namen, ihre Hüfte stößt zu meinem Rhythmus und sucht mehr von meiner Berührung. Ich liebe ihre Reaktionen, liebe ihre sexy Laute. Sie spannt sich an und kommt dann mit einem scharfen Schrei. Ich lasse es sie ausreiten, und dann dreht sie sich um, küsst mich drängend und besteigt mich quasi.

Ich weiß, was sie braucht. Das brauche ich auch. Ich nehme das Kondom, das ich in die Seifenschale geworfen habe, und reiße es auf. „Planung", sage ich.

„Ja", schnurrt sie. „Gute Planung."

Sie packt mich in dem Moment, in dem ich es übergezogen habe, und ich hebe sie hoch und nehme sie gegen die Wand. „Ja!", zischt sie, als ich tief in sie hineinstoße.

Ich versuche immer noch, die Kontrolle wiederzugewinnen. Sie wiegt ihre Hüften, packt meinen Arsch und versucht mich zu bewegen. „Bec", sage ich und halte ihren Kiefer. „Langsam."

Ich stoße langsam und tief zu und will, dass es anhält. Sie küsst mich gierig, ihre Hände sind überall auf mir, ihre Hüfte wiegt sich, um jedem Stoß zu begegnen. Oh Gott, es fühlt sich zu gut an. Ich habe wieder eine Hand zwischen uns und streichle sie. Sie wird wild in meinen Armen und reibt sich an mir. Ich lege die Hand auf ihre Hüfte und halte sie fest. Dann küsse ich sie, und das ist alles, was es braucht. Sie stöhnt in meinen Mund, und ihr Höhepunkt massiert mich rhythmisch. Ich lasse los, ramme in sie hinein, weiter und weiter bis zur Explosion. Sie bricht über mich herein, eine Springflut der Lust, die meine Kraft erschöpft. Ich sacke schwer gegen sie.

„Wundervoller Mann!", stöhnt sie.

Ich lache leise. Sie ist nach einem Orgasmus so glücklich, noch mehr nach mehreren Orgasmen. Ich will ihr immer mehr geben.

Ihre Finger streichen durch meine Haare, und sie küsst meine Wange. „Ich habe dich gut erwischt. Was bedeutet das?"

Ich hebe meinen Kopf. „Ich glaube, du weißt es. So, wie ich dich erwischt habe."

Sie wird ernst und sucht mein Gesicht. „Wir dürfen das nicht vermasseln."

Ich schlucke schwer. Ich verstehe, worum es geht, und ich bin mir völlig bewusst, dass ich derjenige bin, der uns gedrängt hat. Wenn sie wegen mir ihren Job verliert, werde nicht nur ich mir das nie verzeihen, sie sich auch nicht. Die Mathematik ist einfach – das Ende ihres Jobs entspricht dem Ende von uns. Es ist ein kalkuliertes Risiko. Doch was war die Alternative? Das Beste, was mir jemals passiert ist, ignorieren? Ich durfte keine Zeit verschwenden, wenn ich endlich die Frau getroffen habe, auf die ich mein ganzes Leben gewartet habe.

„Wir werden es nicht vermasseln", sage ich, hebe sie sanft von mir und stelle sie unter den Regen.

„Es muss so spät sein", sagt sie und greift nach der Seife. „Ich darf nicht zu spät kommen."

Sie wäscht sich schnell und geht sich anziehen. Ich beende das Waschen allein und stelle das Wasser ab. Das hier ist was Besonderes, und ich kann nur hoffen, dass es nicht von der Außenwelt ruiniert wird. Hier, nur wir zwei, ist alles perfekt. Zum ersten Mal in meinem Leben habe ich das Gefühl, dass ich tatsächlich einen Plan brauche, um dafür zu sorgen, dass es auch gut bleibt. Normalerweise würde ich nur sagen, was auch immer passiert, doch Becca und ich, nun, das ist zu wichtig, um nicht vorsichtig zu sein.

Becca

Ich stehe wieder am Rednerpult und bereite mich auf mein zweites Seminar vor. Ich behalte meine Notizen im Auge und ignoriere Con, als er hereinkommt und ans hintere Ende des Raumes geht. Ich habe ihn nur in meiner peripheren Sicht bemerkt, doch ich kenne diesen Körper – groß und muskulös genug, um eine große Frau zu heben. *Denk nicht daran.* Meine Wangen werden heiß, und ich versuche, mich auf etwas anderes zu konzentrieren.

„Guten Morgen, Miss Edwards", sagt Mike fröhlich und nimmt in der ersten Reihe Platz. Er trägt ein rosa Hemd und eine rote Kordhose zu braunen Loafers. Ziemlich schick für einen Kurs am Samstagmorgen.

„Morgen, Mike", sage ich. „Bitte nennen Sie mich Rebecca."

Er starrt mich lächelnd an. Erster Tagesordnungspunkt: alle dazu ermutigen, die Sprechstunde am Donnerstagabend zu besuchen. Ich möchte keinen weiteren einstündigen Monolog von Mike durchstehen müssen. Ich werde sie mit Keksen bestechen, wenn ich muss.

„Mir hat unsere Diskussion am Donnerstag wirklich gefallen", sagt Mike und lächelt mich immer noch an.

„Ich bin froh, dass es Ihnen etwas gebracht hat", sage ich und lächle den nächsten Studenten zu, die hereinkommen. Ich schätze seine Begeisterung, doch ich möchte nicht, dass jemand denkt, ich konzentriere mich zu sehr auf einen Studenten.

Sobald alle Platz genommen haben, sage ich: „Guten Morgen. Ich wollte Sie alle daran erinnern, dass Sie am Donnerstagabend zwischen 19 bis 20 Uhr zu meiner Sprechstunde willkommen sind. Sie brauchen keine Frage zu haben, wir können uns einfach unterhalten. Ich werde tun, was ich kann, um Ihnen zu helfen. Sei es durch meine eigenen Verbindungen oder die Ressourcen der Schule, ich bin für Sie da. Außerdem gibt es selbstgebackene Kekse."

Ein paar Leute lachen.

„Hey, ich war das letzte Mal da, und es gab keine Kekse", protestiert Mike gut gelaunt.

„Ich hatte sie vergessen." Ich hebe einen Finger und erkläre: „Von jetzt an wird es Kekse geben. Schokoladenkekse."

„Ich komme auf jeden Fall!", sagt Mike.

Ich fange Cons Blick in der hinteren Reihe ein, und ein Mundwinkel hebt sich zu einem kleinen Lächeln. Ich lächle zurück, und ein Flattern in meinem Bauch erinnert mich an die letzte Nacht und heute Morgen. Ich reiße meinen Blick weg. Mike starrt mich wieder an, doch diesmal ist sein Mund eine flache Linie, und er sieht angepisst aus. Hat er bemerkt, dass ich Con angelächelt habe?

Ich konzentriere mich schnell auf meine Notizen. „Okay, Erinnerung, Ihre Studienarbeiten sind nächste Woche fällig. Das ist Ihre Version einer Fallstudie zur Diskussion im Unterricht. Es kann auf einem Unternehmen basieren, für das Sie zuvor gearbeitet haben, für das Sie derzeit arbeiten, oder nur auf einem Bereich, der für Sie von Interesse ist. Bitte verwenden Sie die Fallstudie der letzten Woche als Grundlage für das Format. Ich möchte Hintergrundinformationen, was nicht funktioniert, und Ihre Lösungsansätze sehen. Wir werden jede Arbeit im Kurs diskutieren. Nun zum heutigen Thema: Macht und Politik in Organisationen."

Ich blicke auf und sehe, dass alle auf ihre Notizbücher oder Laptops starren und bereit sind, jedes Wort mitzunotieren. Alle außer Con, der einfach nur zuhört, seine Augen auf meine gerichtet. Unsere Blicke begegnen sich für einen intensiven Moment, der meinen Puls rasen lässt und einen Hitzeblitz durch mich jagt. Mein Körper kennt ihn, will ihn und es ist ihm egal, dass ich unterrichte. Scheiße.

Ich wende mich meinen Notizen zu und schalte in Seminarmodus, entschlossen, mich nicht von weiteren langen Blicken ablenken zu lassen. Ich sehe ihn für den Rest des Unterrichts nicht an. Er meldet sich nicht einmal zu Wort. Das stört mich, obwohl ich sicher bin, dass er es tut, um es mir leichter zu machen. Die Teilnahme ist die halbe Note für den Kurs. Ich weiß, dass er nur Gasthörer ist, doch er muss die Erwartungen des Kurses für sich und den Rest der Gruppe erfüllen.

Nach dem Unterricht nehme ich mir Zeit, um meine Sachen zu packen, in der Hoffnung, ihn zu erwischen, wenn alle anderen gegangen sind, um allein mit ihm zu sprechen, ohne auf uns aufmerksam zu machen. Mike kommt auf mich zu, um mir einige Fragen zu stellen, die ich so schnell ich kann beantworte, mein Auge auf die Tür gerichtet. Ich könnte Con vielleicht in der U-Bahn einholen, doch vielleicht auch nicht. Es war Zufall, dass unser Timing letzte Woche geklappt hat.

„Tut mir leid, Mike", unterbreche ich, als er zu einem anderen Punkt zurückkehrt, den er heute im Unterricht angesprochen hat. „Ich muss jetzt wirklich los. Wir können nächste Woche weiterreden."

„Oder während Ihrer Sprechstunde."

„Natürlich."

Er zwinkert und richtet eine Fingerpistole auf mich. „Das ist ein Date."

Ich versteife mich. Ich hoffe wirklich, dass er nicht auf falsche Gedanken kommt. „Es ist eine Erweiterung des Kurses", sage ich streng, bevor ich zur Tür hinausgehe.

Meine Studenten haben sich zerstreut, und ich sehe Con nicht. Ich weiß nicht, warum ich das dringende Bedürfnis hatte, ihm zu sagen, dass er am Unterricht teilnehmen kann, doch ich habe es, und ich bin enttäuscht. Ich glaube, ich wollte, dass das Lehrergespräch in der Lehrerumgebung bleibt. Ich versuche, Becca und Con von Rebecca und Connor zu trennen. Verdammt, vielleicht mache ich mir mit diesen künstlichen Grenzen nur was vor. Vielleicht habe ich gleich beim ersten Mal richtig gelegen. Es ist dumm, mir zu erlauben, mich zu verknallen, wenn meine Karriere auf dem Spiel steht.

Ich biege am Ende des Flurs um die Ecke und zucke zusammen, als mir ein großer Mann in den Weg tritt.

„Hey, entspann dich, ich bin's nur." Con beugt sich vor, um mir ins Ohr zu flüstern: „Ich wollte warten, bis alle anderen gegangen sind, um dich zu begleiten. Willst du vor der U-Bahn irgendwo einen Kaffee trinken? Jemand hat mich fast die ganze Nacht wach gehalten." Er zwinkert, seine blauen Augen funkeln, und ich bin so versucht, meine Arme um ihn zu werfen. Er ist einfach so warm und schafft es so mühelos, dass ich mich gut fühle.

Ich sehe mich um. Es sind nicht viele Leute in der Nähe, doch wir befinden uns immer noch im Gebäude. Das bedeutet, dass ich mich professionell verhalten muss. „Ja zum Kaffee. Lass uns gehen."

„Die scheinen heute ziemlich begeistert von deiner Sprechstunde gewesen zu sein. Schließt mich das mit ein?"

„Jeder im Kurs ist willkommen."

„Gibt es wirklich selbstgebackene Schokokekse?"

Ich lache. „Ja. Das ist quasi Bestechung, weil ich eine Wiederholung der letzten Woche vermeiden will." Ich berichte ihm leise von der langweiligen Stunde, die ich mit Mike verbracht habe.

„Also hat er dir doziert, was du ihm bereits über die Fallstudie über Kaffee beigebracht hast."

„Ja."

„Eine ganze Stunde lang."

„So lange dauert meine Sprechstunde, doch dann wollte er das Gespräch über Kaffee bei einem Kaffee fortsetzen. Ein bisschen zu enthusiastisch."

Er neigt den Kopf. „Ist es üblich, einen Dozenten zum Kaffee einzuladen?"

Ich ziehe den Riemen meiner Botentasche über meine Schulter, als wir nach unten gehen, und denke über die Frage nach. „Ich weiß nicht. Ich habe das als Studentin nie versucht, doch ich denke, es passiert. Es ist nicht wirklich ein Problem, wenn man nur über den Kurs spricht."

„Hm –"

„Was? Glaubst du, er interessiert sich für mich?"

„Kann sein. Ich werde ihn im Auge behalten. Und zu deinen Sprechstunden da sein."

„Nein, mach das nicht. Das könnte den falschen Eindruck erwecken. Ich werde es später erklären." Das Letzte, was ich will, ist, dass Connor vor Mike oder einem meiner Studenten wie ein überfürsorglicher Freund aussieht. Darüber werden wir reden, sobald wir den Campus verlassen haben. „Wie auch immer, ich wollte sichergehen, dass du weißt, dass es wichtig ist, dass du dich am Unterricht beteiligst. Die Teilnahme macht die halbe Note aus."

„Aber ich bekomme keine Note. Ich bin wie die Tapete in deinem Zimmer. Nur da, um gut auszusehen."

Ich lache. „Trotzdem ist es wichtig, Teil der Diskussion zu sein. Besonders wenn wir uns in kleine Gruppen aufteilen, um die Fälle zu diskutieren. Du warst der Einzige, der nichts zu seiner Fallstudie gesagt hat."

„Vielleicht hatte ich keine Meinung."

Wir kommen ins Erdgeschoss, und ich beuge mich zu ihm hinüber, um leise zu sagen: „Ich möchte nicht, dass du wegen mir irgendwas verpasst. Ich weiß, ich habe dich gebeten, dich zurückzulehnen und mich nicht anzusehen, doch das bedeutet nicht, dass du unsichtbar sein musst. Bitte sag was, lass den Kurs wissen, was du denkst. Es ist auch in Ordnung, wenn du Fragen stellst. Hier ist die überarbeitete Fassung meiner vorherigen Aussage: Wenn wir im Unterricht sind, kannst du mich ansehen und mit mir sprechen, doch wir werden uns strikt an die Grenzen zwischen Dozent und Student halten, und alles wird reibungslos ablaufen."

Sein Blick schwelt auf meinem, seine Stimme heiser. „Eine überarbeitete Fassung, was? Jetzt darf ich dich ansehen." Seine Stimme wird fast ein Flüstern. „Mit dir reden." Seine Worte sind wie eine Liebkosung. Mein Körper summt, Funken schießen über meine Haut.

„Ja", sage ich leise.

„Guten Morgen, Rebecca", dröhnt eine männliche Stimme.

Ich springe von Con zurück und wende mich dem Dekan der Business School – meinem Boss – zu. „Guten Morgen, Dean Sears." Er ist in den Fünfzigern mit schütterem braunem Haar und trägt seine übliche bunte Fliege – heute ist sie gelb mit roten Tupfen – sowie ein weißes Hemd und eine dunkelgraue Hose.

„Bitte nennen Sie mich Robert." Er bietet Con seine Hand an. „Dr. Robert Sears."

Con gibt ihm die Hand. „Connor Rourke, schön, Sie kennenzulernen."

Dean Sears lächelt und dreht sich zu mir um. „Am kommenden Samstag gibt es einen Fakultätsempfang für die Business School. Ich hoffe, Sie kommen. Sie können natürlich ein Date mitbringen." Er nickt Connor zu.

Mein Magen schlingert. Dean Sears geht angesichts seiner Einladung offensichtlich davon aus, dass wir ein Paar sind. „Er ist nicht mein Date", platzt es aus mir heraus. „Wir unterhalten uns nur. Er hatte eine Frage. Ich bin Single." *Oh Gott, halt die Klappe!*

Dean Sears sieht mich seltsam an, bevor er sagt: „Okay."

„Ich würde gerne zum Empfang der Fakultät gehen", sage ich. „Nur ich."

„Ist nichts Besonderes", sagt Dean Sears. „Nur ein Cocktailempfang in der Lounge."

„Klingt perfekt", sage ich begeistert, Schweiß läuft mir über den Rücken.

„Großartig. Bis dann." Er geht durch die Lobby, um einen anderen Professor zu begrüßen.

Ich gehe auf steifen Beinen zum Ausgang. Das ist schlecht. Ich sollte nicht zu oft mit Connor gesehen werden. Dean Sears könnte jederzeit in meinen Kurs kommen und ihn dort sitzen sehen. Er wird eins und eins zusammenzählen. Es ist einfach zu riskant, dass irgendwas rausrutscht und wir auffliegen.

Ich blicke zu ihm auf, und er sieht mich verständnisvoll an. „Ich weiß."

Ich seufze erleichtert. Er versteht es, und es tut ihm nicht weh, dass ich jegliche Beziehung zu ihm geleugnet habe.

Ich warte, bis wir sicher den Block hinunter sind und in Richtung eines Cafés gehen, bevor ich sage: „Wir dürfen auf dem Campus nicht zu viel zusammen gesehen werden."

„Dein Arbeitsplatz, deine Regeln", sagt er. „Darf ich dich jetzt berühren?"

Ich sehe mich um, nur für den Fall, dass Studenten in der Nähe sind. Mein Atem stockt, als ich sehe, wie Mike uns direkt vor dem Café beobachtet. Wusste er, dass ich letzte Woche nach dem Unterricht hier war?

„Keine Berührung", sage ich leise. „Lass uns auf den Kaffee verzichten." Ich drehe mich um und gehe zur U-Bahn-Station auf der anderen Straßenseite.

Con hält mit mir Schritt. „Was ist los?"

„Nichts. Ich will nur zurück."

„Flippst du aus, weil dein Boss angenommen hat, dass wir zusammen sind, und denkst jetzt, dass alle anderen wahrscheinlich dasselbe denken?"

„Ich flippe nicht aus, doch natürlich ist es mir in den Sinn gekommen. Glaubst du, alle gehen davon aus, dass wir ein Paar sind?"

„Ich weiß nicht."

Ich überquere die Straße und versuche verzweifelt, mich daran zu erinnern, wie oft mein Blick heute im Unterricht seinem begegnet ist. Mindestens dreimal. Ich fühlte mich während des größten Teils meines Vortrags überhitzt, und meine Nerven haben blank gelegen. Habe ich es so gut überspielt, wie ich dachte?

Er geht weiter. „Es gibt Chemie. Manchmal ist das für andere offensichtlich." Er zuckt mit den Schultern. „Es ist aber genauso gut möglich, dass niemand etwas bemerkt hat."

„Doch es ist möglich, *dass* sie es getan haben."

Er atmet scharf aus. Wir hören auf zu reden, während wir uns zwischen ein paar Leuten hindurchschieben.

„Bitte zwing mich nicht, noch ein falsches Profil einzurichten, nur um dich wiedersehen zu dürfen", sagt er. „Ob es dir gefällt oder nicht, meine Chemie geht nirgendwo hin. Wir müssen es nur so gut wie möglich im Kurs überspielen, das ist alles."

Ich will meinen Kopf gegen die Wand schlagen, weil es keine einfache Lösung gibt. Ich kann mich so verbiegen, wie ich will, doch die Chemie ist eine knisternde Sache zwischen uns, selbst während des Seminars in meinem vollen Kurs. Zwei Nächte wilder, leidenschaftlicher Sex haben es mir unmöglich gemacht, in seiner Gegenwart cool zu bleiben. Mein Körper wird sich immer an das Wunderland der multiplen Orgasmen erinnern, das eine Nacht mit Connor Rourke ist.

„Es ist hoffnungslos", sage ich.

„So gefällt mir das schon besser", sagt er mit einem Grinsen.

Als wir in den Zug eingestiegen sind, setze ich mich auf die lange Sitzreihe entlang des Gangs, und er lässt sich auf den Platz neben mir fallen.

„Willst du heute Abend was machen?", fragt er.

Mein Geist kreist sofort um schmutzige Gedanken. Was habe ich gesagt? Es ist einfach zu einfach, sich auf ihn einzulassen, wenn wir uns ständig in den Laken verheddern. Jemand wird sich die Finger verbrennen. Und das werde ich sein. Außerdem habe ich heute Abend tatsächlich was vor.

„Kann nicht", sage ich. „Ich gehe mit meiner besten Freundin zu ihrem Geburtstag aus." Simone hat eine große Geburtstagsparty in einem Club in der Stadt, um ihren 30. Geburtstag zu feiern, doch ich lasse das weg, weil ich ihn nicht dabeihaben will. Ich muss mit ihr über diese Connor-Situation sprechen und brauche ihre Meinung dazu. Wir sind seit dem Kindergarten beste Freundinnen, und sie hält sich nicht zurück, wenn ich ihre Meinung brauche. Ich brauche dringend eine Perspektive von außen. Ich mag dieses Gefühl nicht, ihm ständige nahe sein zu wollen und Abstand halten zu müssen. Es macht mich verrückt.

„Ein andermal", sagt er und schließt die Augen.

Irgendetwas an seiner Stimme irritiert mich und lässt mich gerader sitzen. Okay, ich verstehe schon. Er ist müde von gestern Nacht, und ich habe ihn von seinem Kaffee ferngehalten, um Mike auszuweichen, also will Con jetzt in der U-Bahn ein Nickerchen halten. Es fühlt sich einfach so an, als würde er mich absichtlich ignorieren, weil ich ihm gesagt habe, dass ich heute Abend schon was vorhabe. *Meine Güte, wie verrückt macht mich dieser Mann?* Ich bin sonst nie so sensibel.

Er nimmt meine Hand, verflicht unsere Finger, und ich seufze, lehne meinen Kopf an seine Schulter und schließe meine Augen. Ich glaube nicht, dass ich ihm jemals widerstehen kann. Alles mit Connor ist so kompliziert. Warum quäle ich mich so?

10

Becca

In dieser Nacht melde ich mich bei der jungen brünetten Frau mit Headset vor dem Club für Simones Geburtstagsparty. „Hallo, ich bin Becca Edwards."

Sie überprüft die Liste, findet meinen Namen und spricht in das Headset, bevor sie mich anlächelt. „Immer reinspaziert."

Ich folge dem roten Teppich zur Glastür, die ein muskulöser Türsteher für mich öffnet. Ich betrete den Club zu einem dröhnenden Bass-Beat, der den Boden vibrieren lässt. Ein anderer Mann in Anzug und mit einem Headset begrüßt mich, nimmt meinen Mantel und führt mich nach oben. In der Nähe stehen ein paar tough aussehende Männer, die alle Ohrhörer tragen. Warum all die Sicherheitsmaßnahmen? Meine beste Freundin ist Simone Rivera, ein international bekannter Popstar. Für mich wird sie immer das Mädchen sein, das ich zwischen den Kleiderhaken im Kindergarten weinen sah, weil ihr T-Shirt ein Loch hatte und die anderen Mädchen sie deswegen aufgezogen hatten. Sie war damals arm und sich schon in diesem Alter der Tatsache bewusst, dass ihre Kleidung aus dem Secondhandladen stammte. Ich habe ihr gesagt, wir könnten Zwillinge sein, was bedeutete, dass wir unsere Klamotten tauschen könnten. Ich weiß nicht, wie ich darauf gekommen bin. Ich bin blond mit hellblauen Augen und blasser Haut. Sie ist brünett mit tiefbraunen Augen und goldbrauner Haut. Ich bin groß; sie ist eher Durchschnitt. Offensichtlich würde uns niemand für Zwillinge halten. Doch sie hat glücklich ein paar T-Shirts und Kleider getragen, aus denen ich herausgewachsen war. Sie waren immer noch in großartigem Zustand, weil ich keine Klamotten von Geschwistern auftragen musste, da ich ein Einzelkind bin – und ich vorsichtig mit meinen Kleidern war. Wie auch immer, wir sind Freundinnen geworden und jetzt, 25 Jahre später, stehen wir uns immer noch nahe. Ich sehe sie nur nicht so oft, wie ich sie gerne sehen würde. Früher war es schwierig, mich wegen all meiner jobbedingten Reisen zu treffen, doch in den letzten zwei Jahren war es wegen ihres Jobs. Sie ist endlich groß rausgekommen, so wie ich es immer für sie erwartet habe.

Oben gibt es eine vollgepackte Tanzfläche und Leute, die auf gepolsterten roten Würfeln an den Rändern sitzen. Ich sehe mich nach ihr um und bemerke links ein paar private Sitznischen. Ich wette, sie ist da.

Ich gehe rüber, und da ist sie, versteckt in einer Nische mit ein paar Leuten, die ich nicht kenne. Sobald sie mich entdeckt, schreit sie und wirft ihre Hände in die Luft. „Becca! Mein Zwilling!" Ihr langes dunkelbraunes Haar hat sie zu einem süßen hohen Pferdeschwanz gebunden. Sie weist einige der anderen Leute in der Nische an, aus dem Weg zu rücken, und eilt zu mir, so schnell sie sich in einem hautengen silbernen Minikleid mit Pailletten und kniehohen weißen Plateaustiefeln bewegen kann. Mein Kleines Schwarzes mit schwarzen Pumps ist im Vergleich dazu so *blah*.

Sie packt mich in eine Monsterumarmung und küsst mich auf die Wange. Sie zieht sich zurück, um mich anzusehen, ihre Hände immer noch auf meinen Schultern, und grinst. „Wie fühlt es sich an, dreißig zu sein?"

Ich lächle und sage mit neckender Stimme: „Keine Ahnung. Ich habe noch sieben Monate in meinen Zwanzigern."

„Unmöglich. Wir sind Zwillinge!"

„Alles Gute zum Geburtstag, Zwilling." Ich gebe ihr die Geschenktüte. Es ist schwer, was für sie zu finden, weil sie im Grunde alles hat, was sie sich nur wünschen kann, bei dem Geld, das sie verdient.

Sie führt mich zu einem kleinen abgesperrten Bereich in der Ecke mit einem quadratischen Tisch und vier Stühlen. „Ich habe den Tisch für uns reserviert, damit wir uns in Ruhe unterhalten können. Ich habe dich eine Ewigkeit nicht mehr gesehen." Sie setzt sich, zieht einen anderen Stuhl direkt neben ihren, späht dann in ihre Geschenktüte und holt eine Packung Kirsch-Twizzler heraus. „Oh, die hab ich auch vermisst. Stehen nicht auf meinem gesunden Tourspeiseplan."

Ich stupse ihre Schulter an und sage mit singender Stimme: „Nun, wenn du sie nicht willst, kenne ich jemanden, der sie gern mag." Es ist ein Lieblingszitat aus den Simpsons, wenn Homer Marge ein Geschenk gibt, das eigentlich er will – eine Bowlingkugel mit seinem Namen drauf.

Sie lacht, reißt die Packung auf und bietet mir einen Twizzler an, bevor sie in einen beißt. Sie zieht das nächste Geschenk aus der Tasche – eine kleine Schachtel – und hält es hoch. „Hm." Sie gibt mir ihr halb aufgegessenes Lakritz, damit sie die Schachtel mit beiden Händen öffnen kann. „Ohhh! Ich liebe es!" Sie legt ihr neues Armband um und strahlt es an.

Es ist ein Metallarmband mit drei ineinandergreifenden Ringen aus mattem Grau, Silber und Gold. „Es soll Vergangenheit, Gegenwart und Zukunft darstellen. Das Grau ist Vergangenheit, Silber in der Mitte ist die Gegenwart, und Gold ist die Zukunft. Es ist eine Erinnerung daran, in der Gegenwart zu leben und für die Zukunft zu planen, ohne auf die graue Vergangenheit zurückzublicken. Schien angemessen für die Welle, die du in letzter Zeit reitest. Ich hoffe, du saugst alles auf, was am Jetzt großartig ist."

Ihre Augen glitzern von unvergossenen Tränen. „Oh, Bec. Das hätte zu keinem besseren Zeitpunkt kommen können. Ich habe mir Sorgen um das nächste Album gemacht, ob ich etwas Neues versuchen und den Fans trotzdem gefallen kann, und das ist eine großartige Erinnerung." Sie streichelt den silbernen Ring des Armbands. „Ich möchte wirklich im Moment leben und mir nicht so viele Sorgen um die Zukunft machen."

Ein Kellner kommt vorbei, und Simone bestellt uns Champagner.

„Okay, erzähl mir alles", sagt sie, nachdem der Kellner gegangen ist. „Wie läuft der Dozentenjob? Ist es so, wie du es dir vorgestellt hast?"

„Ich mag ihn, doch –" Ich atme tief ein. „Es ist etwas sehr Seltsames und völlig Unangemessenes passiert, und ich weiß einfach nicht, wie ich damit umgehen soll."

Ihre Brauen schießen hoch. „Du und unangemessen?"

„Ja."

Sie knufft mir die Schulter. „Raus mit der Sprache!"

Ich erzähle ihr, wie ich Connor getroffen habe und es zu meinem ungewöhnlichen One-Night-Stand gekommen ist, der sich als mehr herausgestellt hat.

„Nimm's dir, Mädchen", sagt sie und nickt. „Habe ich dir nicht gesagt, dass du nach deinem Oliver-Langweiler Spaß haben sollst?" Simone hat meinen Ex noch nie gemocht und hat ihn schon immer als Langweiler bezeichnet. Sogar bevor wir uns getrennt haben, und ich hätte ihre Einschätzung wahrscheinlich ernster nehmen sollen.

Sie lächelt strahlend. „Also, was ist falsch daran, Spaß mit diesem Typen zu haben?"

Ich schüttle den Kopf, verlegen über die Situation, in der ich mich befinde. Ich weiß, dass es falsch ist, doch ich sehe ihn immer wieder. Sie wäre schockiert darüber, wie ich meine Integrität aufgrund meiner außer Kontrolle geratenen Lust gefährdet habe. Es ist wirklich untypisch für mich. Okay, es ist nicht nur Lust. Ich mag ihn. Sehr sogar. Er ist so herzlich. Ich mag die Art und Weise, wie seine Augen bei seinem Lächeln und seiner entspannten Akzeptanz von fast allem, was ich sage, strahlen. Ich glaube nicht, dass er mich jemals eine Eiskönigin nennen würde, nur weil ich nicht dauer-lächle. Und ich fühle mich wohl mit ihm, sehr entspannt, was mir nicht immer leichtfällt. Es ist erst etwas über eine Woche her, doch ich könnte mich schon in ihn verlieben. Dummes zartes Herz.

Ich seufze. „Ich bin zu weit von meinem Lebensplan entfernt."

„Hey, du weißt, ich hab nichts gegen diese Lebensplan-Sache. Sie ist klug und diese Art des Denkens – Becca-Denken – ist, wie ich dahin gekommen bin, wo ich heute bin."

Ich sitze etwas aufrechter und bin stolz darauf, dass meine Planungsfähigkeiten für sie so nützlich waren.

Sie spricht weiter. „Doch manchmal musst du einfach loslassen. Apropos ..." Sie strahlt den Kellner an, der gerade mit unserem Champagner kommt. Er öffnet die Flasche mit einem Knall und Simone klatscht.

Als wir jeweils ein Glas Champagner in der Hand haben, stoßen wir an und trinken einen Schluck.

„Okay, also lass mich sehen, ob ich das richtig verstehe", sagt sie. „Du hast das Gefühl, etwas Seltsames und Unangemessenes getan zu haben, indem du einen One-Night-Stand hattest?" Sie klatscht auf meinen Arm. „Und warum hast du mich nicht sofort benachrichtigt?"

„Au." Ich reibe meinen Arm und werfe ihr einen finsteren Blick zu. „Es ist schnell kompliziert geworden, und es war mir irgendwie peinlich."

Ihre Augen weiten sich. „Hat er sich als dein Cousin herausgestellt oder sowas?"

„Gott, nein!" Ich starre auf den Tisch. „Er ist mein Student."

Sie quietscht, und ich sehe sie an. Sie hat die Hand vor ihren Mund geschlagen, ihre Augen sind riesig. Ich wusste, dass es schlecht war.

„Ich weiß", sage ich kleinlaut. „Es ist schrecklich. Ich wusste nicht, dass er mein Student ist, bis er am nächsten Morgen in meinem Kurs aufgetaucht ist."

Sie lässt ihre Hand sinken. „Wie alt ist er?"

„Er muss mindestens Ende zwanzig sein. Es ist die Graduiertenschule, und er ist ein Mann, voller Muskeln, Lachfältchen um die Augen, wenn er lächelt, selbstbewusste, verantwortungsbewusste Haltung."

„Oh mein Gott, Bec! Du stehst wirklich auf diesen Typen!"
Ihre Stimme ist so laut, dass der gesamte Club sie hören kann,
wahrscheinlich der gesamte Block.

Ich versuche, meine Ganzkörperrötung abzukühlen,
indem ich meinen Champagner in einem Zug austrinke und
huste, als die Blasen in die falsche Richtung blubbern.

Simone schlägt mir ein paarmal auf den Rücken. „Warum
weißt du nicht, wie alt er ist? Recherchierst du deine Jungs
nicht mehr, bevor du dich entscheidest, mit ihnen zusammen
zu sein?"

Ich wische mir die Augenwinkel ab. „Ich habe ihn googelt.
Irgendwie habe ich mich so in die Tatsache verstrickt, dass er
ein Prinz ist, dass ich sein Alter vergessen habe."

„Er ist ein *Prinz*?", flüstert sie.

Ich gestikuliere verzweifelt, damit sie nicht quietscht. „Ja,
und ein Bauarbeiter."

Sie fächelt sich mit beiden Händen Luft zu. Es ist ihre
erzähl mir alles-Geste. *Alles und nichts auslassen.* „Du sagst mir
also, dass du deine Fantasie hoch zwei getroffen hast."

„Ja!" Ich bin froh, dass sie es versteht, auch wenn ich das
Falsche tue. Hier spielen einige gesunde, logische Fantasieim-
pulse eine Rolle. Kommt da die Leidenschaft her? Ich muss an
Cons Worte denken. Becca, hier sind die Fakten. Wir haben
verrückte Chemie. Das heißt, es ist eine Einbahnstraße, und
ich glaube nicht, dass er eine Lehrerfantasie hat. Oder
Moment, hat er eine? Gah! Was ist das für ein Ding zwischen
uns und warum? Ich habe das Gefühl, wenn ich es ohne all
meine verwirrenden Gefühle besser verstehen könnte, wäre
ich nicht die ganze Zeit so aufgeregt.

„Ein Prinz und ein Bauarbeiter", sagt Simone mit einem
Lächeln. „Es ist, als wäre er deiner Fantasie entsprungen."

„Ich weiß. Ein königlicher Bauarbeiter. Es ist perfekt." Ich
runzele die Stirn. „Bis auf den Dozenten-Studenten-Teil. Was
soll ich tun? Ich will diesen Job wirklich, und ich will nicht
wegen irgendetwas Unangemessenem rausgeworfen werden.
Wenn das passiert, bekomme ich vielleicht nie wieder einen
Lehrerjob. Schlimmer noch, mein Vater ist mit meinem Boss
Dean Sears gut befreundet. Sie waren Freunde an der Uni."

Sie gießt mir noch ein Glas Champagner ein. „Wow. Das ist eine echte Zwickmühle."

Ein paar Leute kommen auf sie zu und bitten sie zu tanzen. „Später, versprochen!" sagt sie mit einem Lächeln. „Ich unterhalte mich mit meinem Zwilling."

Sie sehen mich komisch an, bevor sie zur Tanzfläche gehen. Niemand würde jemals glauben, dass wir Zwillinge sind.

Meine Gedanken wandern zurück zu Connor, wie immer in einem Moment der Ruhe. Ist es falsch, ihn weiter zu sehen?

Wie kann ich ihm widerstehen? Meine Erfolgsbilanz in dieser Hinsicht ist ... ein totaler Fehlschlag.

Simone beugt sich vor und senkt ihre Stimme. „Wie ist der Sex?"

Ich hatte genug Champagner, um es zuzugeben. Außerdem ist es Simone. „Der beste, den ich je hatte."

Sie legt ihren Arm um mich. „Okay, hier ist, was du tun wirst. Triff dich weiter mit dem Typen, hab weiter den besten Sex deines Lebens und halte alles geheim. Es wird noch heißer. Dein heimlicher königlicher Bauarbeiter-Lover."

Ich lächle zuerst, doch dann schwindet es. „Ich weiß nicht. Es fühlt sich immer noch so an, als ob für mich das Risiko zu groß ist."

„Trink mehr Champagner."

Ich schüttle lachend den Kopf. Wir trinken beide etwas. Sie nimmt meine Handtasche von meiner Rückenlehne und gibt sie mir. „Lade ihn hierher ein. Ich will ihn treffen."

Mein Herz schlägt schneller. „Wie soll das helfen?"

„Ich sehe euch zusammen. Dann weiß ich, ob er das Risiko wert ist."

„Meinen Job zu verlieren? Kein Mann ist dieses Risiko wert, besonders wenn es diese Tür für immer für mich verschließt. Und du kennst meine Eltern. Sie würden mich enterben und ihn niemals akzeptieren. Die Schande wäre zu groß."

„Bec."

„Was?", frage ich kläglich, verloren in meinen widersprüchlichen Gefühlen und unbequemen Moralvorstellungen.

„Du verdienst es, glücklich zu sein. Das ist alles, was mich interessiert. Lad ihn ein. Jetzt. Hierher."

Ich atme scharf aus. „Du wirst nur sehen, dass wir Chemie haben. Ich muss klar denken, wenn er nicht da ist, *damit ich mir über alles klar werden kann*. Das muss eine rationale Entscheidung sein, die völlig unabhängig von dem ist, was mit mir passiert, wenn ich in seiner Nähe bin. Denn da verliere ich meinen gesunden Menschenverstand, Simone."

Sie streckt ihre Hand aus. „Handy, *por favor*."

Sie weiß, wie sehr ich gute Manieren in jeder Sprache schätze, doch ich bleibe stark. „Du rufst ihn nicht an."

„Komm schon, es wird lustig. Er wird sich über einen Anruf von Simone Rivera freuen. Jeder freut sich."

Ich schüttle langsam den Kopf. „Ah, hallo! Erinnerst du dich, als du mir gesagt hast, ich soll dich wissen lassen, wenn dir der Hype zu Kopf steigt?" Ich lege meine Hand auf ihren Arm. „Riesige Fangemeinde, Angestellte, die dir in den Hintern kriechen? Hype?"

„Deshalb habe ich dich gebeten, als Business Manager für mich zu arbeiten. Und natürlich wegen deiner unglaublichen Kompetenz."

Sie hat ihren Business Manager letzten Monat entlassen, nachdem ein riesiger Skandal um sexuelle Belästigung mit einer anderen sehr jungen Klientin in den Medien explodiert war. Ich hatte meinen Job als Dozentin zu diesem Zeitpunkt bereits mit großen Hoffnungen auf eine neue Karriere gesichert, sonst hätte ich ernsthaft über ihr Angebot nachgedacht. Nach meinem Burnout gebe ich zu, dass die Idee, nach LA zu ziehen und mit ihr zu reisen, wenn sie mich braucht, mehr war, als ich verkraften konnte, doch jetzt geht es mir besser.

Sie wird ernst und spricht in einem eindringlichen Ton. „Ich gründe eine Firma, weißt du? Und die Wahrheit ist, ich brauche dich, Bec. Würdest du bitte wenigstens darüber nachdenken? Ich vertraue dir wie niemandem sonst."

Ich atme tief ein. Ich möchte für sie da sein. Es könnte eine unglaubliche Gelegenheit sein, auch eine lukrative, doch ich müsste mein Leben hier aufgeben. Das würde bedeuten, meine Familie viel weniger zu sehen. Wir stehen uns nah. Und ich müsste mich von Connor verabschieden. Auf keinen Fall würde er sein Familienunternehmen verlassen. Doch das ist eine Hypothese. Ich weiß nicht genau, ob ich mit Connor eine Zukunft habe. Das zwischen uns ist noch so neu. Ich kann die Tür, die diese Gelegenheit bietet, nicht vollständig schließen.

Ich drücke ihren Arm. „Ich muss mein Semester beenden, doch ich werde ernsthaft darüber nachdenken."

„Perfekt!" Sie wirft ihre Arme um mich und küsst meine Wange. „Jetzt ruf bitte Connor an. Ich muss diesen Typen treffen, um zu sehen, ob er die ganze Angst wert ist."

„Weißt du, wenn ich für dich arbeiten würde, würde ich ihn wahrscheinlich nicht mehr sehen. Fernbeziehungen funktionieren nie."

Sie hält ihr neues Armband hoch und zeigt auf den goldenen Teil. „Das ist die Zukunft. Du und ich, wir leben in der Gegenwart. Außerdem hast du noch den Rest des Semesters. Im Moment stehst du also auf einen Typen, der dich dazu bringt, alle Regeln zu brechen. Ich denke, dies ist das erste Mal, dass du gegen deine Fünf-Date-Regel verstoßen hast, oder?"

„Ja", gebe ich zu.

„Ich bin nur eine Woche in der Stadt und es ist wichtig, dass ich ihn treffe. Du kannst nicht erwarten, dass ich dir gute Ratschläge gebe, ohne euch zusammen gesehen zu haben."

Den Moment leben. Habe ich ihr nicht gerade gesagt, wie wichtig das ist? Ich stelle meine Handtasche auf den Tisch und starre sie an. Soll ich ihn anrufen? Vielleicht würde es helfen, wenn Simone ihn treffen würde. Mein Puls stolpert, vor Nervosität prickelt meine Haut. „Ich rufe ihn nicht an."

„Zeig mir wenigstens sein Bild. Bitte sag mir, dass du ein Bild von deinem Prinzen hast."

Ich lächle, ziehe mein Handy heraus und zeige ihr das Bild von Connor im Smoking mit seinen Brüdern auf Villroy Island bei Dylans Hochzeit. Sie nimmt mir das Handy aus der Hand und kehrt mir den Rücken zu.

„Simone! Gib das zurück!"

„Ich will nur sehen. Rourke. Oh, hey, kleine Welt. Ich habe Prinzessin Emma und ihren Mann Jackson auf einer Party in London getroffen. Supernett und so talentiert. Beide. Hi, ich bin's, Simone Rivera. Ich habe mich gefragt, ob du mit mir und Becca auf meiner Geburtstagsfeier feiern willst?"

„Simone!" Ich stürze mich auf mein Handy, und sie springt auf, weicht zurück und hält mich mit einer Hand zurück.

„Ja, wirklich Simone Rivera, die Sängerin." Sie fängt an, einen ihrer Hits zu singen. *„I'm on fire for love* ... was? Ich bin an Beccas Handy, weil sie hier bei mir ist – ah!" Sie zieht ihren Arm aus meinem Griff. „Entschuldigung, deine Freundin ist wirklich stark."

Ich schlage mir die Hände vors Gesicht. Ich habe nie gesagt, dass ich seine Freundin bin. Wir haben kein Etikett für das, was da zwischen uns ist. Das ist so verdammt peinlich.

Simone zieht mir eine Hand von meinem Gesicht und gibt mir mein Handy zurück. „Er will mit dir reden."

„Hi", sage ich ins Handy und starre sie an. „Das tut mir so leid."

Connors tiefe Stimme wärmt mich sofort. „Deine beste Freundin ist Simone Rivera? Wie ist das denn passiert?"

„Wir sind zusammen aufgewachsen." Ich füge laut hinzu: „Deshalb glaubt sie, dass sie sich einfach in mein Leben einmischen kann."

Sie grinst und nimmt Platz, dann trinkt sie ihren Champagner durch einen Lakritztrinkhalm. Sie wird sofort von einer Gruppe von Leuten verschluckt, die ihr alles Gute zum Geburtstag wünschen. Sie haben wahrscheinlich nur darauf gelauert, dass ich mich zurückziehe. Das Leben eines Popstars. Ich freue mich für sie – niemand verdient es mehr als sie nach all ihrer harten Arbeit – obwohl ich von ihrer Taktik was Connor angeht irritiert bin.

Ich ziehe mich weiter zurück. „Hat sie dich gestört?"

„Ich sehe mir nur die Yanks an. Ist unentschieden."

„Oh, na dann überlasse ich dich wieder deinem Spiel."

„Bec, es ist ein bisschen seltsam, dass deine berühmte

Freundin mich angerufen hat, um mich zu ihrer Geburtstagsfeier einzuladen. Was ist los?"

Ich seufze. „Sie will dich kennenlernen."

„Warum?"

„Weil ich ihr von uns erzählt habe."

„Ja, was hast du gesagt?" Er hört sich neugierig an.

„Das will ich lieber nicht wiedergeben. Frauengespräch."

„Das klingt gefährlich."

„Ich stehe vor einem ethischen Dilemma."

„Ich hasse es, wenn das passiert. Gib mir die Adresse, und
ich komme."

Mein Puls pocht. Das könnte eine Katastrophe sein – er,
ich, Simone. Die Situation ist zu weit außerhalb meiner
Kontrolle. „Ich bin in einem Club in der Stadt. Nicht deine
Szene."

„Adresse, bitte."

Ich gebe sie ihm, weil er so höflich gefragt hat. Teufel
nochmal. Ein *bitte* macht mich immer fertig.

„Bis gleich", sagt er und legt auf.

Ich gehe zurück an den Tisch und tue so, als wollte ich
Simone erwürgen.

Sie lacht. „Gern geschehen!"

11

Becca

Mein Herz rast, als Connor auf unseren Tisch in der Ecke zukommt. Wir wurden sofort benachrichtigt, als er angekommen ist, weil der Sicherheitsdienst Simone informiert hat. Sie hat daraufhin gleich alle anderen vom Tisch weggeschickt. Seitdem vibriere ich praktisch vor Vorfreude.

Sie spricht leise. „Er kommt extra aus Brooklyn hierher und verlässt ein unentschiedenes Yankees Spiel. Mädchen, er steht auf dich. Und ohhh, gut sieht er auch noch aus. Mmmhmm."

Ich springe von meinem Platz auf, aufgestachelt vom Adrenalin, nachdem wir fast eine Stunde auf ihn gewartet haben.

Ich gehe ihm auf halbem Weg entgegen. Mein Atem beschleunigt sich, als sich unsere Blicke begegnen. *Er ist hier.* Alle meine Angst verschwindet. Mein Gehirn scheint sich zu verabschieden, wenn ich ihm nahe bin – eine willkommene Erleichterung. „Danke, dass du gekommen bist."

Er senkt den Kopf und küsst meine Wange. „Schön, dich zu sehen. Glaubst du, ich werde die Inspektion der besten Freundin bestehen?" Er streckt die Arme aus und lädt mich ein, ihn zu begutachten. Er ist wunderschön, sexy, berauschend. Ich will ihn so sehr.

„Dein blaues Hemd bringt deine Augen zur Geltung", sage ich, um meine intensive Lust zu überspielen. Er trägt ein langärmeliges Hemd, das am Kragen offen ist und den Blick auf seine Drosselgrube freilegt, die ich schon ausgiebig gekostet habe. Das Verlangen sticht, als ich ihn von seiner schmalen Taille abwärts in dunkelgrauer Hose und schwarzen Lederschuhen betrachte. So ein wunderschöner Mann.

Er hebt mein Kinn an. „Danke."

„Alles bringt deine Augen zur Geltung. Sie sind so unglaublich blau", platzt es aus mir heraus.

Er lächelt, seine Augen leuchten, diese winzigen Falten tanzen um sie herum. „Ich mag dein Kleid. Du siehst wunderschön aus."

„Danke. Und, ähm … wie alt bist du?"

Er legt einen Arm über meine Schultern und küsst meine Schläfe. „Google hat dir das nicht verraten?"

Ich würde gerne etwas Empörung in meine Stimme legen, schaffe es jedoch nicht. Die Wahrheit ist, ich habe versucht, ihn gründlich zu recherchieren, doch alles, was ich herausgefunden habe, ist, wie gut er in seinem Smoking aussieht. „Ich frage dich."

Er geht mit mir auf Simone zu. Er hat sie natürlich erkannt, wie es heutzutage fast jeder tut. Sie lächelt mich an und zeigt gleich zwei Daumen hoch. Meine Wangen glühen. Könnte sie offensichtlicher sein? Und es ist ein bisschen früh für ein Daumen hoch. Er ist gerade angekommen. Sie hat noch nicht einmal mit ihm gesprochen.

„Ich bin achtundzwanzig", sagt er.

„Das ist gut."

„Ist es? Für wie alt hast du mich gehalten?"

„Ungefähr in meinem Alter, doch ich wollte nur sicher sein. Ich mag es, alle Fakten zu kennen. Frag Simone." Ich plappere, weil ich Simone quasi unsere Dozenten-Studenten-Situation erzählt habe. Ich weiß, dass es schlecht aussieht, und ich weiß, dass es riskant ist. Mein Job steht auf dem Spiel und entsprechend enorme potenzielle Auswirkungen sowohl persönlich als auch beruflich.

Simone eilt zu uns und schenkt ihm ihr bestes Popstar-Lächeln. „Hi! Ich bin Simone. Schön, dich kennenzulernen!"

Er nimmt seinen Arm von mir, um ihr die Hand zu schütteln. „Gleichfalls. Ich bin Connor."

„Ich weiß." Sie lächelt und blickt von mir zu Connor. „Kommt, setzt euch." Sie zeigt zum Tisch. Wir folgen ihr. Sie sagt uns, wir sollen auf den beiden Stühlen nebeneinandersitzen, auf denen zuvor sie und ich gesessen haben, dann zieht sie einen dritten Stuhl, neben mich. Jetzt sitzen wir alle drei auf einer Seite des Tisches – ich in der Mitte. So gemütlich und behaglich. *Nicht wirklich.*

Eine unangenehme Stille setzt ein, abgesehen von der lauten Clubmusik natürlich.

Simone nimmt ihr Handy. „Was kann ich dir bringen lassen, Connor? Wir haben Champagner, doch es gibt eine voll ausgestattete Bar, wenn du was anderes willst."

Er bittet höflich um eine IPA aus Brooklyn, und ich fühle mich innerlich ganz matschig. Sicherlich wird Simone seine guten Manieren bemerken und sehen, dass das ein Argument für ihn ist, nicht nur für die Tatsache, dass er wahrscheinlich der sexieste Typ ist, mit dem ich je zusammen war. Ich möchte wirklich, dass sie ihn gutheißt. Vielleicht versuche ich nur, meinen Wunsch, mit ihm zusammen zu sein, zu rationalisieren.

Nachdem sie die Bestellung per SMS aufgegeben hat, lächelt sie ihn strahlend an. „Also, Becca sagt mir, dass du ein königlicher Bauarbeiter bist."

„Nur ein Bauarbeiter", sagt er. „Nicht königlich."

„Er hat eine königliche Blutlinie", füge ich hinzu. „Er bevorzugt jedoch, es eher geheim zu halten."

Simone verbirgt ein Lächeln, als sie ihr Champagnerglas hochhebt. „Ich mag Geheimnisse." Sie nippt an ihrem Getränk, und ihre Augen funkeln mich amüsiert an. Sie hat mir gesagt, ich soll das mit Connor geheim halten.

„Geheimnisse können ein zweischneidiges Schwert sein", sagt Connor.

„Stimmt", sage ich.

Drei Männer nähern sich dem Tisch und versuchen,

Simone zum Tanzen zu bewegen. Sie lächelt sie an. „Ich tanze später, versprochen! Im Moment unterhalte ich mich mit meinem Zwilling und ihrem neuen Mann."

Einer der Jungs macht ein Geburtstags-Selfie mit ihr, und sie gehen weg.

Simone lässt sich nicht ablenken und beugt sich zu Connor, um zu fragen: „Welche Geheimnisse hütest du sonst noch?"

Ich lehne mich zurück, weg von der engen Mitte zwischen den beiden.

„Keine", sagt Connor.

Ich drücke Simone zurück. „Entspann dich."

„Ich finde nur interessant, was er gesagt hat", sagt Simone. „Als hätte er persönliche Erfahrung mit Geheimnissen."

Ich drehe mich um und sehe Connor fragend an. *Gibt es etwas, das ich wissen sollte?*

Er drückt meine Hand. „Mein Vater hat seine Beziehung zu meiner Mutter geheim gehalten, weil sie eine Bürgerliche ist und für ihn bereits eine Ehe arrangiert war. Dann, als sein Vater auf dem Sterbebett lag und es Zeit für meinen Vater war, den Thron zu besteigen, seine Königin zu heiraten und die Tradition des Königreichs fortzusetzen, hat er schließlich zugegeben, dass er heimlich eine Beziehung mit meiner Mutter hatte und sie heiraten wollte. Einige sagen, der Schock dieser Ankündigung war der Grund, aus dem er mit nicht mehr als den Kleidern, die er am Leib hatte, ins Exil geschickt wurde."

Simones Augen sind riesig, ihr Mund steht weit offen. Sie dreht sich zu mir um, um meine Reaktion zu sehen. Ich bin genauso überrascht zu hören, dass alles ein Geheimnis war. Das ist in meiner Recherche nicht aufgetaucht.

„Das ist so romantisch!", schwärmt Simone und drückt seinen Arm.

Er zuckt eine Schulter. „Mein Vater sagt immer, dass er es getan hat, um die beste Frau der Welt zu heiraten."

„Oh wow", sagt sie seufzend.

„Das ist wunderschön", flüstere ich.

Sein Bier kommt, und er trinkt einen langen Schluck, bei dem sein Adamsapfel hüpft. Ich beuge mich näher und inhaliere seinen Duft – Meer, Sonnenschein und männlicher Sexappeal. Er ist wie *Sex on the Beach*. Der Cocktail und der Akt. Köstlich.

Simone lächelt ihn an. „Ich liebe die Geschichte deiner Eltern. Aber was ist mit dir? Irgendwelche unangenehmen Trennungen in deiner Vergangenheit?"

Connor sieht mich von der Seite an, bevor er sagt: „Nein."

„Erzähl mehr", sagt Simone mit strenger Stimme.

„Keine unangenehmen Trennungen", sagt er ruhig.

„Hast du sie abserviert oder sie dich?", fragt sie.

„Simone!", protestiere ich. „Das ist zu persönlich."

„Persönlich wäre zu fragen, was er für dich empfindet", sagt sie mit einem diabolischen Lächeln. „Siehst du, dass ich das nicht getan habe?"

Connor öffnet den Mund, schließt ihn und trinkt sein Bier.

„Das ist unangenehm für ihn", sage ich. „Genug mit den Fragen."

„Entschuldigung, du hast Recht", sagt Simone. „Komm, ich habe Geburtstag. Lass uns tanzen." Sie zieht mich von meinem Stuhl. „Bitte, Bec, ich möchte ein bisschen Spaß haben, und ich möchte, dass du ein Teil davon bist. Du auch, Connor."

Ich sehe ihn fragend an.

Er steht auf. „Sicher."

Wir gehen zur Tanzfläche. Simone wirft ihre Hände in die Luft und tanzt sich in die Mitte. Sie ist sofort von einem Kreis von Bewunderern umgeben. Die Anwesenden wurden alle vorher gecheckt, daher mache ich mir keine Sorgen um ihre Sicherheit. Die Musik ist nicht viel mehr als ein dröhnender Bassbeat, und so nah an den Lautsprechern fühlt es sich an wie ein Herzschlag, der von außen auf meinen Körper donnert.

Ich fange an zu tanzen und Con legt einen Arm um meine Taille und hält mich locker, doch nah genug, dass wir uns berühren, während ich mich bewege. Er passt sich meinem Rhythmus an, und das Verlangen breitet sich in mir aus, meine Glieder sind schwer und entspannt. Mein Kopf leert sich. Es gibt nichts als die ursprüngliche Befriedigung meines Körpers in seiner Nähe. Zeit hört auf zu existieren. Seine Hände gleiten an meinen Seiten auf und ab. Es ist elektrisch. Ich lege meine Arme um seinen Hals, und wir tanzen aneinandergepresst. Es ist wie Vorspiel, seine Augen lodern, und wir machen einfach weiter und weiter und tanzen uns immer näher an die Flamme heran.

Bald, sagt sein Körper, *bald machen wir uns nackt.*

Und meiner sagt, *ja, ja, ja.*

Viel später packt Simone meinen Arm. „Ganz kurz, Zwilling."

„Hm? Was ist?"

Sie zieht mich von der Tanzfläche und sagt zu Connor über ihre Schulter: „Wir treffen dich an unserem Tisch."

Er hebt eine Hand und geht zurück zum Tisch. Ich sehe ihn mit seinem selbstbewussten Schritt gehen, seine breiten Schultern und sein starker Rücken ziehen sich von mir zurück, während ich nichts mehr will, als sie unter meinen Händen zu spüren. Wir sollten bald zu mir nach Hause gehen. Ich kann nicht fassen, wie sehr ich diesen Mann will. Es ist verrückt, außer Kontrolle, ein Verlangen, das ich nicht leugnen kann.

Simone bleibt ein Stück von der Tanzfläche entfernt in der Nähe der Treppe stehen und zeigt nach unten über die Glasbrüstung. „Clint Owens. Ich habe ihn für dich eingeladen und dachte nicht, dass er kommen würde. Er hat nie geantwortet, und ich habe gehört, dass er irgendwo dreht. Ich werde dich ihm vorstellen, und dann gehst du zurück zu Connor. Was auch immer du tust, lass Connor nicht sehen, wie du wegen Clint sabberst."

„Was? Clint Owens ist da! Meinetwegen!" Ich hyperventiliere. Er ist mein Idol, mein Fantasiemann aus meiner Lieblings-Renovierungsshow, *Reno Magic*. Wir hatten im Laufe der Jahre viele Nächte voller Orgasmen. Solo-Orgasmen, aber er hat dennoch eine wichtige imaginäre Rolle gespielt.

„Ja." Sie packt mich an den Schultern. „Atmen nicht vergessen. Promis mögen es nicht, wenn Leute auf einer privaten Party wegen ihnen ausflippen. Sei einfach dein höfliches Selbst."

Ich nicke heftig und drehe mich dann um, um auf das vertraute, zerzauste braune Haar und den in Granit gemeißelten Kiefer des sexy Bauarbeiters/Moderators zu starren, von dem ich schon eine Ewigkeit geträumt habe, als er nach oben kommt, näher und näher.

OH MEIN GOTT, ES *IST* CLINT OWENS!!!

Mein Atem geht schneller, mein Herz rast, mein Mund steht offen. Ich kann nicht glauben, dass er wirklich hier ist. Clint Owens persönlich! Meine fleischgewordene Fantasie.

Als er näherkommt, merke ich, dass sein hübsches Gesicht in Wirklichkeit noch viel schöner ist. Ich stehe wie angewurzelt da, voller Ehrfurcht. Er trägt einen schwarzen Anzug, keine Krawatte, sein weißes Hemd ist einen Knopf zu weit aufgeknöpft und zeigt seine definierten Brustmuskeln und sein Tribal-Tattoo. Meine Gedanken blitzen zu meiner Fantasie auf, in der ich auf magische Weise in der *Reno Magic*-Show auftauche und Clint Owens und ich etwas zusammenbauen, und dann nageln wir uns plötzlich gegenseitig gegen die Wand. *Oh Gott, ich poche.*

„Clint!", ruft Simone. „Ich hätte nicht gedacht, dass du es schaffst. Was für eine tolle Überraschung!"

Er lächelt sein Millionen-Dollar-Lächeln. Seine Zähne leuchten weiß im gedämpften Licht des Clubs. „Wie könnte ich dir widerstehen, Simone? Und als du mir erzählt hast, dass deine Freundin ein solcher Fan der Show ist, musste ich kommen. Außerdem sind wir mit dem Haus in South Carolina früher fertig geworden als gedacht. Kurzer Flug, und hier bin ich."

„Yay!", jubelt sie.

„Alles Gute zum Geburtstag", sagt er und gibt ihr einen Luftkuss. Sein Blick landet auf mir. „Ist sie das?"

Ich blinzele ein paarmal und benetze meine trockenen Lippen. Hat mein Mund etwa die ganze Zeit offengestanden?

Simone stupst mich an. „Das ist sie, meine beste Freundin aus Kindertagen, Becca. Und, Becca, du kennst Clint natürlich aus deiner Lieblingsshow, doch hier ist er persönlich!"

Ich betrachte seine braunen Augen mit den dicken Wimpern, die mich wissend anfunkeln. Es ist fast so, als würde er mich so kennen, wie ich ihn kenne. Meine Knie werden schwach, meine Hände zittern.

Clint. Owens. Hier.

Simone stupst mich wieder an.

„Großer Fan", platzt es aus mir heraus. Mehr schaffe ich nicht.

Er nimmt meine Hand zwischen seine zwei großen, überraschend weichen Hände. „Becca, so schön, einen Fan zu treffen. Welche Staffel gefällt dir am besten?"

Clint Owens berührt mich. Ich kann mich nicht bewegen, kann nicht wegsehen. Seine vollen Lippen sind so sinnlich, sogar wenn er lächelt. Clint Owens lächelt mich an.

„Ich bin mir ziemlich sicher, dass sie alle mag", antwortet Simone für mich.

„Ich mag sie alle", wiederhole ich mit atemloser Stimme.

„Das ist schön zu hören", sagt er und lächelt auf seine gewinnende Clint Owens-Art.

Er mag, was ich sage, also sage ich wie in Trance mehr, gefangen in der phänomenalen Aura des charmanten Moderators und sexy Bauarbeiters, der mich durch so manche einsame Nacht ohne Sex gerettet hat. „Ich habe alle fünf Staffeln gesehen, doch ich denke, es sind die neueren, in denen du mehr von der Arbeit selbst machst, die wirklich unglaublich großartig waren." *Vor allem, weil du ohne Hemd arbeitest.*

Simone meldet sich zu Wort. „Ich bin so froh, dass Becca endlich die Gelegenheit hat, dich zu treffen und dich wissen zu lassen, wie sehr sie deine Show mag."

Er hebt meine Hand und küsst meinen Handrücken, während sich seine Augen in meine brennen. Mein Atem stockt, mein Verstand schwebt in einem Traum davon. Ich habe eine außerkörperliche Erfahrung. Es ist Magie. *Reno Magic.*

„Komm mit mir", sagt Simone und hakt sich bei ihm unter. „Da sind noch ein paar andere Leute, die ich dir gerne vorstellen würde."

„Später", sagt er zu Simone und dreht sich dann mit

einem charmanten, sexy Lächeln zu mir um. „Becca, willst du tanzen?"

„Tanzen", wiederhole ich verständnislos, als mir die Realität bewusst wird. Wir tanzen nicht in meinen Fantasien. Ich blinzele und sehe mich um. Wo ist Con? Ich habe mit ihm getanzt.

Er schmunzelt. „Ja, tanzen." Und dann legt Clint Owens eine Hand auf meinen Rücken und führt mich zur Tanzfläche. Er ist nicht so groß wie ich angenommen hatte. Ich bin ein bisschen größer als er in meinen High Heels.

Ich möchte nicht unhöflich sein, also entscheide ich, dass ein Tanz nicht schaden kann. Ich halte Ausschau nach Con und sehe ihn schließlich am Tisch in der Ecke, an dem wir zuvor gesessen haben. Ich winke ihn herüber. Er steht auf und kommt mit stürmischem Gesichtsausdruck auf mich zu. Oh, oh.

Plötzlich zieht Clint mich an sich, seine Augen mit schweren Lidern auf meine gerichtet.

Clint Owens will mich nageln.

Ich fass es nicht.

„Darf ich abklatschen?", knurrt eine tiefe Stimme.

Ich wirbele herum. „Con! Hi! Ich hatte gehofft, dass du rüberkommst."

Sein Kiefer ist angespannt, seine Schultern wirken breiter, als wäre er kampfbereit. „Hi."

Oh, das ist schlecht. Ich gestikuliere in Richtung meines Fantasiemanns, der sich von mir zurückgezogen hat. „Con, das ist Clint Owens von *Reno Magic*. Simone hat ihm gesagt, dass ich ein Fan bin, also hat er mich zum Tanzen aufgefordert."

Con schüttelt ihm brüsk die Hand, bevor er mit einer Stimme sagt, die keine Widerrede zulässt: „Sie gehört zu mir."

Clint nickt und zieht zu einem anderen Teil der Tanzfläche weiter. Er ist sofort von jungen, schönen, sich windenden Frauen umgeben. *Auf Wiedersehen, Clint Owens. Bis wir uns im Fernsehen wiedersehen.*

Con nimmt meine Hand und führt mich von der Tanzfläche weg zu einer Sitznische, die leer ist, da alle auf die Tanzfläche geströmt sind, um in der Nähe von Clint Owens zu sein. Ich denke, Simone ist auch auf der Tanzfläche. Offensichtlich ist er jedoch der Frauenmagnet.

Ich setze mich auf die gepolsterte Bank, und meine Augen wandern zurück zu Clint Owens – es ist so schwer zu glauben, dass er tatsächlich hier ist –, als Con mich plötzlich bis zur Mitte der Bank direkt an sich zieht, Oberschenkel an Oberschenkel.

Ich drehe mich zu ihm um, immer noch fasziniert von den Ereignissen des Abends. „Ist es zu fassen, dass Clint Owens von *Reno Magic* hier ist?"

Er kneift die Augen zusammen. „Warum sagst du es so, als wäre *er* magisch?"

Ich neige meinen Kopf. „Bist du eifersüchtig?"

Er blickt über meine Schulter. Wahrscheinlich, um eifersüchtige Todeslaserstrahlen auf den armen, ahnungslosen Clint Owens abzuschießen. „Warum sollte ich eifersüchtig sein?"

Ich blicke zurück auf die Tanzfläche, und Con legt die Hand an meine Wange und dreht mich zu sich zurück. Er küsst mich fast grob, seine Finger graben sich in meine Haare. Lust durchbohrt mich wie ein Blitz. Ich werde feucht, meine Nippel erigieren sich schmerzhaft, und ich verzehre mich nach mehr von seiner Berührung. Ich stöhne tief in meinem Hals, und dann verliere ich mich in dem überwältigenden Genuss eines Mannes, der mich voll und ganz für sich beanspruchen will.

Als er mich endlich Luft holen lässt, atmen wir beide schwer. Er lässt mich los.

„Sag mir, warum ich eifersüchtig sein sollte", sagt er leise.

Ich bin so heiß, dass ich auf ihn klettern und ihn reiten will. *Ich brauche, ich brauche ...*

„Bec."

Ich begegne dem intensiven Blick seiner blauen Augen. Er will, dass ich sein bin, nur sein. Das bedeutet etwas. „Du musst nicht eifersüchtig sein. Ich bin mit dir hier."

„Du hast begeistert ausgesehen, mit ihm zusammen zu sein."

Ich beiße mir auf die Unterlippe. „Okay, ich verstehe, warum du eifersüchtig bist. Ich stehe auf Bauarbeiter. Du bist einer, er ist einer. Und ich hab vielleicht das Fangirl mit mir durchgehen lassen, als ich meinen – *ihn* persönlich getroffen habe."

„Deinen was? Du wolltest gerade meinen *was* sagen?"

„Nichts." Ich versuche, ihn zu küssen, doch er zieht sich zurück.

„Ich konnte dich nur teilweise im Profil sehen, doch was ich gesehen habe, sah so aus, als wolltest du ihn küssen. Oder täusche ich mich da?"

Meine Wangen werden heiß. „Ihn küssen? Ich wollte ihn nicht küssen."

„Du warst ihm verdammt nah auf der Tanzfläche, und er hat dich offensichtlich lüstern angestarrt. Was soll ich da denken?"

„So ist es nicht. Wir sind uns gerade vorgestellt worden."

„Natürlich. Ist er der Grund, warum ich so spät eingeladen worden bin? Du hast gehofft, ihn zu treffen?"

„Nein! Wir sind uns wirklich gerade erst vorgestellt worden. Ich bin ein großer Fan der Show. Ich hatte keine Ahnung, dass er hier sein würde. Simone hat ihn eingeladen und –" Ich starre auf den Tisch und streiche über eine Narbe im Holz „– und dich, und jetzt ist es einfach komisch."

Lüsterne Welten kollidieren.

Obwohl nur eine davon real ist. Offensichtlich ziehe ich einen echten Mann in meinem Leben einem Fantasiemann im Fernsehen vor! Es ist nicht so, dass ich mit Clint Owens schlafe, auch wenn ich es mir in meinen Fantasien vorgestellt habe.

Er legt seine Hand an meine Wange und hebt mein Gesicht zu seinem, bevor er mich gründlich küsst. Ich bin so froh, dass er mich wieder küsst.

Dann bricht er den Kuss ab. „Sag mir, warum es komisch ist." Seine Küsse verwandeln mich in eine Pfütze des Verlangens. Ich vermute, er weiß das, weil er es wieder tut.

„Con."

Diesmal küsst er mich länger. „Sag es mir."

Meine Hand wandert zu seiner Brust und krallt sich in sein Hemd, um ihn daran zu hindern, sich noch einmal zurückzuziehen. „Mehr bitte."

Er küsst mich entlang meines Kiefers und zupft mit seinen Zähnen an meinem Ohrläppchen. Seine Worte laufen heiß über meine Haut. „Bist du mit ihm zusammen gewesen?"

„Nein, ich schwöre, er ist nur eine Fantasie."

Er begegnet meinem Blick und studiert mich für einen langen Moment. „Eine Fantasie?"

Ich wende den Blick ab. Es ist irgendwie peinlich, über meinen Fantasiemann zu sprechen, wenn er im selben Raum ist. Besonders mit einem echten Mann.

„Bec?"

„Ja?"

„Sieh mich an."

Ich sehe ihm in die Augen und bete, dass er nicht fragt, was ich in meiner Fantasie mit Clint Owens getan habe. Das ist privat.

Er runzelt die Stirn. „Du hast mich zu dir nach Hause eingeladen, um *Reno Magic* zu sehen, damit du deinen Fantasiemann sehen kannst?"

„Äh, nicht wirklich."

„Was war es dann?"

Ich gehe in die Defensive. „Du hast *dich* zu mir zum Fernsehen eingeladen, erinnerst du dich? Ich habe gerade die neueste Folge aufgenommen und dachte, es könnte dir aus der Sicht eines Bauarbeiters Spaß machen."

„Während du ihn dir ansiehst, um es dir zu machen?"

„Schh!" Ich sehe mich um, doch niemand ist in der Nähe. Die Tanzfläche ist voll, nachdem die beiden Prominenten jetzt miteinander tanzen. Simone und Clint Owens. Wow, sie würden wunderschöne Babys machen.

„Siehst du ihn dir immer noch an, um es dir zu machen?"

Ich legte eine Hand auf seinen Mund und zischte: „Hör auf, das zu sagen!"

Er zieht meine Hand weg. „Es ist peinlich, wenn du

deinen Fantasiemann triffst, während dein richtiger Mann da ist."

Wow, da hat er den Nagel auf den Kopf getroffen.

„Er ist nur hier", sage ich lahm. Kann ich es ändern, wenn mein Geist sofort zu meiner Fantasie von Clint Owens wechselt, genauso wie er in den letzten Jahren konditioniert worden ist? Es gibt einen ausgetretenen Nervenpfad von Clint Owens zum Orgasmus.

„Ich werde mit ihm reden." Er rutscht aus der Nische, und ich beeile mich, ihm so schnell ich kann zu folgen, doch mein Kleid klebt irgendwie an der Samtpolsterung.

Ich hole ihn ein und packe ihn am Arm. „Con, warte. Bleib einfach bei mir."

„Ich möchte meine Konkurrenz kennenlernen."

„Ich schwöre, es gibt keine Konkurrenz."

Sein Kiefer ist angespannt. „Dann komm mit mir und lass mich aus der Nähe sehen, wie du mit ihm umgehst."

„Du versuchst nur, mich in Verlegenheit zu bringen. Vergiss es. Tu, was du willst. Ich werde mit Simone tanzen."

Er geht davon, und ich stehe wie angewurzelt da und beobachte, wie er Clint Owens etwas sagt, das ihn dazu bringt, die Tanzfläche zu verlassen. Sie gehen an den Rand, um zu reden.

Ich eile zu Simone und winke mit den Händen über dem Kreis der Tänzer, die sie umgeben. „Zwilling!" Zum Glück bin ich groß und sie sieht mich und zieht mich zu sich in die Mitte.

„Schlechte Nachrichten", sage ich ihr.

„Was? Sprich laut!"

„Schlechte Nachrichten! Con spricht mit Clint Owens!"

„Lass sie die Alphas rauslassen." Sie greift nach meiner Hand und dreht mich herum. „Tanz mit dem Geburtstagskind. Du wirst nur einmal dreißig."

„Was ist, wenn sie anfangen, sich zu schlagen?", frage ich, als sie mich wieder herumwirbelt.

„Der Sicherheitsdienst ist da. Hör auf, dir so viele Sorgen zu machen. Du wirst wahrscheinlich verschwitzten Versöhnungssex bekommen!"

Ich werde rot und drehe mich um, um nach den beiden Männern zu sehen. Sie sind jetzt auf einem kleinen Balkon oberhalb der Tanzfläche. Con sieht ernst aus, als er spricht. Sie stehen einander gegenüber, die Beine schulterbreit. Clint Owens wirkt wie aus einem Hochglanzmagazin und gestylt. Con ist herb und echt. Und ein paar Zentimeter größer. Ich will unbedingt wissen, was Con sagt. Was, wenn er Clint Owens sagt, dass er mein Fantasiemann ist? Wie kann ich das jemals überleben?

Simone zieht mich zu sich und tanzt im Kreis um mich herum. *Okay, fein. Ich werde mit dem Geburtstagskind tanzen.*

Ungefähr drei anstrengende Tänze später kommt Con auf die Tanzfläche und signalisiert mir mit dem Kinn, dass ich ihm folgen soll. Das tue ich, und wir landen wieder an Simones reserviertem Tisch in der Ecke, da die Sitznischen wieder besetzt sind.

Er sitzt neben mir und legt einen Arm um meine Schultern. „Also Clint ist kein Bauarbeiter. Er ist ein Schauspieler. Deshalb hat er erst kürzlich angefangen, in der Show mehr selbst zu machen. Er hat einen Profi am Set, der ihm sagt, was er tun soll." Er klingt selbstgefällig.

„Das war also dein Ziel? Meinen Fantasiemann für mich zu ruinieren?"

„Nein. Ich wollte nur herausfinden, was er für ein Typ ist. Jetzt wissen wir es."

Ich bin ein bisschen angepisst, doch auch in gewisser Weise froh, dass ihm mein Promi-Schwarm nicht egal ist. Ich denke, Simone hat Recht – Con steht wirklich auf mich.

Ich drehe mich zu ihm um. „Das ist schlimmer als Eifersucht. Es ist kleinlich."

„Ich gebe zu, eifersüchtig zu sein. Nicht kleinlich. Wenn ich kleinlich wäre, hätte ich ihm die Nase gebrochen, weil er deine Hand geküsst hat."

„Con!"

„Schon gut. Ich hätte ihn nicht geschlagen, doch ich wäre definitiv nicht höflich gewesen."

Ich hebe mein Kinn. „Nur, weil ich meine Fantasie im echten Leben angehimmelt habe, heißt das nicht, dass du zum Neandertaler werden musst. Es wäre absolut nichts passiert."

Seine Hand wandert an meinen Nacken, und er streichelt mit seinem Daumen die empfindliche Haut. „Lass dir nur eins gesagt sein: *Ich* bin jetzt dein Fantasiebauarbeiter."

Oh, das ist noch besser. Ich kann meine langjährigen Fantasien jetzt tatsächlich ausleben. Ich streichle seine Brust und genieße die Wärme seiner harten Muskeln. „Mein Fantasiebauarbeiter zieht sein Hemd aus und renoviert wirklich."

Er knabbert an meiner Unterlippe. „Und wo kommst du ins Spiel?"

„Ich helfe."

Er lacht. „Du hilfst?"

„Ja, warum ist das lustig? Ich helfe mit meinem Hammer."

Seine Augen tanzen amüsiert, und er küsst mich wieder. „Was dann?"

„Dann geht's weiter."

Er nimmt mein Gesicht in beide Händen. „Du bist bezaubernd, wenn du rot wirst. Zeig es mir später."

„Nur wenn du den Bauarbeitertest bestehst. Es muss authentisch aussehen, um die Fantasie zum Leben zu erwecken."

„Oh, es wird authentisch sein."

„Con?"

„Ja."

„Ich würde jetzt gerne gehen. Ich muss wissen, ob du den Bauarbeitertest bestehen kannst. Sonst …" Ich nicke zur Tanzfläche, als wäre Clint Owens eine echte Möglichkeit.

Con zerrt mich von meinem Stuhl, und ich quietsche überrascht. „Zeit, mich zu beweisen." Er zieht mich an sich und küsst mich leidenschaftlich.

Zeit für verschwitzten Versöhnungssex. Mit Werkzeugen!

Er unterbricht den Kuss und grinst. „Wir sollten besser zu mir gehen, wo ich tatsächlich Werkzeuge habe."

„Oh ja", hauche ich.

Er lacht, nimmt meine Hand und führt mich in Richtung Ausgang. Wir machen Halt, uns von Simone zu verabschieden, und sie umarmt uns beide, was bedeutet, dass er ihre

Zustimmung hat. Sie ist trotz all ihrer lauten, enthusiastischen Geselligkeit keine große Umarmerin.

„Ich erwarte, dich wiederzusehen, Connor!", sagt sie.

„Hört sich gut an", sagt er.

Ich spüre, wie Clint Owens mich ansieht und ertappe Con dabei, wie er ihm zackig salutiert. Mein ehemaliger Fantasie-mann wendet sich ab und tut so, als bemerkte er es nicht. Der Salut war wie die höfliche Version von *Fick dich*. Con ist der höfliche Typ.

„Simone mag dich", sage ich, als wir vor dem Club stehenbleiben.

„Zustimmung der besten Freundin", sagt er und nimmt meine Hand, als wir zur U-Bahn gehen. „Ich bin froh, dass ich den Test bestanden habe."

„Das war kein Test."

„Doch, war es."

„Okay, ein bisschen. Ich war hin- und hergerissen, aber ..."

Er sieht zu mir herüber. „Aber ..."

„Aber ich will mit dir zusammen sein. Wenn wir es geheim halten, sollte es okay sein."

„Das hat sie also mit Geheimnissen gemeint."

„Ja."

„Okay, doch das ist das einzige Geheimnis, verstanden? Möchtest du mir irgendwas erzählen?"

„Nein, ich habe keine Geheimnisse."

„Ich auch nicht. Jetzt können wir zu dieser Bauarbeiterfan-tasie zurückkehren, in der ich die Hauptrolle spiele, ein Typ, der weiß, wie man Werkzeuge benutzt, weil ich ein echter Bauarbeiter bin."

„Ich kann es kaum erwarten!"

Er lacht und umarmt mich fest. Und für einen strahlenden Moment vergesse ich jeden Zweifel und jede Sorge, die ich wegen uns habe.

12

Connor

Ich bringe Becca zum ersten Mal zu mir nach Hause. Im Vergleich zu ihrer Wohnung ist meine spartanisch, also denke ich, dass sie nicht zu beeindruckt sein wird. Ich wohne erst seit einem Monat hier. Es gibt ein schwarzes Ledersofa mit Sofatisch, Beistelltisch und Flachbildfernseher im Wohnzimmer sowie ein großes Doppelbett, eine Kommode und ein paar Nachttische im Schlafzimmer. Das ist alles.

Sie sieht sich kurz in meinem Wohnzimmer um. „Wo bewahrst du deine Werkzeuge auf?"

Ich unterdrücke ein Lachen. „Badezimmerschrank."

Ich hole meine Werkzeugkiste, und sie folgt mir. Wie habe ich die eine Frau gefunden, die alles an mir anmacht? Es ist nicht so, als hätte auf dem Bau zu arbeiten oder Teil einer königlichen Familie im Exil zu sein, sich jemals zu meinen Gunsten ausgewirkt. Und definitiv nicht die Kombination dieser zwei Faktoren. Ich bin nur ein normaler Typ.

Ich stelle die Werkzeugkiste auf die Kommode in meinem Schlafzimmer. Ich glaube, ich werde den Ganzkörperspiegel aufhängen, den ich schon eine Weile aufhängen wollte. Es ist spät, und ich will die Nachbarn nicht allzu sehr stören. Ein Nagel in der Wand, und Becca gehört mir.

„Was willst du bauen?", fragt sie.

Ihre Begeisterung muss man einfach lieben. Wenn sie mich wirklich bauen sehen will, muss sie mich nur bei der Arbeit besuchen. Ich muss kreativ sein, um diese Fantasie heute Abend zu verwirklichen, nachdem ich mich ein bisschen wegen ihr und Clint aufgeregt habe. Doch ich habe die Lust für sie in seinen Augen gelesen, und Becca hat sich seltsam verhalten, so, wie sie immer wieder auf ihn zu geschwankt ist. Sie ist normalerweise viel zurückhaltender.

Ich öffne die Werkzeugkiste, und sie schaut hinein. „Ich wohne hier nur zur Miete, also kann ich nicht anfangen, die Bude einzureißen, doch ich wollte schon eine Weile einen Spiegel aufhängen."

„Okay, ich werde zuschauen."

„Funktioniert deine Fantasie normalerweise so?"

„Na ja –" Sie zwirbelt eine Haarsträhne. „Da es keine Geheimnisse zwischen uns gibt … aber versprich, nicht zu lachen."

Ich lege meine Arme um ihre Taille. „Ich werde nicht lachen."

Sie sieht mir in die Augen und leckt ihre Lippen. „Du arbeitest mit dem Hammer, ohne Hemd, und dann tauche ich auf, um zu helfen." Sie legt ihre Hände auf meine Brust.

„Also kannst du meine Muskeln bewundern, nehme ich an." Oder die von Clint Owens. Ich kann nie wieder *Reno Magic* schauen.

Sie streichelt meine Brust, ihre Augen starr darauf gerichtet. „Ja, doch wenn wir uns dann nähern, ist es so heiß, dass meine Hilfe keine Rolle spielt."

Ich unterdrücke ein Lächeln. „Das ist praktisch, da du keine Ahnung hast, wie man mit Werkzeugen umgeht." Das hat sie mir gesagt. Sie ist ein Fan von handwerklichem Geschick, hat selbst jedoch keins.

Sie blickt finster drein und hält ihre Hände still. „Ich kann durchaus einen Nagel in die Wand schlagen."

„Okay. Was dann?"

Sie begegnet meinem Blick. „Und dann hämmerst du mich an die Wand."

Ich sehe sie ernst an. „So richtig hämmern? Oder Nageln? Wie ficken?"

Sie stößt ein paarmal mit der Hüfte gegen mich. „Hämmern, Con."

Ich kann ihr nicht widerstehen. Ich grabe meine Finger in ihre Haare und küsse sie grob. Sie mag das genauso wie ich. Ihre Hände gleiten über mich, und sie macht diese sehnsüchtigen Laute in ihrem Rachen. Ich will sie gerade in Richtung Bett manövrieren, als sie den Kuss abbricht.

„Du hast gesagt, du wärst mein Fantasiemann", sagt sie leise. „Lass mich dich bei der Arbeit sehen."

Wie soll ich einen dummen Spiegel aufhängen, wenn ich nur daran denken kann, sie zu nageln? Hämmern, ficken, egal wie sie es nennt, ich brauche es dringend.

„Bitte", sagt sie.

Mit jeder Unze Willenskraft, die ich habe, lasse ich sie los. Ich nehme ein Kondom vom Nachttisch und stecke es in meine Tasche, da ich weiß, dass ich ihr nicht lange widerstehen kann.

Sie sitzt auf dem Bett und beobachtet jede meiner Bewegungen.

Ich mache mich an die Arbeit und nehme den Hammer zusammen mit einem Nagel und einem Bolzensucher heraus. Auf der Rückseite des Ganzkörperspiegels ist bereits ein Draht zum Aufhängen angebracht. Ich werde ihn neben der Kommode an die Wand hängen. Ich hole den Spiegel aus dem Schrank.

„Heißer Bauarbeiter, kannst du dein Hemd ausziehen, während du arbeitest?"

Heißer Bauarbeiter? Das ist neu. Ich drehe mich zu ihr um, und sie gestikuliert mir zu, dass ich anfangen soll. Ich knöpfe langsam mein Hemd auf, während ihre Augen mich ausziehen. Es törnt mich schon an zu sehen, wie angetörnt sie ist.

Sie streckt eine Hand aus. „Hemd, bitte."

Ich ziehe es aus und werfe es ihr zu. Sie lächelt und hält es an ihre Nase, inhaliert meinen Duft.

„Willst du das behalten?", frage ich.

Sie lässt das Hemd sinken, und ihre Wangen werden pink. „Du riechst immer so gut. Kann ich die Rückansicht sehen?"

Ich fange an, mich wie in einer Stripshow zu fühlen. Es ist nicht vergleichbar mit irgendetwas, was ich jemals zuvor mit einer Frau gemacht habe, und ich genieße es mehr als ich dachte. Und ich muss Clint Owens aus ihren Gedanken tilgen. *Ich* bin von jetzt an ihr Fantasiemann.

Ich zeige ihr meinen Rücken und spanne meine Muskeln an.

„Oh ja", sagt sie mit atemloser Stimme. „Jetzt lass uns sehen, wie du diesen Nagel einschlägst."

Ich nehme den Bolzensucher, schalte ihn ein und bewegen ihn an der Wand entlang.

„Ooh, ein Bolzenfinder", sagt sie. „Ich habe meinen Bolzen schon gefunden. Connor Rourke, königlicher Bolzen."

Ein widerstrebendes Lächeln zupft an meinen Lippen. Ich nehme einen Bleistift aus der Werkzeugkiste, markiere die Stelle, nehme den Hammer und schlage den Nagel mit einem Schlag in die Wand.

„Mein sexy Bauarbeiter", gurrt sie.

Ich hänge schnell den Spiegel auf, drehe mich um, und plötzlich steht sie nackt vor mir.

Sie wirft ihre Arme um mich. „Du bist offiziell mein Fantasiebauarbeiter. Jetzt hämmere mich gegen diese Wand." Ihr Mund klatscht auf meinen.

Ich reiße mir praktisch die Kleider vom Leib, während ich sie küsse und zur Wand manövriere. Ich rolle das Kondom über, hebe sie hoch, und sie schlingt ihre langen Beine um mich. Ich nehme sie mit einem harten Stoß und stöhne erleichtert auf, während sie ruft: „Ja! Genauso! Hämmere mich."

Ich bin zu erregt, um über ihre schräge Ausdrucksweise zu lachen. Ich hämmere immer wieder in sie hinein, angetrieben von ihrem heiseren Stöhnen. Ihre Hüfte kommt mir bei jedem Stoß entgegen und bringt mich tiefer. Ich schwitze und kämpfe darum, die Kontrolle lange genug zu behalten ... *noch nicht, noch nicht.* Sie kommt, ihr Körper melkt mich rhythmisch, und ich lasse los und zittere am ganzen Leib, als ich meine Lippen mit einem langen Stöhnen an ihren Hals drücke.

Sie streicht mit den Fingern durch meine Haare, und als ich einen langen Moment später meinen Kopf hebe, strahlt sie mich an. Ich liebe dieses Lächeln, ich liebe es, sie so glücklich zu sehen. Ich küsse ihre lächelnden Lippen.

„Jetzt weiß ich nicht, wie ich dich nennen soll", sagt sie. „Heißer Bauarbeiter oder königlicher Renovator."

Ich lache. „Königlicher Renovator, im Ernst?"

„Oder mein heimlicher Prinz. Es gibt so viele Möglichkeiten."

„Nenn mich einfach Con. Oder König, wenn du unbedingt einen Spitznamen brauchst."

„Aber du bist kein König, du bist ein Prinz."

„Ich bin dein König, Baby."

Ihre Brauen heben sich. „Also, ich bin dein Baby, und du bist mein König. Das scheint unausgeglichen zu sein."

Ich lache, und dann küsse ich sie zärtlich. Sie ist einfach so lebhaft und sexy und lustig. Ich breche den Kuss ab, streichle ihr Haar hinter ihr Ohr und schaue in ihre hellblauen Augen, die jetzt weicher erscheinen. Dann trifft es mich wie ein Hammer – ich bin verliebt.

„Was?", fragt sie leise.

„Nichts, Baby." Es ist zu früh, und alles ist immer noch schwierig mit ihrem Dozentenjob. Ich hebe sie von mir und setze sie ab.

Sie klammert sich an meine Arme, denn ihre Beine wackeln. „Wenn ich dich König nennen soll, musst du mich wie ein König ficken. Königlich. Lass uns das bald machen, ja?"

Ich habe keine Ahnung, was sie sich darunter vorstellt, doch es spielt keine Rolle. Ich bin dabei. Ich lege meine Arme um sie und flüstere ihr ins Ohr: „Wann immer du willst, Baby."

~

Becca

Also bin ich Baby. Niemand hat mich je als die Art von Frau gesehen, die diesen sexy Spitznamen bekommen würde. Nur Con sieht mich als die leidenschaftliche Frau, die ich immer sein wollte. Offensichtlich habe ich bisher nur nicht den richtigen Mann dazu gefunden. Die Eiskönigin hat ihren König gefunden. Das Problem vorher war, dass meine Exen mich kaltgelassen haben, es hat nicht an mir gelegen. Es ist so eine große Erleichterung, dass ich mich fühle, als würde ich durch meinen Tag schweben. Oder vielleicht liegt das an Con. Er ging mir mit seiner schroffen Süße unter die Haut. Ich bin glücklicher als ich lange gewesen bin.

Ich gehe mit einem Plastikcontainer mit frisch gebackenen Schokoladenkeksen zu meiner Sprechstunde am Donnerstagabend. Ich hoffe wirklich, dass jemand außer Mike auftaucht. Con und ich haben entschieden, dass es am besten ist, wenn er nicht zu meiner Sprechstunde kommt. Wir wollen das Schicksal nicht herausfordern, indem wir allein einem kleinen Raum sind. Das wäre furchtbar unangemessen. Was soll ich sagen, der Mann kann mir nicht widerstehen. Und umgekehrt. Wir sind wie zwei Funken, die zu einem Inferno verschmelzen. Und siehe da, plötzlich bin ich poetisch und sexy! Er bringt das aus mir heraus, mein königlicher Renovator.

Mein Handy pingt mit einer SMS, als ich das Foyer des Universitätsgebäudes betrete. Ich grabe es aus meiner Handtasche und hoffe, dass er es ist.

Con: *Komm nachher vorbei. Du kannst mir zusehen, wie ich einen Küchentisch aus recycelten Eichenplanken baue.*

Ein Schauer läuft durch mich hindurch. Er spricht meine lustvolle Sprache – *bauen*, beobachten, wie er seine Muskeln benutzt, Eichenplanken.

Con: *Bist du angetörnt?*

Ich: *Ja.*

Con: *Ha. Es gibt keinen Tisch. Ich habe nur schmutzig geredet.*

Ich lache laut. Er weiß, wie ich ticke. Er versteht mich wie kein anderer vor ihm. Ich glaube, ich verliebe mich in ihn. Bei dem Gedanken verknotet sich mein Magen. Ich hätte nie gedacht, dass es so kommen würde. Ein Typ, den ich zufällig getroffen habe, nachdem ich versetzt worden bin. Ein Typ, der mein Student ist. Auf jeden Fall nicht so, wie ich normalerweise vorgehe.

Ich schicke ein lachendes Emoji.

Con: *Kann es kaum erwarten, dich zu sehen.*

Mein Herz singt, ich bin plötzlich aufgedreht. Als könnte ich hier im Foyer tanzen. Ich lächle so breit, dass meine Wangen wehtun. Dann merke ich, dass ich ihm nicht geantwortet habe, und schreibe schnell zurück: *Ich auch.*

Ich lächle immer noch, als ich auf dem Flur oben ankomme und in Richtung meines Büros gehe. Mike wartet auf mich. Verdammt. Er ist auch noch früh dran.

„Hey, kann ich Ihnen das abnehmen?", fragt er und deutet auf die Keksdose.

„Sicher, danke." Ich gebe sie ihm, während ich den Schlüssel zum Büro aus meiner Handtasche hole, aufschließe und das Licht einschalte. Er folgt mir und stellt die Kekse auf meinen Schreibtisch.

Ich gehe um den Schreibtisch herum, stelle meine Botentasche darauf und hänge meine Handtasche über die Stuhllehne. „Sie sind heute ein bisschen früh dran." Eine Viertelstunde zu früh.

„War früher als sonst bei der Arbeit fertig, also bin ich hier. Denken Sie, mit den Keksen und allem werden eine Menge Leute kommen? Ein bisschen wie eine Party?"

Oh Gott. Ist das seine Vorstellung von einer Party? „Ich bin nicht sicher, doch um sicherzugehen, würde es Ihnen was ausmachen, eine große Kanne Kaffee von dem Café die Straße runter zu holen?" Ich setze mich und greife nach meiner Handtasche. „Ich gebe Ihnen das Geld."

Er hebt eine Hand. „Ich mach das schon, Rebecca. Alles, was Sie brauchen."

Ich stelle meine Handtasche wieder ab. „Danke."

Ich lasse die Luft ab, von der ich nicht gewusst habe, dass ich sie angehalten hatte, als er geht. Es ist eine Sache, mir eine Stunde lang von ihm das Ohr abkauen zu lassen, doch fünfzehn Minuten mehr wären Folter. Ich schreibe Con.

Ich wünschte, du wärst hier.

Con: *Du vermisst deinen König, was? Musst du wieder königlich genagelt oder gehämmert werden?*

Ich: *Ja.*

Con: *Du machst mich fertig, Baby.*

Ich lächle. *Bis später, königlicher Renovator.*

Glücklicherweise kehrt Mike zusammen mit Anita zurück, einer jungen Brünetten, die im Pharmavertrieb arbeitet. Ich bin begeistert, Gesellschaft zu haben. Mike gießt sich einen Kaffee ein, und ich biete Anita einen an. Sie kann nicht lange bleiben, hat jedoch Fragen zur Studienarbeit.

Ich gehe sie mit ihr durch, während Mike mit seinem Handy spielt.

„Danke, Rebecca", sagt Anita. „Jetzt muss ich nach Hause. Kann ich mir einen Keks für den Rückweg mitnehmen?"

„Natürlich. Nehmen Sie so viele wie Sie wollen."

Sie nimmt zwei, und Mike nimmt sich seinen Dritten. Meine Gedanken wandern zu Connor. Hat er seine Arbeit geschrieben? Ist sie so schlimm, wie er denkt? Werde ich ihm erklären müssen, warum sie schlecht ist? Anita hat gute Fragen gestellt, Connor bisher keine.

Nachdem sie gegangen ist, sagt Mike: „Endlich ist sie weg. Jetzt können wir ein echtes Gespräch führen. Sie interessiert sich nur für ihre Note. Ich will tief in unsere Fälle eintauchen. Warum brauchen wir unternehmerische Verantwortung im privaten Sektor? Gibt es dafür nicht Vorschriften?"

Ich unterdrücke ein Stöhnen. So habe ich wortwörtlich unsere Fallstudie vorgestellt. „Nun, Mike, das war die Frage in unserer letzten Vorlesung, und die Antwort war ein eingehender Blick auf Axle Financial Management. Sie haben unternehmerische Verantwortung zu einer Priorität gemacht, und dann stellt sich die Frage, was die Ziele sind, und wie wir sie messen, und wie wir durch sie einen Wert für das Unternehmen schaffen. Eine ihrer ersten Initiativen –"

Er fällt mir ins Wort. „Förderung und Unterstützung gemeinnütziger Arbeit ihrer Mitarbeiter."

Ich hake genau da ein und versuche, die Diskussion zu ergänzen, anstatt sie noch einmal zusammenzufassen, doch er zitiert immer wieder meine eigenen Worte aus der Vorlesung.

Es ist fast so, als hätte er sie auswendig gelernt. Ich bin mir nicht sicher, inwieweit er davon profitiert, doch ich finde es äußerst nervig. Ich habe den plötzlichen Drang, ihn rauszuschmeißen, weil er meine Zeit verschwendet. Doch das kann ich nicht. Ich soll alle Studenten unterstützen, auch die nervigen.

Vier Kekse und eine Tasse Kaffee später – ja, das ist richtig, ich esse meine eigenen Kekse, um wach zu bleiben – erkläre ich, dass unsere Zeit abgelaufen ist. Es ist fast so, als wäre ich sein Therapeut, der nur hier sitzt und seine Tiraden über sich ergehen lässt. Nur, dass er mir meinen Vortrag rezitiert und nicht einmal ansatzweise eigene Gedanken einfließen lässt.

Er steht auf. „Danke, Rebecca. Ein weiteres äußerst aufschlussreiches Treffen mit Ihnen. Ich genieße diesen Kurs wirklich."

„Freut mich, das zu hören. Wissen Sie, ich frage mich, ob Sie vielleicht mehr aus diesen Sprechstunden herausholen können, wenn Sie ein oder zwei Fragen haben. Es ist klar, dass Sie das Material bereits verstanden haben."

Er zwinkert. „Nächstes Mal."

Ich stehe auf, packe meine Sachen ein und warte darauf, dass er geht.

Er bleibt. „Rebecca, ich wollte fragen, sehen Sie jemanden?"

Ich erstarre. Connor soll ein Geheimnis sein. Gleichzeitig würde Mike nur fragen, wenn er sich für mich interessiert. „Ja."

„Ist es ernst?"

Ich weiß es nicht. Vielleicht? Hoffentlich. „Äh, ich denke nicht, dass Sie das etwas angeht."

Er lächelt und nickt. „Meinetwegen. Doch wenn es nicht ernst ist, könnten wir morgen Abend einen Happen essen. Wissen Sie, reden, uns kennenlernen."

Hartnäckig, was? Ich habe ihm schon gesagt, dass ich jemanden sehe.

Ich muss das im Keim ersticken. „Nein, danke. Ich treffe mich nicht mit Studenten. Das ist nicht nur meine Einstellung, sondern die der Universität."

„Nur ein freundschaftliches Abendessen", drängt er.

„Nein, danke", sage ich knapp.

Er kneift die Augen zusammen, und ich spüre einen ersten wirklichen Anflug von Angst. „Ein paar für unterwegs", sagt er, nimmt sich eine Handvoll Kekse und geht zur Tür hinaus.

Ich seufze. Er ist harmlos. Alles ist gut.

13

Becca

Es ist Samstagabend, und ich bin seit einer halben Stunde auf dem zweistündigen Empfang der Fakultät und fühle mich von Minute zu Minute deplatzierter. Die meisten Angestellten sind älter und mit ihren Ehepartnern hier. Ich muss mich anpassen, Verbindungen knüpfen und Dean Sears zeigen, dass ich hierher gehöre. Ich wünschte, Con wäre bei mir. Er entspannt mich. Nicht wegen all der Orgasmen, obwohl das sicherlich hilft, sondern wegen seines eigenen allgemein entspannten Verhaltens. So will ich auch sein. *Seufz.* Ich bin nicht gut darin, Smalltalk zu machen. Ich funktioniere besser mit einer Gruppe, wenn es ein gemeinsames Arbeitsziel gibt.

Ich trinke einen kleinen Schluck Wein und achte darauf, dass ich nicht beschwipst werde. Ich bin auf Probe hier, und heute Abend fühlt sich wie ein Test an. Ich muss einen guten Eindruck machen. Ich gehe zu einer kleinen Gruppe meiner Kollegen und ihrer Ehepartner und höre ihnen zu, als sie über die neue Stelle in der wirtschaftswissenschaftlichen Abteilung sprechen. Nicht gerade mein Spezialgebiet. Und sie wollen jemanden mit Doktortitel mit mindestens fünf Jahren Unterrichtserfahrung und Forschungsnachweisen.

Eine Frau mit langen blonden Haaren lächelt mich an. „Hallo, ist das Ihr erster Fakultätsempfang?"

Ich muss wirklich an meinem Pokerface arbeiten.

Ich lächle. „Ist das so offensichtlich?"

„Sie sehen ein bisschen verloren aus." Sie bietet ihre Hand an. „Ich bin Patricia Silver, Professorin für den Bereich Buchhaltung."

„Freut mich, Sie kennenzulernen. Ich bin Rebecca Edwards, Assistentin. Im Moment unterrichte ich einen Kurs zum Umgang mit organisatorischen Veränderungen im Programm für Führungskräfte. Ich komme aus der Unternehmensberatung."

„Interessant", sagt sie, bevor sie sich wieder der Gruppe zuwendet. Ein paar Sekunden später lachen alle über jemanden namens Howard, der beim vorherigen Cocktailempfang zum Ende des letzten Semesters betrunken umgekippt ist.

Ich stehe ein paar Minuten da und sage mir, dass es besser ist, am Rande einer Gruppe zu sein als allein, doch ich kann es kaum ertragen. Ich bin einfach nicht gut im Networking. Gib mir einen Job, und ich arbeite gern mit einem Team von Leuten, doch rumstehen und Smalltalk mit Leuten machen, die sich alle seit Jahren zu kennen scheinen? Wie Fingernägel auf einer Tafel. Ha! Passender Vergleich für einen Möchtegern-Lehrer wie mich.

Ich gehe zu einem langen Tisch mit verschiedenen Charcuterie- und Käseplatten und etwas, das wie im Laden gekaufte Cracker aussieht. Ich bin wählerisch bei meinen Crackern, da ich sie selbst backe. Ich nehme einen Cracker mit einer Scheibe Käse und mache einen neuen Plan. Anstatt mich in Gruppen zu schieben und mich vorzustellen, werde ich mich darauf konzentrieren, eine Beziehung zum Dekan aufzubauen. Sobald ich mit ihm gesprochen habe, kann ich verschwinden. Das wird meine Erfolgsmetrik für den Abend sein. Ich sehe, wie Dean Sears einem Mann in einer Tweedjacke auf den Rücken klopft, und beide lachen lauthals. Ich muss auf meinen Moment warten.

Ich würde so gern mein Handy aus der Tasche holen und Connor eine SMS schreiben, doch es scheint unangemessen zu sein. Sonst ist niemand am Handy. Er hat mich heute mit seiner Arbeit beeindruckt. Ich habe sie auf der U-Bahnfahrt von unserem Kurs zurück gelesen, während er neben mir ein Nickerchen gemacht hat. Es war ihm peinlich, dass ich sie vor ihm gelesen habe, doch ich konnte es nicht erwarten. Seine Grammatik war nicht perfekt, doch das war okay, weil seine Stimme durchkam. Einige Leute schreiben sehr formal oder mit großen Worten und versuchen mich zu beeindrucken, doch seine Fallstudie klang, als würde er nur neben mir sitzen und alles erklären, komplett mit Satzfragmenten, fehlenden Kommata und ein paar Rechtschreibfehlern, die eine einfache automatische Rechtschreibprüfung behoben hätte. Doch der Inhalt, wow. Eine faszinierende Beschreibung des Unternehmens seiner Familie und des Wachstums bei ihrem nun schon zweiten Immobilienentwicklungsprojekt. Es ist eine perfekte Fallstudie über Veränderungen innerhalb einer Organisation und die Probleme sozialer Verantwortung und aller daran beteiligter Akteure, von Regierungsbehörden über Stadträte bis zu betroffenen Bürgern. Ganz zu schweigen von der Schwierigkeit, Bau, Entwicklung und Mittelbeschaffung innerhalb einer Organisation zu verwalten, die zuvor ausschließlich Erfahrung mit der Bauausführung hatte. Er und seine Brüder haben erst kürzlich die Verantwortung übernommen, nachdem ihr Onkel ohne Vorwarnung in den Ruhestand gegangen ist. Wenn das nicht ins kalte Wasser springen ist, dann weiß ich nicht, was es ist. Ich bin erstaunt darüber, was sie bisher erreicht haben.

Ich habe ihm gesagt, wir müssen nächste Woche im Kurs darüber diskutieren. Zuerst dachte er, es würde zu viel Aufmerksamkeit auf sich ziehen, doch ich habe ihn überzeugt, dass das okay sein würde. Wir machen ständig Fallstudien, und sein Fall ist ein hervorragendes Lernbeispiel. Vielleicht können wir als Gruppe auch für sein Unternehmen tragfähige Lösungen finden. Das ist letztendlich das Ziel des Unterrichts.

Ich sehe Dean Sears allein durch die Lounge gehen und steure auf ihn zu. Ich bin auf halbem Weg, als ihn ein paar Leute abfangen. Ich bleibe unsicher stehen. Soll ich mich der kleinen Gruppe anschließen oder warten? Ich schließe mich ihnen besser an. Es werden mehr Leute mit ihm sprechen wollen.

Ich stehe neben einem älteren Glatzkopf, der den Dekan für nächsten Samstag zum Golf einlädt. Ich habe Golf versucht, und ich kann es einfach nicht. Ich weiß nicht warum. Es scheint einfach zu sein, doch der Ball fliegt einfach nie dorthin, wo ich ihn haben will. Meistens habe ich zu hart zugeschlagen, und als ich dann versucht habe, weniger Kraft in meinen Schwung zu legen, ist der Ball nur ein paar erbärmliche Meter weit gekullert. Es ist eine Schande, denn Golf ist eines dieser Networkingtools, die wirklich funktionieren, insbesondere bei Männern in Führungspositionen.

Dean Sears scheint mich endlich zur Kenntnis zu nehmen. „Schön, Sie hier zu sehen, Rebecca. Amüsieren Sie sich?"

Ich nicke. „Sehr schöner Empfang. Und mein Unterricht macht wirklich Spaß."

Der Golfkumpel murmelt etwas und geht.

„Freut mich zu hören", sagt Dean Sears fröhlich. „Ermutigen Sie Ihre Studenten auch, Sie in Ihrer Sprechstunde zu besuchen? Wir legen besonderes Gewicht auf diese Initiative in diesem Jahr, um Studenten mit den Ressourcen der Universität in Kontakt zu bringen." Er beugt sich mit einem Lächeln vor. „Und eine davon ist unsere hervorragende Mitarbeiterschaft."

Ich lächle zurück und hoffe, dass er mich in die hervorragende Bewertung einbezieht. „Ich habe sie definitiv ermutigt. Ich habe hausgemachte Schokoladenkekse versprochen. Das hat zwei meiner Studenten in mein Büro gelockt."

Er klopft sich auf den Oberschenkel. „Brillant."

Eine brünette Frau mittleren Alters erscheint an seiner Seite und lächelt ihn an. Dean Sears stellt uns vor. „Das ist meine Frau, Brianna." Er zeigt auf mich. „Eine unserer neuesten Dozenten, Rebecca Edwards. Sie ist Joes Tochter."

Bei der Erwähnung meines Vaters stehe ich etwas aufrechter und nehme ihre angebotene Hand. „So schön, Sie kennenzulernen."

Dean Sears lächelt strahlend. „Rebecca, nächstes Semester gibt es eine offene Vollzeitstelle im Führungskräfteprogramm.

Ich würde mich sehr freuen, wenn Sie sich bewerben würden. Ich weiß, ich habe gesagt, dass wir vielleicht vorher eine Vollzeitstelle für Sie haben. Ich hatte gehofft, eine Stelle zu finden, auf die Sie passen könnten, indem wir ein paar Kurse zusammenfassen, doch jetzt habe ich wirklich eine Position zu besetzen. Ich musste einem unserer langjährigen Mitarbeiter kündigen. Sie haben vielleicht Gerüchte darüber gehört, und ich fürchte, diese Gerüchte sind wahr."

Ich schlucke schwer. Es klingt nach etwas Skandalösem. „Nein, ich habe nichts darüber gehört."

Er presst die Lippen aufeinander und scheint nicht bereit zu sein, den Klatsch zu wiederholen.

Brianna beugt sich vor und flüstert: „Professor Gage hat seine Lehrassistentin geschwängert. Sie hatten angeblich ein ganzes Jahr eine Affäre, entgegen aller Regeln der Universität. Mein Mann hat dafür gesorgt, dass er diese Gelegenheit nie wieder bekommt."

Ich breche in kalten Schweiß aus. „Nein, natürlich. Das ist furchtbar."

„Es wäre wunderbar, wenn jemand wie Sie seinen Platz einnehmen würde", sagt Dean Sears. „Jung und begeistert. Vorausgesetzt natürlich, Ihre Leistungsbeurteilung läuft gut. Der Input der Studenten ist sehr wichtig." Er lächelt. „Ich bin sicher, dass es da nichts zu beanstanden gibt. Der Ruf Ihrer Eltern eilt Ihnen voraus. Wirklich gute Pädagogen. Und Ihr Vater war letztes Jahr natürlich New Yorker Lehrer des Jahres."

„Ja, das hat er auch sehr verdient", sage ich und zwinge etwas Energie in meine Stimme. Meine Eltern sind Top-Lehrer, die alles für ihre Schüler tun, und auf der anderen Seite bin ich und schlafe mit einem Studenten. Mein Magen dreht sich langsam um.

Brianna legt ihre Hand auf den Arm ihres Mannes und spricht leise mit ihm, bevor sie sich wieder zu mir umdreht. „Wir treffen unsere Tochter heute Abend zu einem späten Abendessen, darum müssen wir gehen. Es war so schön, Sie kennenzulernen, und ich hoffe, Sie beim nächsten Empfang zu sehen."

„Danke. Genießen Sie Ihr Abendessen", sage ich.

Sie lächeln, verabschieden sich und machen auf dem Weg nach draußen noch mehrmals Halt, um sich von ein paar anderen Leuten zu verabschieden. Nachdem sie gegangen sind, warte ich ein paar Minuten und fahre erschüttert nach Hause. Hier wartet eine Chance auf mich, weil ein anderer Professor es vermasselt hat. Die Ähnlichkeit der Situation entgeht mir nicht. Professor Gage war vielleicht in seine Lehrassistentin verliebt. Sie war nicht einmal seine Studentin, doch er war ihr Vorgesetzter.

Ich sollte die ganze Sache mit Connor überdenken. Wenn ich ihm wirklich was bedeute, wird er auf mich warten, oder?

Ich schreibe Con, während ich auf die U-Bahn warte. *Bin gerade raus. Auf dem Weg zu dir.* Wir haben vor, uns eine Liveband anzusehen, die ich heute Abend gerne auftreten sehen würde, doch so ist es besser, denn jetzt haben wir Zeit für ein ernstes Gespräch. Ich will das wirklich nicht, doch ich habe das Gefühl, dass ich es tun muss. Mein Hals schnürt sich vor Emotionen zu, und ich blinzele Tränen zurück. Er wird es verstehen. Und wenn er es nicht tut, ist das das Ende.

Connor

Sobald ich die Tür zu Becca öffne, weiß ich, dass etwas nicht stimmt. Sie sieht aus, als würde sie versuchen nicht zu weinen, ihre Augen glänzen, ihr Gesicht ist angespannt. Ich ziehe sie in den Flur und lege meine Arme um sie. Sie steht einen Moment steif da, die Arme an den Seiten. Dann, endlich, umarmt sie mich zurück und hält mich fest, ihren Kopf an meine Brust geschmiegt. Sie hatte heute Abend ihren Fakultätsempfang, und ich weiß, dass sie einen guten Eindruck hinterlassen wollte.

„Was ist passiert?", frage ich.

Sie hebt den Kopf, Tränen stehen in ihren Augen. „Der Dekan sagt, dass es in meiner Abteilung eine Vollzeitstelle gibt, was gut ist, doch der Grund dafür ist, dass ein Professor entlassen wurde, weil er seine Lehrassistentin geschwängert hat. Es ist genau wie bei uns." Ihre Stimme bricht.

Mein Magen zieht sich zusammen, als die erste Ahnung von Angst durch mich kriecht. „Nein", sage ich fest. „Das ist nicht wie bei uns. Ich arbeite nicht für dich, und du wirst nicht schwanger."

Sie presst die Lippen fest aufeinander. „Theoretisch ist es dasselbe. Du hättest Dean Sears und seine Frau sehen sollen, wie sie über Professor Gage gesprochen haben, als wäre er totaler Abschaum. Sie sagten, er würde nie wieder an einer Universität unterrichten."

Galle steigt in meinen Hals. Ich weiß genau, wohin das führt – sie will diese Sache zwischen uns beenden. Alles in mir rebelliert. Ich ringe das schreckliche Gefühl nieder und konzentriere mich auf das Wichtige – uns.

Ich nehme ihr Gesicht in meine Hände und sehe ihr in die Augen. „Hör zu, dieser Professor und seine Lehrassistentin, das sind nicht wir. Und du wirst nicht wegen mir gefeuert. Ich würde das niemals zulassen. Bec, du bist mir viel zu wichtig."

Sie schluckt sichtlich, ihre Stimme ist hoch und nasal. „Würdest du bis zum Ende des Semesters warten, um …?"

„Nein."

Ihre Unterlippe zittert. „Du hast gesagt, ich bin dir wichtig."

„Das bist du, das schwöre ich. So sehr. Aber verlang das nicht von mir. Ich soll dich nicht sehen, und was ist überhaupt der Punkt? Du wirst mich immer noch in deinem Kurs sehen. Wirst du da oben stehen und so tun, als ob du mich nicht kennst? Als hättest du überhaupt keine Gefühle für mich?"

Sie zieht sich zurück. „Das habe ich bisher gemacht."

„Dann macht es keinen Unterschied, ob wir uns weiter sehen oder nicht."

Ihre Stimme ist leise und resigniert. „Der Unterschied ist, dass ich meine Karriere nicht riskiere."

Ich fahre mir mit einer Hand durchs Haar. Ich will sie

nicht verlieren, doch ich will mich auch nicht für die nächsten drei Monate von ihr fernhalten. Das wäre Folter.

Ich nehme ihre Hand und führe sie zum Sofa. Sie setzt sich, ihre Hände fest ineinander verflochten und starrt sie an.

Ich hole tief Luft, meine Brust fühlt sich eng an. Ich muss die richtigen Worte finden und sie davon überzeugen, dass wir das Risiko wert sind. „Ich will dich nicht wegen etwas verlieren, das irgendjemand anderes getan hat. Wir haben nichts falsch gemacht, und ich verspreche dir, dass dies für mich keine beiläufige Sache ist."

Sie sieht mich an, ihre Lippen sind zusammengepresst, Tränen drohen überzulaufen.

Scheiße. Ich verliere sie. „Heute Abend wollte ich dich bitten, in zwei Wochen mit mir zur Verlobungsfeier meines Bruders zu gehen. Ich will dich meiner Familie vorstellen. So viel bedeutest du mir." Das ist wahr. Ich wollte sie das fragen, bevor meine ganze Welt angefangen hat, sich seitwärts zu neigen und zu drohen, mich auf meinen Arsch zu werfen.

„Wirklich?", fragt sie mit erstickter Stimme. „Das sagst du nicht nur, weil ich so durcheinander bin?"

Ich ziehe sie auf meinen Schoß und halte sie fest. „Ich wollte dich wirklich fragen. Ich weigere mich, dich zu verlieren, Bec. Ich habe das Gefühl, ich habe mein ganzes Leben darauf gewartet, dich zu finden."

„Okay", sagt sie und nickt gleichzeitig. „Ich komme mit. Ich will mich auch nicht von dir verabschieden. Ich hatte einfach das Gefühl, ich muss, verstehst du?"

Ich nehme ihre zarte Wange in meine Hand und streichle sie mit meinem Daumen. „Ich weiß. Doch wir machen uns nicht aufgrund dessen kaputt, was andere Leute denken könnten." Ich küsse sie. „Alles wird gut, das verspreche ich."

Sie schmiegt ihre Wange an meine Brust und seufzt. Zum ersten Mal seit sie nach Hause gekommen ist, habe ich das Gefühl, wieder atmen zu können.

Nichts kann sich zwischen uns stellen. Ich werde es nicht zulassen.

14

Connor

Es ist zwei Wochen her, seit ich Becca zu Seans und Josies Verlobungsfeier eingeladen habe, und zwischen uns läuft es großartig. Okay, letzte Woche gab es einen heiklen Moment, als wir uns nach unserer Samstagsstunde im Foyer getroffen haben und Dean Sears uns einen neugierigen Blick zugeworfen hat. Doch ich habe Becca überzeugt, dass es für Professoren und Studenten in Ordnung ist, sich in dem Gebäude zu unterhalten, in dem der Unterricht stattfindet. Sogar zweimal. Sie begann sofort ein weiteres Gespräch mit einer Frau aus unserer Klasse, die gerade auf dem Weg nach draußen nach unten gekommen war. Sie hat sich praktisch auf die Arme gestürzt, um den Eindruck zu erwecken, dass sie nicht nur mit mir spricht. Ich habe Becca später an diesem Abend beruhigt. *Ahem.*

Jedenfalls ist heute Abend der Abend, an dem sie meine Familie kennenlernen wird. Wir gehen zum Haus meiner Eltern in der Windsor Terrace-Gegend in Brooklyn.

Becca trifft mich am Eingang ihres Gebäudes und sieht in einem ärmellosen blauen Kleid mit braunen Highheels umwerfend aus.

Ich lächle und betrachte sie anerkennend. „Du siehst wunderschön aus."

Sie runzelt die Stirn. „Ach nein. Aber schau uns an. Wir passen zusammen."

Ich trage mein blaues Hemd mit einer beigen Hose. „Nur ein bisschen. Dein Blau ist heller."

„Ich muss mich umziehen." Sie dreht sich um und geht zum Fahrstuhl.

Gut, dass ich ein bisschen früh dran bin. Ich dachte, es wäre gut, zum Haus meiner Eltern zu kommen, bevor die Party in vollem Gange ist. Für jemand Neues ist es nicht leicht, in das Chaos einer Rourke-Party einzutauchen, und Becca ist schüchtern.

Ich folge ihr in den Fahrstuhl. Sie drückt auf den Knopf, verschränkt die Arme und beobachtet die Anzeige.

„Bist du okay?", frage ich nach langem Schweigen.

Ihr Blick bleibt auf die Zahlen gerichtet. „Alles okay. Ich muss nur ein Outfit für einen guten ersten Eindruck finden. Ich habe eine Weile gebraucht, um mich für dieses Kleid zu entscheiden, aber ist schon gut. Ich bin mir sicher, dass ich noch was anderes habe."

„Ich könnte nach Hause gehen und mich umziehen."

Sie blickt abrupt zu mir auf. „Sei nicht albern. Ich schicke dich nicht den ganzen Weg nach Hause."

„Ich wohne drei Blocks entfernt."

„Schon gut, Connor. Ich kann das Problem beheben."

Verdammt, sie ist angespannt. Sie nennt mich nie Connor, immer Con, und immer in diesem warmen Ton. Ich ziehe ihre Arme von ihrem Körper weg und lege sie um meine Mitte. Sie schmiegt ihre Wange für ein paar Augenblicke an meine Brust, doch dann pingt der Aufzug, und sie löst sich und eilt zu ihrer Wohnung.

Ich folge ihr in ihr Schlafzimmer, das aussieht als wäre eine Bombe explodiert mit Kleidern und Schuhen überall. Ich hatte keine Ahnung, dass sie so viele Kleider hat.

„Ich brauche eine Kontrastfarbe zu dir", sagt sie. „Vielleicht ist ein Hosenoutfit der richtige Weg. Ich habe ein paar schicke Hosen im Schrank."

Sie geht zu einem großen hellen Holzschrank mit Doppeltüren und öffnete die Türen. Noch mehr Klamotten. Sie hat auch noch eine lange Kommode. Ich habe ihrer Garderobe nie zu große Aufmerksamkeit geschenkt. Mir ist nur aufgefallen, dass sie immer ziemlich businessmäßig aussieht.

Sie geht mit manischer Geschwindigkeit die Kleider durch und wirft nacheinander Hosenoutfits auf das Bett. Ich bin mir nicht sicher, ob das bedeutet, dass sie sie anprobieren will oder ob sie aus dem Rennen sind. Sie zieht einen schwarzen Rollkragenpullover mit schwarzer Hose heraus und legt ihn wieder in den Schrank. Scheiße. Das kann eine Weile dauern. Es sieht so aus, als wäre das Zeug auf dem Bett, das, was sie anprobieren will.

Ich gehe herum, setze mich auf die Seite des Bettes, die ihr am nächsten ist, und schiebe ihr Kissen aus dem Weg. „Das schwarze Outfit würde sexy an dir aussehen", sage ich. „Zieh das an."

Sie hält inne und starrt mich einen Moment an. „Schwarz. Ich sollte mein kleines schwarzes Kleid tragen. Das passt zu jedem Anlass." Ein paar Minuten später hat sie das sexy schwarze Kleid angezogen, an das ich mich von Simones Party erinnere.

„Perfekt", sage ich und stehe auf. Endlich können wir gehen.

Sie streicht das Kleid glatt, während sie an sich herunterblickt. „Ich weiß nicht. Ich denke, es könnte zu förmlich sein. Eher ein Cocktailpartykleid, kein Kleid für eine Verlobungsparty bei jemandem zu Hause."

„Ich bin sicher, dass es Cocktails geben wird. Wenigstens Champagner und Bier."

Sie zieht das Kleid aus, wirft es weg und geht zurück zum Schrank. Oh, ich mag diese Rückansicht. Sie trägt einen trägerlosen hautfarbenen Spitzen-BH mit passendem Höschen. Ihre langen Beine laden mich zum Berühren ein. Ich muss allerdings wenigstens warten, bis sie was zum Anziehen ausgesucht hat. Während sie halb im Schrank steht, stecke ich ein Kondom von ihrem Nachttisch in meine Tasche. Ich glaube, es gibt keinen besseren Weg, um mit ihrer Nervosität umzugehen. Vielleicht kommen wir ein bisschen spät. Was ist schlimmer – spät im Chaos auftauchen oder selbst

Chaos sein? Ich muss sie beruhigen. Das würde jeder gute Freund tun.

Sie zieht ein grünes und ein dunkelrotes Kleid aus dem Schrank und hält sie vor sich.

„Auf jeden Fall das Dunkelrote", sage ich. Mir gefällt der figurbetonte Schnitt.

„Das ist Bordeaux." Sie hält es unter ihr Kinn. „U-Bootausschnitt, Dreiviertelärmel, gut für den Herbst. Doch macht mich die Farbe zu blass?"

Ich weiß nicht einmal, warum eine Farbe sie blass machen soll, doch es ist klar, dass ich die Sache selbst in die Hand nehmen muss. Sofort. Ich gehe zu ihr und nehme das Kleid, öffne den Reißverschluss und kniee mich zu ihren Füßen, damit sie hineinsteigen kann. Während sie noch überlegt, ob sie es wirklich anziehen soll, streiche ich mit meiner Hand von ihrem Knöchel über die Innenseite ihres Oberschenkels bis knapp unterhalb ihres sexy Höschens. Ihre Lippen teilen sich, und sie steigt in das Kleid.

Ich stehe auf und ziehe das Kleid langsam über ihre Hüften hoch. Dabei lasse ich meine Finger über ihre Haut gleiten. Sie wird warm unter meiner Berührung, ihr Atem geht etwas schneller. Ich liebe es, meine Wirkung auf sie zu beobachten. Ich ziehe ihr das Kleid ganz an und schließe den Reißverschluss, wobei ich sie die ganze Zeit berühre. Es sieht großartig aus. Der Stoff ist weich, elastisch und figurbetont, was es leichter macht, sie durch das Kleid zu streicheln. Ihre Lider gehen auf Halbmast, als ich von ihrem schlanken Hals über ihr freiliegendes Schlüsselbein über ihre Schultern und ihre Arme streichle. Ich nehme mir Zeit, um ihre Brüste zu liebkosen, und wandere dann tiefer über ihren Bauch, komme näher und berühre doch nie ihre Weiblichkeit.

„Con", flüstert sie.

Ich weiß, dass ich große Fortschritte gemacht habe, als sie mich Con und nicht mehr Connor nennt. *Oh ja, ich habe den magischen Touch. Sieht so aus, als ob wir auf dem besten Weg nach Orgasmusville sind.* Doch dann:

„Ist das Kleid wirklich in Ordnung?"

Ich kann nicht fassen, dass sie sich nach all meinen Liebkosungen immer noch Sorgen um ihr Outfit macht. Was ist hier wichtiger? Ich schiebe sie zur Kommode, um ihr zu zeigen, wie fantastisch sie aussieht. Darüber hängt ein Spiegel.

„Schau. Es ist mehr als okay, es ist sexy." Ich ziehe langsam den Reißverschluss hoch und streiche mit meinen Fingern über ihren Rücken. Sie erschauert und ich drücke ihren Nacken. „Und es ist elastisch. Runter mit dir, Baby." Der Spitzname verfehlt seine Wirkung nie.

„Ich glaube nicht –", beginnt sie und verstummt dann, als ich die Hand zwischen ihre Schulterblätter lege und sie auf die Kommode drücke, während ich ihr Kleid über ihre Taille raffe. Ich höre ihren scharfen Atemzug, als sie meine Absichten erkennt. Ich schiebe eine Hand zwischen ihre Beine, und ihr Höschen ist feucht. Mein Schwanz drückt schmerzhaft gegen meine Hose. Ich ziehe ihr Höschen aus, befreie mich und rolle in Rekordzeit das Kondom über. Ich stoße tief in sie hinein, und sie stöhnt.

Ich ziehe sie hoch genug, damit sie uns im Spiegel sehen kann, ich, tief in ihr vergraben, und streichle ihre Brust mit einer Hand. „Schau, wie sexy du in diesem Kleid bist."

„Con", fleht sie halb.

Ich weiß genau, was sie braucht. Ich streichle sie zwischen den Beinen, während ich immer wieder tief in sie hineinstoße. Sie liebt es. Ich liebe es.

„Con ... oh Con", singt sie, und ich weiß, dass sie nahe ist.

„Lass los", knurre ich in ihr Ohr und halte sie fest, während ich schneller massiere. Sie macht die sexiesten, sehnsüchtigsten Geräusche, und dann kommt sie und nimmt mich in einer weißglühenden Explosion der Lust mit.

Unglaublich gut. Jedes verdammte Mal.

Sie ist *mein*. Wir funktionieren auf jeder Ebene. Ich bin so froh, dass ich sie gefunden habe.

Ich küsse sie auf die Wange. „Wundervolle Frau." Ich spüre, wie sich ihre Wange bei ihrem Lächeln verzeiht. Sie hat mich nach einigen unserer frühesten gemeinsamen Nächte äußerst ehrfürchtig „wunderbarer Mann" genannt.

Ich lasse sie langsam los, und sie sinkt schlaff auf die

Kommode. Das hat sie entspannt. Mich definitiv auch. Ich ziehe mich heraus und entscheide dann, dass ich sie besser wieder anziehen sollte. Ich ziehe ihr Höschen wieder hoch und streichle sie erneut, was sie zum Stöhnen bringt. Dann lasse ich ihr Kleid sinken und streichle sie durch den Stoff von ihrem süßen Hintern bis zum Nacken. Ich tätschele ihren Po, und sie seufzt. *Meine Becca.* So angespannt wegen ihres Outfits, dass nur ich sie entspannen konnte.

Nachdem ich meine Kleidungssituation wieder in Ordnung gebracht habe, starrt sie sich im Spiegel an. „Orgasmen sind wirklich die beste Schönheitsbehandlung", sagt sie verwundert. „Schau, wie meine Haut jetzt strahlt. In diesem Bordeauxton sehe ich auf keinen Fall blass aus."

Ich grinse und lege meine Arme von hinten um sie. „Dann muss ich Teil deiner Schönheitsroutine werden."

„Es ist ein ständiger täglicher Kampf", sagt sie, und ihre Augen funkeln.

Ich kuschle mich an ihren Hals. „Ist das deine Art, um tägliche Orgasmen zu bitten?"

„Ja."

Ich begegne ihrem Blick im Spiegel. „Dann wirst du mich auch täglich sehen müssen."

„Wäre nicht das Schlimmste auf der Welt."

Ich knabbere an ihrem Hals, und sie lacht. Wärme überschwemmt meine Brust in einer Welle der Zuneigung. Ich drehe sie zu mir um. „Weißt du, was heute ist?"

Sie nickt. „Der Tag, an dem ich deine Familie treffe. Oh Gott, wir sollten besser losmachen. Ich muss aber erst noch schnell mein Make-up auffrischen." Sie duckt sich unter meinen Arm und eilt ins Badezimmer.

Ich wollte sagen, dass heute unser einmonatiges Jubiläum ist. Ich weiß, es ist bescheuert, doch ich stecke bis über beide Ohren drin. Wir beide tun das. Ich hoffe nur, dass heute Abend alles reibungslos abläuft. Ich würde ihr das nie sagen, doch dass sie meine Eltern trifft ist eine ziemlich große Sache. Meine Familie steht sich sehr nahe, und ich könnte auf keinen Fall eine Beziehung führen mit jemandem, den meine Eltern nicht akzeptiert haben. Meine Familie ist etwas anders, weil wir Hochadel im Exil sind. Da mein Vater seine übrige Familie verloren hat, hat er unsere zu seiner Priorität gemacht und uns das auch eingebläut – Familie kommt zuerst. Jetzt, da wir alle erwachsen sind, sorgt er dafür, dass wir uns zu allen möglichen Gelegenheiten treffen. Und wir arbeiten auch alle zusammen. Sogar mein Vater, der jetzt als Makler arbeitet, ist immer noch Teil von Byrne Construction. Er hält immer Ausschau nach vielversprechenden Immobilien und hilft uns bei der Suche nach Mietern. Ich meine, meine Eltern sind ziemlich offene, freundliche Menschen, doch mein älterer Bruder Sean hat einmal eine Frau mit nach Hause gebracht, die meine Eltern als „krass" betrachtet haben. Er hat die Beziehung zu ihr am nächsten Tag beendet. Es war einfach nicht wert, weiterzumachen, wenn sie für Reibung in der Familie sorgen würde. Ich verstehe das.

Becca ist jedoch anders. Sie hat Stil. Und ich habe dafür gesorgt, dass sie entspannt ist. Ich bin mir sicher, dass alles gut gehen wird.

～

Becca

Ich bin sicher, Cons Eltern müssen mich nur einmal ansehen und denken *was für eine Katastrophe*. Ich gehe auf wackeligen Beinen den Gehsteig hinunter zu ihrem Haus. Ich kann nicht glauben, dass ich Sex mit Con hatte, bevor ich sie kennenlerne. So verdammt unangemessen. Der Mann macht mich fertig. Es ist, als würde mein gesunder Menschenverstand einfach aus dem Fenster fliegen, wenn er in der Nähe ist. Bevor er mich abholen gekommen ist, bin ich zwei Stunden lang wie ein Kolibri durch mein Zimmer geflitzt, als ich versucht habe, mich fertig zu machen – mit flatternden Nerven und rasendem Herz. Ich meine, ich bin kurz davor, eine königliche Familie zu treffen – den König selbst, seine Königin und einen Haufen Prinzen! Und ich weiß, wie viel Cons Familie ihm bedeutet, wie nahe sich alle stehen im Job und in der Freizeit. Das ist ein Test, und wenn ich nicht bestehe, könnte ich ihm keinen Vorwurf daraus machen, wenn er mit mir Schluss machen würde. Ich müsste dasselbe tun, wenn meine Eltern ihn nicht akzeptieren würden. Deshalb habe ich immer noch Angst, dass meine Eltern herausfinden, dass Con mein Student ist. Um in ihr Leben zu passen, muss ein Mann ernst genommen werden.

Ich versuche, tief durchzuatmen, als wir zu dem Ziegel-Reihenhaus gehen, in dem Con aufgewachsen ist. All mein schön entspanntes Gefühl von Cons sexy Bemühungen von vorhin ist verschwunden, obwohl ich befürchte, dass man mir den Orgasmus immer noch im Gesicht ansieht. Es ist erst eine halbe Stunde her, doch ich vibriere praktisch vor Anspannung.

Es ist mir zu wichtig, einen guten Eindruck zu machen. Con bedeutet mir sehr viel, und die Tatsache, dass er mich hierher gebracht hat, bedeutet noch mehr. Wenn ich nur an ihn denke, flattert mein Magen, und ich lächle ohne besonderen Grund. Warum habe ich ihn nicht nach dem Kurs treffen können? Dann hätte ich ihn natürlich zuerst im Unterricht getroffen. Hätte er sich mir genähert und mich um ein Date gebeten? Mike hat es getan. Ich hätte ihn genauso ablehnen müssen wie Mike. Doch dann hätte es vielleicht später geklappt. Halt. Das ist eine Hypothese und ich überanalysiere. Tatsache ist, ich stecke tief in einer geheimen Beziehung, die mein ganzes Leben in die Luft jagen könnte, und alles, was mich interessiert, ist, dass seine Familie mich mag. Wie ich schon gesagt habe, kein gesunder Menschenverstand, wenn er in der Nähe ist. Ich sollte mich mehr darauf konzentrieren, mich selbst zu schützen. Doch als ich nach dem Empfang der Fakultät versucht habe, Abstand zwischen uns zu schaffen, war ich bei dem Gedanken, ihn zu verlieren, den Tränen nahe.

Ich liebe ihn.

Ich habe Angst, es laut auszusprechen. Als würde es zu viel Druck auf eine bereits heikle Situation ausüben. Er hat es auch noch nicht gesagt.

Oh Gott, wir sind da.

Er drückt meine klamme Hand. „Mach dir keine Sorgen.

Du hast Brendan und Beast bereits gesehen. Es sind diesmal nur ein paar Leute mehr."

Ich sehe zu ihm auf. „Du hast gesagt, du bist der Engel unter deinen Geschwistern, und ich finde dich gar nicht *so* engelhaft. Eher wie ein dunkler Engel", necke ich ihn, obwohl meine Stimme nervös ist. Ich versuche, Zeit zu schinden.

Er grinst. „Meine Eltern haben uns als Kinder alberne Spitznamen gegeben. Sie haben Brendan einen kleinen Fratz genannt, und er ist doch gar nicht so schlecht, oder?"

Brendan zieht ihn auf, doch so, wie es aussieht, alles im Guten. Ich versuche mir vorzustellen, wie ich in eine Party mit fünf Leuten von dieser Sorte gehe, die Con wahrscheinlich wegen mir aufziehen werden. Ich bin mir nicht sicher, ob ich cool bleiben kann. Ich werde nervös oder verlegen oder defensiv sein. Ich hatte nie große Brüder, die mich geneckt haben.

„Bec?"

„Warum nicht."

Er klingelt und mein Herz pocht. „Meine Eltern werden einfach begeistert sein, dass ich jemanden date. Seit meine Schwägerin schwanger ist, sind sie wirklich voll in die Groß-elternphase ihres Lebens eingestiegen."

Ich zucke zusammen. *Ist es das, was er sich für uns vorstellt?* Ich kann nicht fragen. *Er bringt dich zu seinen Eltern, Becca! Das bedeutet was Großes.* Warum also habe ich Angst, dass ich irgendetwas falsch machen und alles auseinanderfallen könnte?

Eine lächelnde Frau, die seine Mutter sein muss, öffnet die Tür. Sie haben die gleichen intensiv blauen Augen. Sie sieht jünger aus als ich sie mir vorgestellt habe, mit dunkel-braunem schulterlangem Haar und nur wenigen Falten auf der hellen Haut ihres Gesichts. Ich habe bei meiner Online-Recherche nur Fotos von ihr von weitem gesehen. Sie trägt einen weich aussehenden weißen Pullover mit V-Ausschnitt, einen schwarzen Bleistiftrock und niedrige Absätze. Ich bin so froh, dass ich mich für ein Kleid entschieden habe. „Herz-lich willkommen! Kommt rein, kommt rein."

Sie tritt zurück, um uns ins Haus zu lassen.

Con beugt sich vor, um die Wange seiner Mutter zu
küssen, bevor er sie mir vorstellt.

Mrs. Rourke strahlt mich an, ihre blauen Augen leuchten
und funkeln vor Energie. „Schön Sie kennenzulernen, Becca.
Ich freue mich so, dass Sie hier sind."

„Danke, dass Sie mich eingeladen haben", sage ich, und
mein Tonfall ist steifer als mir lieb ist. Ich bin angespannt. Ich
kann es nicht ändern.

„Was für ein schönes Kleid", sagt Mrs. Rourke. „Ist es
nicht schön, Connor?"

„Oh ja, das habe ich ihr vorhin schon gesagt", sagt er,
lächelt mich sexy an und zwinkert mir zu.

Meine Wangen werden heiß. Er *hat es* mir gesagt; er hat es
mir im Spiegel über der Kommode gezeigt – als er mich über
die Kommode gebeugt gefickt hat. Ich kann mit keinem von
beiden Blickkontakt herstellen.

„Alle sind in der Küche", sagt Mrs. Rourke und bedeutet
uns, dass wir folgen sollen.

Ich bleibe zurück, um Con ins Ohr zu flüstern: „Zwinker
mir nicht mit diesem sexy Lächeln zu, und lass deine sexy
Stimme stecken, solange wir hier sind."

Er küsst meine Wange. „Baby, mein Lächeln und meine
Stimme sind immer sexy. Daran kann ich nichts ändern." Er
besteht darauf, mich *Baby* zu nennen, obwohl ich ihn nie
meinen *König* nenne, wie als wir zum ersten Mal über Spitznamen gesprochen haben. Es ist komisch, doch *Baby* hat
etwas beiläufig Besitzergreifendes, das mir jedes Mal einen
Ruck gibt. Ich kann mich nicht entscheiden, ob es mir gefällt
oder nicht. Vielleicht liegt es daran, dass ich keinen entspre-
chenden Spitznamen für ihn habe. Königlicher Renovator ist
verdammt lang. *Oh Gott. Zieh deinen Verstand aus der Gosse.*

„Dann zumindest kein Augenzwinkern, Babe", sage ich
und probiere den Namen an ihm aus.

Er macht große Augen und blinzelt nicht einmal. „Ich
werde mich wirklich sehr bemühen, Baby."

Ich lache. Ich bin mir völlig bewusst, dass es lächerlich ist,
dass ich darauf bestehe, dass er nicht zwinkert und seine
verdammt sexy Stimme benutzt, und es ist süß von ihm, dass

er mir das nicht unter die Nase reibt. Er nimmt meine Hand und zieht mich durch das Wohnzimmer. Es ist ein wunderschöner hoher Raum mit Eichenparkettboden und Stuckdecke. Solche Details fallen mir immer auf. Ich würde sagen, es ist ein Gebäude aus der Zeit um die Jahrhundertwende. Die Taschenschiebetüren zwischen den drei Räumen – Wohnzimmer, Küche und Esszimmer – sind offen. Die große Küche hat eine lange Insel in der Mitte, und auf den Hockern drum herum sitzt ein Haufen Leute, die alle durcheinanderreden und lachen.

Ich erlebe einen Flashback auf den unangenehmen Cocktailempfang der Fakultät, bei dem sich alle jahrelang zu kennen schienen und ich die Außenseiterin war. Ich bemühe mich um einen freundlichen Gesichtsausdruck, damit ich nicht sofort jemanden mit meinem frostigen Blick verschrecke.

Con geht direkt zu einem dunkelhaarigen Bruder mit kurzgeschnittenen Haaren und einem gestutzten Bart, der seinen Arm um eine auffällig schöne rothaarige Frau gelegt hat. Er begrüßt ihn mit einer Handschlag-Bruderumarmungs-Combo. „Herzlichen Glückwunsch, ihr zwei." Er lächelt die Frau an. „Josie, willkommen in der Familie. Ich hoffe, ein bisschen Lärm macht dir nichts aus."

„Ich liebe es!", ruft sie. „Machst du Witze? Ich bin als Einzelkind aufgewachsen." Sie deutet auf die laute Gruppe. „Das hier ist ein Traum!" Ihre Stimme ist so laut, dass der ganze Raum verstummt. „Hoppla! Habe ich wieder meine Theaterstimme benutzt, die man noch in der letzten Reihe hört?"

Alle lachen.

Con legt seinen Arm um meine Schultern und dreht mich zur Gruppe um. „Das ist Becca. Becca, meine Familie."

Meine Augen wandern von Bruder zu Bruder zu einer schwangeren Frau zu ein paar älteren Paaren, die lächeln und mich neugierig ansehen.

Ich winke unsicher. „Hallo allerseits."

„Das kannst du besser, Connor", dröhnt eine tiefe, autoritäre Stimme. „Richtige Vorstellung, bitte." Es ist der König!

Mit seiner förmlichen Aussprache und majestätischen Haltung muss er es sein. Cons Vater, der wahre König von Villroy. Er trägt einen dunkelblauen Anzug, sein dichtes dunkelbraunes Haar ist grau meliert, sein Gesicht kantig und glatt rasiert, seine Augen auffällig aquamarinblau. Er kommt zu uns, und mein Herz pocht. Ich habe einen Fangirlmoment mit Cons Vater. Er hat die Krone aus Liebe aufgegeben. Ein romantischer König. Gibt es was Besseres? Gleichzeitig muss ich einen guten Eindruck machen und darf nicht unbeholfen oder angespannt oder versehentlich zu kühl sein.

„Hallo", quietsche ich. „Sie müssen Connors Vater sein."

Er lächelt herzlich. „Daniel Rourke. Freut mich, Sie kennenzulernen, Becca." Er macht eine Pause und scheint darauf zu warten, dass ich meinen Nachnamen sage. Will er Nachforschungen über mich anstellen?

„Edwards", sage ich.

„Becca Edwards", sagt er förmlich. „Freut mich, dass Sie hier sind. Hat Ihnen schon jemand etwas zu trinken angeboten?"

„Wir sind gerade erst hier angekommen –"

„Connor", sagt er scharf genug, dass *ich* tatsächlich Habachtstellung einnehme.

Connor dreht sich zu mir um und sagt: „Was darf ich dir bringen, Becca?" Er deutet auf eine Ecke der Theke, wo mehrere Flaschen Wein neben diversen Limonaden stehen.

„Ich hätte gerne einen Chardonnay, bitte. Oder irgendein Weißwein ist in Ordnung."

Con verbeugt sich förmlich, was meiner Meinung ein Seitenhieb auf den förmlichen Ton seines Vaters ist, und holt mir ein Glas.

„Also, wie haben Sie und Connor sich kennengelernt?", fragt Mr. Rourke.

Mrs. Rourke schließt sich uns an. „Was habe ich verpasst?"

„Nur die mangelnden Manieren deines Sohnes", antwortet Mr. Rourke.

Sie runzelt die Stirn. „Ich bitte dich, dieser Junge ist von allen am besten erzogen. Um fair zu sein, wissen alle, was zu tun ist. Die Frage ist, erinnern sie sich an das, was wir ihnen beigebracht haben? Das ist eine ganz andere Sache, nicht wahr?"

Mr. Rourke zieht eine Augenbraue hoch und ist offensichtlich nicht glücklich über den Verstoß gegen die Etikette. „Becca wollte gerade erzählen, wie sie sich kennengelernt haben."

Mrs. Rourke lächelt mich aufmunternd an, und ihre Augen funkeln. „Bitte erzählen Sie."

„Wir haben uns in einer Bar getroffen", sage ich.

Seine Eltern tauschen einen Blick aus, bevor sie sich wieder zu mir umdrehen und ein wenig enttäuscht von meiner Erklärung aussehen. Mist. Es klingt nach betrunkenem Abschleppen von einer Bar, und das war es auch, wenn auch ohne betrunken zu sein. *Oh Gott.* Schweiß rinnt mir über den Rücken, meine Wangen werden heiß. Sie haben wahrscheinlich gehofft, irgendetwas Romantisches zu hören, wie ihre Begegnung in Paris. Con hat mir davon erzählt. Sie sind sich in einem Kunstmuseum begegnet, wo sie ein Praktikum gemacht hat und er eine private Führung genossen hat. Vereint durch die Liebe zur Kunst. Viel anspruchsvoller als sich in einer Bar zu treffen.

„Also", krächze ich und muss mich räuspern. „Es war schön, wie wir uns getroffen haben. Mein Ex war gerade aufgetaucht und hat mir unter die Nase gerieben, dass er sich verlobt hat, und hat es aus irgendeinem Grund für nötig gehalten, diese Frau mitzubringen, damit ich sie kennenlerne. Es war äußerst unangenehm, wie Sie sich vorstellen können, und dann kam Con zu meiner Rettung und hat so getan, als wäre er mein Freund, um das Spiel ein bisschen ausgeglichener zu gestalten. Ich war allein und habe auf jemanden gewartet, der nie aufgetaucht ist. Con war der Held des Abends."

Beide lächeln Con zu, der jetzt mit meinem Wein auf uns zukommt. Seine Eltern sehen ihn zufrieden an.

Er gibt mir meinen Wein und ich lächle. „Danke."

Mrs. Rourke blickt von mir zu Con. „Wie lange seid ihr zwei schon zusammen?"

Ich denke an die Zeit zurück, als wir uns das erste Mal getroffen haben, um schnell zu rechnen, doch Con antwortet zuerst.

„Einen Monat", sagt er und küsst meine Schläfe.

Mein Herz stolpert, meine Knie sind schwach. Sein zärtlicher Kuss, kombiniert mit der Tatsache, dass er tatsächlich mitgezählt hat, wie lange wir schon zusammen sind, lässt mich schmelzen. Ich lehne mich lächelnd an seine Seite, und er legt einen Arm um mich.

„Sehr schön", sagt Mrs. Rourke. „Ich hoffe, Sie öfter hier zu sehen, Becca."

„Danke", sage ich und fühle mich jetzt so warm und entspannt. Ich glaube, ich habe den Test bestanden, und es gibt keinen Ort, an dem ich mich wohler fühle, als an Con geschmiegt.

„Du solltest Becca allen vorstellen", sagt Mr. Rourke. „Und ich meine individuell, damit sie tatsächlich alle Namen kennenlernt."

Ich lächle noch breiter. *Ich bin drin!*

Con nickt seinem Vater zu und hebt eine Hand. „Hey, alle zusammen, schaut bitte alle in diese Richtung und hebt die Hand, wenn ich euren Namen aufrufe. Ich muss Becca offiziell vorstellen."

Mr. Rourke schüttelt fassungslos den Kopf. Mrs. Rourke unterdrückt ein Lächeln.

Con fährt fort. „Dylan."

„Anwesend", antwortet sein Bruder.

Alle lachen. Ich lächle und winke ihm zu. Ich erinnere mich an ihn von seinen Hochzeitsbildern online.

Dylan hält die Hand seiner Frau hoch. „Das ist meine schöne schwangere Frau, Ariana."

„Meine Tochter", meldet sich eine Frau mittleren Alters. „Hallo, ich bin Mrs. Bianchi, eine Freundin von Cons Mutter, und seit unsere Kinder verheiratet sind, sind wir Familie. Woher kommen Sie, Becca?"

„Queens."

„Queens! Ein Mädchen aus der Gegend!", sagt sie und

sieht zufrieden aus. „Nicht Brooklyn, doch nah genug." Sie lächelt Mrs. Rourke an.

„Zurück zu den Vorstellungen", sagt Con und deutet auf einen anderen Bruder hin. „Jack und Riley."

„Jetzt sind wir also ein Paketdeal?", fragt Jack. „Meine Güte, sobald man verlobt sind, wird man Rack."

Riley grinst. „Eher Jiley."

„Jiley Wourke", sagen sie wie aus einem Mund und prusten vor Lachen.

Connor beugt sich an mein Ohr. „Jack Rourke und Riley Walsh. Die beiden sind so ekelhaft verliebt." Als er sich aufrichtet, liegen seine Augen warm auf meinen, und dann zwinkert er.

Ich liebe diesen Mann. Ich liebe seine Wärme, seine ungezwungene Akzeptanz von verliebten Paaren, seinen unkomplizierten Umgang mit mir, die Art, wie er mich einfach versteht. Er nimmt mir den Atem. Er ist wirklich ein Fang. Meine Hochstimmung, endlich den Mann gefunden zu haben, mit dem ich etwas Langfristiges will, wird durch einen Stich der Angst gedämpft. Ich kann nicht zulassen, dass äußere Umstände das ruinieren, was wir haben. *Denk jetzt nicht darüber nach.*

Cons Miene ändert sich und wird ernster. „Bist du okay, Baby?"

Ich nicke, meine Kehle ist vor Emotionen verstopft. Ich bin sein Baby und ja, ich mag es. Ich war noch nie jemandes Baby. Es ist so, wie als er mich getragen hat, nachdem ich an dem Abend, an dem wir uns kennengelernt haben, über die Schwelle gestolpert bin. Er sieht mich als den Menschen, der ich wirklich im Inneren bin, warm, jemand der viel Liebe zu geben hat, nahbar, leidenschaftlich. Keine Eiskönigin.

„Du kennst mich", sagt eine tiefe Stimme.

Ich drehe mich zu Brendan um, der jetzt vor mir steht. „Natürlich, Brendan. Du hast an dem Abend, an dem wir uns begegnet sind, ein gutes Wort für Con eingelegt."

„Das habe ich." Er dreht sich zu Con um und klopft ihm auf die Schulter. „Wo ist mein Dankeschön, Bruderherz?"

„Rutsch mir den Buckel runter", sagt Con. „Bleib in deiner Ecke."

Brendan schüttelt lächelnd den Kopf. „Siehst du, was ich mir gefallen lassen muss? Ich überlass ihn dir."

Beast nähert sich, bietet seine Hand an, und schließt meine viel kleinere Hand mit einem festen Händedruck ein. „Freut mich, dich wiederzusehen."

„Ooh, ich, ich!", zwitschert die rothaarige Josie und hebt ihre Hand. Sie habe ich gleich beim Reinkommen gesehen. „Jetzt ich. Ich bin der Grund, warum wir heute Abend alle hier sind. Wenn ich nicht wäre, wäre Sean hier nicht verlobt. Er würde weiter durch die Weltgeschichte wandern und immer noch nach seiner Seelenverwandten suchen."

Sean lächelt sie zärtlich an. „Aww, Josie."

Con deutet auf sie. „Josie ist Seans Verlobte, unsere neue Schwester –"

„Aww, du hast mich *Schwester* genannt!", ruft Josie und kommt zu uns, um Con zu umarmen und seine Wange zu küssen. „Du bist genauso süß wie dein Bruder."

Con lächelt und sieht ein bisschen verlegen aus. Er dreht sich zu mir um. „Wenn du es nicht schon erraten hast, Josie ist Schauspielerin."

„Was soll das denn heißen?", fragt Josie, stemmt eine Hand in ihre Hüfte und wirft ihr langes rotes Haar über die Schulter. „Woher soll sie das erraten?"

Sean schließt sich uns an. „Deine Stimme, die in der gesamten Nachbarschaft zu hören ist, deine sprudelnde Persönlichkeit, die ausdrucksstarke dramatische Art, wie du sprichst."

Sie macht Ts. „Verdammt", sagt sie und klimpert unschuldig mit den Wimpern. „Ich dachte, ich wäre so subtil."

Ich unterdrücke ein Lachen. „Schön, euch beide kennen-zulernen."

„Josie hat gerade ihren ersten Film abgedreht", sagt Sean stolz. „Bald kannst du sagen, dass du sie gekannt hast, bevor sie groß rausgekommen ist. Sie wird ein riesiger Star sein."

„Sean!", protestiert Josie, streichelt seine Brust und lächelt ihn an. „Hör auf, mich in Verlegenheit zu bringen. Es war eine Nebenrolle."

„Man sieht, dass sie es hasst, nicht wahr?", feixt Sean.

„Nur noch ein paar Leute", verkündet Con und weist auf einige ältere Paare hin. Sie alle lächeln mich an.

Ich winke. „Hallo."

Con dreht sich zu seinem Vater um. „Können wir jetzt mit der Party weitermachen, Sir?"

Sein Vater schnaubt, und die Party läuft wieder auf Hochtouren. Alle reden und lachen durcheinander. Cons Mutter holt Essen aus dem Kühlschrank, und ich gehe zu ihr, um meine Hilfe anzubieten.

„Das wäre sehr nett, Becca", sagt sie herzlich. „Hier, nehmen Sie das gehackte Gemüse. Meine Jungs werden das wahrscheinlich überspringen, doch der Rest von uns kann es genießen. Darf ich fragen, was Sie beruflich machen?"

„Ich unterrichte einen Kurs an der NYU über das Management organisatorischer Veränderungen und arbeite nebenbei in einem Café, Teilzeit für die Krankenversicherung. Ich hoffe, dass ich nächstes Semester Vollzeit unterrichten kann."

„Con hat sich an der NYU für einen Kurs eingeschrieben." Sie runzelt die Stirn. „Das hört sich an wie sein Kurs, irgendwas mit dem Management von Veränderungen. Ich erinnere mich, dass ich dachte, dass das perfekt für unser Familienunternehmen ist." Sie dreht sich um und ruft Con zu, der mit seinem Onkel spricht: „Con, wie heißt der Kurs, den du belegt hast, nochmal?"

Mein Herz dröhnt in meinen Ohren, meine Wangen werden heiß. Con sieht mir in die Augen, bevor er seiner Mutter antwortet: „Management organisatorischer Veränderungen."

„Ja, das ist –" Sie blinzelt und hält inne. „Ist sie deine Dozentin? Habt ihr euch *so* kennengelernt? "

„Wie jetzt?", fragt Brendan mit einem Lachen. „Con, stehst du auf deine Lehrerin?"

Jemand johlt, und dann wird der ganze Raum still, alle starren mich an. Übelkeit steigt meinen Hals empor.

Mr. und Mrs. Rourke tauschen einen besorgten Blick aus.

Ich kann es nicht ertragen. Alle meine Sorgen, Ängste und Scham liegen blank, damit mich alle verurteilen können.

Ich drehe mich um, und plötzlich ist Con da, seine Hand auf meinem Arm. „Das ist keine große Sache", sagt er in den Raum. „Ich bin ja nur Gasthörer, keine Note für mich. Becca ist eine großartige Dozentin."

„Wie großartig ist sie?" Brendan neckt.

Ich befreie mich aus Cons Griff und eile peinlich berührt zur Haustür. Ich kann mich nie wieder hier sehen lassen.

15

Connor

„Becca!" Sie eilt in Richtung U-Bahn. Sie kann nicht einfach so gehen. Es ist schlimmer, als wenn sie sich den Fragen gestellt hätte. Es sieht so aus, als ob das, was wir tun, falsch ist.

Ich laufe ihr nach. „Warte!"

„Nein. Lass mich einfach gehen." Ich kann die Tränen in ihrer Stimme hören.

Ein paar Momente später hole ich sie ein und packe sie von hinten um die Taille. Sie wird steif wie ein Brett. Ich lehne mich an ihr Ohr. „Alles ist okay. Du weißt, Brendan macht nur Spaß. Ist alles nicht so schlimm."

„Es ist furchtbar", sagt sie mit erstickter Stimme. „Deine Eltern müssen denken, dass ich ein schrecklicher Mensch bin."

„Meine Mutter war überrascht, weil du ihr gesagt hast, dass wir uns in einer Bar begegnet sind, und dann stellt sich heraus, dass du meine Lehrerin bist. Es ist einfach seltsam, wie es für uns gelaufen ist, doch wenn du zurückkommst und wir es erklären, verspreche ich dir, dass alles in Ordnung sein wird."

„Nein, wird es nicht. Sie haben sich schon ein Urteil über mich gebildet."

Ich drehe sie zu mir um und hebe ihr Kinn an. „Das haben sie nicht."

„Sie werden denken, ich habe ihren Sohn ausgenutzt", flüstert sie und blinzelt die Tränen zurück.

„Sie wissen, dass niemand mich ausnutzen kann. Ich würde das nicht erlauben. So bin ich aufgewachsen. Ich stehe für mich und alle, die ich liebe, ein." Ich lege meine Hand an ihre Wange. „Komm mit zurück. Lass mich für dich einstehen."

Sie holt scharf Luft und ihre Augen weiten sich.

„Ich liebe dich, Becca."

Sie bricht in Tränen aus.

Ich ziehe sie an mich und streichle ihre Haare. „Nicht genau die Antwort, auf die ich gehofft hatte, Baby."

Sie umarmt mich fest. „Ich liebe dich auch."

„Ich weiß, doch es ist verdammt schön, es von dir zu hören."

Sie lacht, und ich atme erleichtert auf.

Heute ist großartig gelaufen. Nun, nachdem ich die Situation erklärt, Beccas Lob gesungen und gesagt habe, wie klug und geschäftstüchtig sie ist, hat sie sich eingemischt, um allen zu sagen, wie klug und geschäftstüchtig *ich* bin, und es war im Grunde ein großes Liebesfest mit vielen Zeugen. Sicher, ich habe mir viel Geläster von meinen Brüdern anhören müssen, doch sie haben Becca rausgehalten, nachdem ich mit Rache gedroht hatte. Sie wissen, dass ich nicht so schnell wütend werde, doch wenn es passiert, ist nicht mit mir zu spaßen.

Sie hing für den Rest des Abends wie eine Klette an meiner Mutter, hat ihr beim Essenmachen geholfen, beim Servieren von Getränken und hat sogar den riesigen Verlobungs-Blechkuchen geschnitten und ausgeteilt. Ich denke, Becca wollte dabei sein, hat sich jedoch wohler gefühlt, etwas zu tun. Ich verstehe das. Ich tue auch lieber was, anstatt mich zurückzulehnen und anderen zuzusehen. Sie hat sich auch gut mit Riley verstanden. Irgendwann hatten sie ein Killer-

Ping-Pong-Match im Hobbyraum im Keller. Kein Wunder, dass die beiden sich angefreundet haben. Riley ist auch eine Businessfrau, Buchhalterin in einer renommierten Firma und eher zurückhaltend.

Jetzt sind wir alle wieder in der Küche versammelt und essen unseren Kuchen auf.

Mein Vater hält sein Champagnerglas hoch und klopft mit seiner Gabel an die Seite, um die Aufmerksamkeit aller zu erregen.

„Noch ein Toast", stöhnt Brendan. „Wir haben's begriffen. Sean und Josie sind was Besonderes und wir haben sie alle ganz doll lieb. Können wir einfach weiteressen?"

Dad wirft ihm einen warnenden Blick zu, bevor er uns alle ansieht. „Ich habe eine Ankündigung."

Der Raum wird ganz still, Spannung liegt in der Luft. Ich tausche einen nervösen Blick mit Dylan aus und sehe kurz Jack, Sean, Brendan und Beast an. Niemand hat eine Ahnung, worum es geht. Als wir das letzte Mal eine große Ankündigung auf einer Familienfeier hatten, war es der Schock, dass mein Onkel in den Ruhestand gehen und die Baufirma mir und meinen Brüdern überschreiben würde. Komplette Überraschung. Keiner von uns war im Geringsten darauf vorbereitet. Was jetzt?

Mama lächelt. „Euer Vater ist sehr aufgeregt darüber. Erzähl's ihnen, Honey."

Dad holt tief Luft. „Wir sind zu Weihnachten nach Villroy eingeladen."

Josie stößt einen Schrei aus und Riley auch und sagt: „Wow, so aufregend!" Sie waren noch nie im Palast.

Ich bin nicht so aufgeregt. Meine Brüder auch nicht, wenn ich ihre völlige Nichtreaktion richtig einschätze. Das könnte heikel werden. Meine Eltern wollen, dass wir alle Weihnachten zusammen sind. Meine Brüder und ich waren zweimal auf Villroy, einmal zur Hochzeit unseres Cousins Adrian, was fürchterlich unangenehm war, da unsere Familie zum ersten Mal seit dem Exil nach Villroy zurückgekehrt war, und dann zu Dylans Hochzeit, auf die sich die Presse gestürzt hat. Beides förmliche Anlässe, beide stressig. Wir mussten unser bestes Benehmen und unsere besten Manieren an den Tag legen. Die Söhne des verbannten ehemaligen Königs, von den lieben Verwandten gerne als „Pöbel" bezeichnet, konnten ihn nicht in Verlegenheit bringen. Mein Vater hat hohe Ansprüche. Es war nicht gerade Spaß, doch wir haben spät in der Nacht mit unseren Cousins Poker gespielt, das war nett.

Becca drückt meine Hand, ihre Augen leuchten vor Begeisterung. Ich hätte fast vergessen, dass sie auf dieses Adelsding steht.

„Keine Reaktion?", fragt Dad. „Ich hätte gedacht, ihr freut euch. Es kostet uns nichts. Der Jet holt uns ab, und wir können alle im Palast wohnen."

Becca zappelt an meiner Seite und versucht, ein Lächeln zu unterdrücken. Die Frauen im Raum strahlen alle und sehen ziemlich begeistert aus. Ich denke, dass Becca wirklich gerne gehen würde, und mir würde es auch gefallen, wenn wir Weihnachten zusammen verbringen könnten.

Dad fährt fort. „Ein paar Tage vor Weihnachten wird es einen Weihnachtsball geben."

Meine Brüder und ich stöhnen. Ein Ball? Was ist das, das neunzehnte Jahrhundert?

Mom wirft uns allen einen Blick zu, der keinen Protest duldet. Wir verstummen.

Dad schnaubt. „Das Motto des Balls ist Regency England, weil die Frau eures Cousins Geschichten schreibt, die in dieser Ära spielen. Es steht alles in der E-Mail. Ich werde es an euch weiterleiten. Ich kann entsprechende Lektüre empfehlen, besonders Jane Austen –" Er verstummt beim kollektiven Stöhnen der Männer der Familie.

„Jane Austen ist der Hammer", witzelt Josie. Alle lachen.

„Ja", sagt Dad. „Danke, Josie." Er sieht uns an. „Eure Mutter und ich gehen, und ich möchte, dass ihr auch alle kommt." Er lächelt, und seine Augen werden weich. „Mila hat nach Pop-Pop verlangt." Mila ist die zweijährige Tochter des Königs, und mein Vater ist ihr Pop-Pop. Er hat die Rolle des Großvaters übernommen, da beide Großväter von Mila schon gestorben sind. (Er ist technisch gesehen ihr Großonkel.) So haben der regierende König und die Königin meinen Vater zurück ins Königreich gebracht, und er hat es von ganzem Herzen akzeptiert. Er liebt dieses kleine Mädchen.

Dad fährt mit einer Stimme fort, die vor Emotionen erstickt ist. „Das ist das erste Weihnachten, an dem sie versteht, was passiert. Ich möchte dabei sein."

Meine Brüder und ich sehen uns an. Dad und Mila zusammen zu Weihnachten. Wir wissen, dass wir nicht nein sagen können. Wir alle wollen ihn glücklich sehen, in seiner Heimat, im Kreis seiner Familie und wir dabei.

„Ich werde da sein", sage ich.

Beccas Kopf schnappt hoch, und sie sieht mich für einen kurzen Moment offensichtlicher Aufregung an, bevor sie den Blick abwendet. Sie hofft definitiv, mit mir zu kommen. Pure Freude lässt mich innerlich bei dem Gedanken strahlen.

„Danke, Connor", sagt Dad. „Sonst noch jemand?"

„Wir sind raus", sagt Dylan. „Weihnachten sind es noch zwei Wochen zu Arianas Geburtstermin, da kann sie nicht mehr fliegen."

Brendan hustet: „Du Glücklicher."

Dylan grinst.

„Es tut uns wirklich leid, dass wir nicht mitkommen können", sagt Ariana und reibt sich den Bauch. Sie muss schon ziemlich weit sein. „Ein andermal."

„Dann kommt ihr zu Weihnachten zu uns!", ruft Mrs. Bianchi. Das ist Arianas Mutter. Sie ist ein bisschen erdrückend, doch sie meint es gut.

Dylans Lächeln stockt, bevor er sanft sagt: „Das wäre schön. Vielen Dank, Mrs. Bianchi."

Sie strahlt ihn an und nickt Mrs. Rourke zu. Beide freuen sich über seine Manieren. Was für ein Arschkriecher.

„Es gibt ein Spa, meine Damen", lockt Mom. „Wir könnten einen Mädelstag haben."

„Ich komme mit, Mrs. Rourke", sagt Josie.

„Ich auch", sagt Riley.

Sean und Jack schneiden Grimassen, können jedoch nur noch zustimmen, nachdem ihre Frauen sie verpflichtet haben.

Beast hebt eine Hand und nickt. Er ist dabei.

Dad wendet sich Brendan zu, den letzten, der sich noch nicht geäußert hat.

Brendan sieht ihn gequält an. „Muss ich wirklich zu einem Regency-was auch immer Ball gehen und Jane Austen lesen?"

„Ja", johlen wir alle.

Er wirft die Hände in die Höhe. „Also gut. Ich verbringe Weihnachten nicht allein. Ich habe keine andere Wahl. Doch keine Jane Austen. Ich habe die Vorschau für diesen Film gesehen, mit Weibern mit Hauben und Männern mit Kniebundhosen und Strümpfen."

Ariana meldet sich. „Lies eine von Alices Regency-Romanze, Bren." Alice ist die Frau meiner Cousine. „Könnte deine Augen für ein bisschen mehr als die Geschichte öffnen." Sie zieht grinsend die Brauen hoch. Ich habe gehört, dass Alices Geschichten die guten Teile nicht auslassen. Nicht, dass ich einen Liebesroman lesen würde.

„Ha! Romanze", sagt Brendan mit roten Ohren. „Dafür brauch ich kein Buch."

Wir alle ziehen ihn gnadenlos auf, weil er im Grunde genommen ein Neandertaler ist, was Frauen abgeht. Er glaubt, er bekommt jede, die er will, doch er hat keine Erfolge vorzuweisen. Keine Substanz, alles Oberfläche, bei ihm geht's nur um den ungezwungenen One-Night-Stand. Jack war früher genauso, doch er hat sich verändert, seit Riley in sein Leben gekommen ist.

„Die Rourkes gehen wieder nach Villroy!", ruft mein Onkel.

„Huzzah!" Mein Vater jubelt und outet sich als der Nicht-New Yorker, der er ist. Ganz gleich, wie lange er in Brooklyn gelebt hat, er ist im Herzen immer noch der König von Villroy.

Josie und Riley plaudern aufgeregt mit meiner Mutter über die Reise. Meine Brüder unterhalten sich, sehen jedoch viel weniger aufgeregt aus.

Ich drehe mich zu Becca um und flüstere ihr ins Ohr: „Willst du zu Weihnachten nach Villroy?"

Sie lächelt, und ich küsse ihre lächelnde Wange. „Ja."

Sie sieht mir in die Augen, und in diesem Moment weiß

ich es. Ich kann mich endlich entspannen. Von hier an läuft es reibungslos.

Sie stützt sich mit einer Hand auf meine Schulter und sagt leise in mein Ohr: „Bis dahin werde ich wissen, ob sie mich als Professorin behalten werden, und du und ich dürften außerhalb jedweden fragwürdigen Gebiets sein. Ich freue mich so darauf, im grünen Bereich mit dir zu sein."

„Das ist der Plan." Langsam schleicht sich ein dunkler Gedanke ein. Wenn sie sie nicht als Professorin behalten, wird sie mir dann die Schuld geben? Nein, das würde sie nicht tun. Denke ich. Es ist schwer zu sagen, weil sie sich wirklich über die Ethik der Situation, in der wir uns befinden, Gedanken macht.

Doch ich darf mir deswegen nicht den Kopf zerbrechen. Wir sind diskret, und Becca ist großartig in ihrem Job. Wir werden weitermachen wie bisher, und alles wird gut. Es muss so sein.

16

Becca

Ich gehe mit federndem Schritt zu meinem Treffen mit Dean Sears. Der Kurs endet in zwei Wochen, und ich denke, das ist meine Leistungsbeurteilung, bei der ich herausfinde, ob sie mir diese Vollzeitstelle geben werden. Ich fühle mich ziemlich gut dabei. Letzte Woche, kurz vor dem Thanksgiving-Wochenende, haben sie den Studenten den Link mit der Dozentenbewertung geschickt. Ich bin mir sicher, dass sie gut sind. Der Unterricht läuft ausgesprochen gut. Es gibt viele großartige Diskussionen, und ich fühle mich in Cons Gegenwart sicher und vertraut, was bedeutet, dass ich seine Teilnahme wirklich genießen kann. Wir haben uns eingehend mit der Fallstudie seines Familienunternehmens befasst, und es war eine fantastische Lernerfahrung für alle. Mit Con könnte es nicht besser laufen. Er hat Thanksgiving mit meiner Familie verbracht, und ich fliege zu Weihnachten mit ihm nach Villroy. Zu denken, welche Sorgen ich mir darüber gemacht habe, mit ihm zusammen zu sein, wo er das Beste ist, was mir jemals passiert ist. Wenn ich nur an ihn denke, lächle ich.

Mein Meeting findet eine Stunde vor meiner Sprechstunde am Donnerstagabend statt, zu der kaum jemand kommt. Ich habe es wirklich versucht, doch nachdem ich Mikes Einladung zum Abendessen abgelehnt hatte, kam auch er nicht mehr, und ich sehe nur gelegentlich jemanden mit einer Frage zu einer Hausaufgabe. Ich muss mich mit anderen Professoren beraten, um zu sehen, ob ich irgendetwas tun kann, um das für meinen nächsten Kurs zu verbessern. Ich würde diesen Kurs hier gerne im Frühjahr wieder unterrichten und hoffe, dass ich dann Vollzeit unterrichte.

Ich betrete den Besprechungsraum, einen großen Raum mit einer Fensterfront, einem langen Konferenztisch und Stühlen. Auf einer Seite des Tisches sitzen zwei Leute – Dean Sears und die Personalleiterin Cheryl Boggs. Mein Magen sinkt wie ein Stein. Cheryl ist geschätzte Mitte vierzig mit dünnem blondem Haar und einem runden Gesicht, das normalerweise fröhlich aussieht, doch heute ist sie ernst. Dean Sears auch.

Keine Panik. Vielleicht ist die Personalabteilung für Einstellungsentscheidungen dabei. Du hast schon das Einstellungsgespräch mit ihr gehabt. Vielleicht ist sie hier, um den Papierkram zu erledigen.

Mein Magen rebelliert, wenig überzeugt. Irgendwas stimmt nicht. Ich setze mich. „Hallo, wie geht's?"

„Gut, Rebecca", sagt Cheryl sanft.

Dean Sears blättert durch ein paar Unterlagen vor ihm. „Wie läuft es mit dem Unterricht, Miss Edwards?" Er hebt den Kopf, sein Gesichtsausdruck ist schwer zu lesen.

Ich bemühe mich um einen selbstbewussten Ton. „Es läuft wirklich gut. Wir haben viele großartige Klassendiskussionen über unsere Fallstudien geführt, die Teilnahme ist auch gut. Ich habe das Gefühl, dass wir alle viel voneinander lernen."

„Mh-hm", sagt Dean Sears.

„Möchten Sie uns noch etwas sagen?", fragt Cheryl.

Meine Gedanken schwirren. Wissen sie, dass ich mit Con zusammen bin? Ich kann es nicht verraten. Vielleicht ist es etwas anderes.

Ich hebe meine Schultern zu einem kleinen Achselzucken. „Ich bringe immer noch selbstgebackene Kekse zu meiner Sprechstunde, obwohl ich zugebe, dass die Teilnahme zurückgegangen ist. Das ist eines der Dinge, an denen ich im nächsten Semester arbeiten will. Im Moment konzentrieren sich alle sehr auf die Abschlussarbeit, und sie scheinen es im Griff zu haben."

Sie tauschen einen Blick aus. Dean Sears bedeutet Cheryl, anzufangen.

Ich wende mich ihr zu, und mein Herz pocht mir bis zum Hals.

„Rebecca, ein Student hat eine Beschwerde gegen Sie eingereicht. Dieser Student sagt, es war offensichtlich, dass Sie eine Affäre mit einem Studenten aus Ihrem Kurs haben."

Ich denke sofort an Mike, der mir eins reinwürgen will. Ich habe ihm gesagt, dass ich in einer Beziehung bin und vielleicht hat er mitbekommen, dass es Con war. „Nun, ein Student – Mike Ahern – hat mich um ein Date gebeten, doch ich habe seine Einladung abgelehnt. Ich kann mir vorstellen, dass er sich rächen will." Es ist einen Versuch wert, auch wenn ich weiß, dass die Optik an der Connor-Front sehr schlecht aussieht.

„Diese Beschwerde wurde von einer *Studentin* in Ihrem Kurs eingereicht", sagt Dean Sears, setzt seine Brille auf und hebt ein Papier vor sich hoch. Ich beuge mich vor, kann es jedoch nicht über den Tisch hinweg lesen. „Sie sagt –" Er räuspert sich „– die heißen Blicke zwischen Ihnen und diesem männlichen Studenten haben sie unbehaglich gemacht. Sie hat sich getriggert gefühlt, weil sie als Studentin einen Professor hatte, der sich für sie interessiert hat."

Mein Bauch verknotet sich. Ich wollte nie, dass sich jemand wegen meines Verhaltens schlecht fühlt. „Niemand hat etwas zu mir gesagt", presse ich über den Kloß in meinem Hals heraus.

„Es war ihr unangenehm, es Ihnen direkt zu sagen", sagt Cheryl. „Sie hat gehofft, wir würden uns darum kümmern."

Oh Gott. Mein Gesicht ist heiß vor Scham, Übelkeit steigt in meinem Hals auf. „Ich wollte nie, dass das passiert, doch Sie müssen mir glauben, dass niemand ausgenutzt wurde. Es ist einvernehmlich. Ich habe ihn vor Beginn des Kurses kennengelernt."

Dean Sears sieht mich skeptisch an. „Der fragliche Student

ist hier genannt, Miss Edwards. Ich habe Sie zu Beginn des Semesters mit ihm in einem engen Gespräch gesehen. Sie haben mir gesagt, dass Sie einander gerade begegnet sind."

Mist. Ich habe das gesagt und darauf bestanden, dass ich Single bin, worauf er nur schließen kann, dass ich angefangen habe, mit ihm auszugehen, als er ein Student in meinem Kurs war. Das sieht so verdammt schlecht aus. „Ich, ähm –"

Dean Sears schiebt die Brille zu seiner Nasenspitze herunter, um mir direkt in die Augen zu sehen. „Ich habe Sie ein paar Wochen später wieder zusammen gesehen, und sie sahen sehr vertraut zusammen aus. Was soll ich dabei denken?"

„Ich weiß, dass es schlecht aussieht." Meine Stimme bricht. „Als Sie uns das erste Mal gesehen haben, bin ich in Panik geraten und habe gelogen. Wir hatten uns tatsächlich zuvor getroffen und waren zusammen. Ich –"

„Und woher weiß ich, dass Sie mich jetzt nicht anlügen?", fragt er.

Ich öffne meinen Mund und schließe ihn wieder. Die Samen des Zweifels habe ich selbst gesät. Galle steigt in meinem Hals.

Cheryl mischt sich ein. „Rebecca, geben Sie zu, mit einem Studenten zusammen zu sein?"

„Ja, doch wir waren involviert, bevor der Kurs angefangen hat, ich schwöre es. Ich wusste nicht, dass er mein Student sein würde."

Cheryl schreibt etwas in ihre Notizen. Dean Sears schüttelt den Kopf und betrachtet mich mit einem enttäuschten Blick. Er glaubt, ich versuche, die Geschichte irgendwie zu verbiegen. Die Beschwerde gegen mich liegt jedoch direkt vor ihm.

Cheryl neigt den Kopf. „Haben Sie jemals vor dem Kurs mit ihm darüber gesprochen, sich für Ihren Kurs anzumelden?"

Sie versucht, mir einen Vertrauensvorschuss zu geben. Unter der Annahme, dass das, was ich gesagt habe, wahr ist – dass wir bereits in einer Beziehung waren –, hätten wir über meinen Kurs gesprochen haben können.

Meine Schultern hängen herunter, ein dumpfer Schmerz

breitet sich in meiner Brust aus. „Nein." *Wie kann ich erklären,*
dass wir am Tag vor dem Kurs einen wilden One-Night-Stand
hatten und nie wirklich geredet haben?

Dean Sears sieht resigniert aus. Cheryl trägt einen fast
engelsgleich sanften Ausdruck. Sie ist wahrscheinlich für
diese sensible Situation ausgebildet.

„Er ist ein Gasthörer", sage ich verzweifelt. „Technisch
gesehen nicht einmal ein richtiger Student."

„Doch er hat mit den anderen Studenten am Kurs teilge-
nommen, richtig?", fragt Cheryl.

Ich nicke. Offensichtlich wissen sie, dass Con im Kurs war,
sonst würden wir diese Diskussion nicht führen.

„Könnte ich einfach mit ihr reden?", frage ich. „Mit der
Studentin, die die Beschwerde eingereicht hat? Ich werde
mich entschuldigen und die Situation erklären. Ich bin mir
sicher, wenn wir nur reden könnten, würde sich das klären."

„Ich kann Ihnen ihre persönlichen Informationen nicht
weitergeben", sagt Cheryl. „Wir stellen die Studenten hier an
erste Stelle. Sie müssen sich sicher und unterstützt fühlen."

„Das waren sie", sage ich. „Nein, sind sie. Das ist alles nur
ein Missverständnis."

Cheryl nickt und antwortet in beruhigendem Ton. „Wie
dem auch sei, es hat die Situation für die anderen Studenten
immer noch unangenehm gemacht. Wir senden immer eine
Umfrage, um Feedback vor der Abschlussprüfung und der
Abschlussarbeit zu erhalten, und Ihre Bewertungen waren
überwiegend schlecht. Einige waren geradezu vernichtend."

Mir wird kalt, und ich starre sie geschockt an. „Im Ernst?"

„Ja."

Meine Stimme kommt nur als Flüstern heraus. „Ich dachte
wirklich, dass der Kurs gut gelaufen ist." Ich kann nicht
fassen, dass mich alle für eine schlechte Dozentin halten. „Wir
hatten richtig gute Diskussionen. Es scheint, als hätten alle
aus den Fragen gelernt, die sie gestellt haben."

Dean Sears schiebt seine Brille hoch und betrachtet einen
Ausdruck vor sich. „Fast alle sagen, dass Sie unaufmerksam,
abgelenkt und zu viel Zeit mit Ihrem Lieblingsstudenten
verbracht haben."

„Ich hatte keinen Lieblingsstudenten." *Habe ich?* Ich dachte wirklich, Connors Fallstudie sei ein gutes Lernwerkzeug.

Dean Sears fährt mit dem Finger über das Papier. „Hier steht, sie haben drei Wochen lang ein Entwicklungsprojekt ausführlich besprochen, als wären Sie ein Berater für das Unternehmen Ihres Freundes."

„Das bin ich nicht. Ich dachte nur, dass es eine interessante Fallstudie ist und wir alle daraus lernen können." Ich blicke von Dean Sears zu Cheryl und flehe sie um Verständnis an.

Dean Sears atmet scharf aus. „Vielleicht hat Ihre Beziehung zu Ihrem Freund zu einem Mangel an Aufmerksamkeit gegenüber anderen Studenten im Kurs geführt und Sie veranlasst, sich auf ihn zu fixieren."

Ich breche in kalten Schweiß aus. Mist. Ich hätte das mit Con niemals zulassen sollen. Ich hatte von Anfang an meine Zweifel. Ja, er hat mich glücklich gemacht, doch zu welchem Preis?

„Ich schwöre, ich war den anderen Studenten gegenüber nicht unaufmerksam", sage ich in einem letzten Versuch, meinen Job zu retten.

Dean Sears nimmt seine Brille ab und faltet die Hände vor sich auf dem Tisch. „Es tut mir leid, Rebecca, doch das funktioniert so nicht. Sie werden nicht an dieser Universität bleiben."

Meine Augen sind heiß. Ich schäme mich so, dass ich ihn nur verständnislos anstarren kann. Mir fehlen die Worte, die Mittel, mich zu verteidigen.

„Kann ich das Semester wenigstens beenden?", frage ich. „Es sind nur noch drei Sitzungen, und ich habe das Material vorbereitet."

Dean Sears starrt mich einen langen Moment an. „Wenn Sie das Gefühl haben, dass Sie es im Rahmen der Regeln dieser Universität tun können."

Ich nicke, mein Hals ist zu zugeschnürt, um zu sprechen.

„Rebecca", sagt Cheryl sanft.

Ich blinzele und wende mich ihr zu. Tränen lassen sie verschwimmen.

Ihre Augen sind voller sanftem Verständnis. „Leider müssen wir offenlegen, dass eine Beschwerde gegen Sie eingereicht wurde, wenn jemand wegen einer Referenz hier anruft."

Mein Magen dreht sich, als mich die vollen Auswirkungen dieses schrecklichen Fehlers bewusstwerden – ich werde nie wieder in der Wissenschaft arbeiten. Meine Karriere endet nach einem Kurs. Ich hatte gedacht, Con und ich haben es so gut gemacht, doch es ist eingetreten, was ich befürchtet hatte. Das Risiko lag die ganze Zeit allein bei mir.

„Verstehen Sie alles, was wir heute hier besprochen haben?", fragt Cheryl mit einem Hinweis auf die Endgültigkeit der Entscheidung. Mehr gibt es nicht zu sagen. Ich bin erledigt.

Ich stehe mit wackeligen Beinen auf. „Ja, ich verstehe. Dean Sears, bitte sprechen Sie nicht mit meinem Vater darüber. Ich möchte, dass er es von mir erfährt."

Dean Sears sieht mich lange an. „Wenn er mich fragt, warum ich Sie nicht übernommen habe, werde ich nicht lügen."

Ich schlucke schwer, nicke und gehe auf steifen Beinen hinaus.

Ich schaffe es bis in mein Büro oben, bevor ich in Tränen ausbreche. Ich fühle mich schrecklich, dass ich durch mein Verhalten einer Studentin Leid verursacht habe. Wenn ich es gewusst hätte, hätte ich es erklärt. Ich wollte niemals jemandem schaden. Und jetzt muss ich mich mit den Konsequenzen meines Handelns auseinandersetzen. Meine Eltern würden sich furchtbar schämen, wenn sie es wüssten. Sie waren so stolz, dass ich ihrem Vorbild folgen wollte. Ich kann es ihnen noch nicht sagen. Ich kann es einfach nicht.

Ich lasse meine Stirn auf meinen Schreibtisch sinken. Alle meine Pläne sind mir gerade um die Ohren geflogen. Ich wusste, dass es keine gute Idee war, Con zu daten, doch ich habe nachgegeben. Jetzt weiß ich nicht, wie es weitergehen soll.

Ich bin erledigt.

∾

Es ist Freitagabend, und Connor ist auf dem Weg hierher. Ich war zu deprimiert, um mich vom Sofa aufzurappeln. Ich freue mich nicht auf dieses Gespräch. Ich habe ihm gestern nichts davon erzählt, zu aufgewühlt, um darüber zu sprechen. Ich glaube nicht, dass er verstehen wird, wie schrecklich der Schmerz und die Demütigung, meinen Job zu verlieren, sind. Und ich muss morgen mein Gesicht im Seminar zeigen. Es wird schwierig, doch ich will es durchziehen und, wenn irgendwie möglich, in einem positiven Unterrichtsumfeld weitermachen. Es macht mich fertig, dass eine Studentin wegen etwas, das ich getan habe, verletzt ist. Ich will eine Chance, es besser zu machen. Meine Augen brennen wieder vor Tränen, und ich wische sie weg. Ich bin es leid, zu weinen. Nach diesem schrecklichen Meeting habe ich meine Sprechstunde nicht halten können, und jetzt ist mir klar, dass sie so schlecht besucht war, weil kein Student mit mir arbeiten wollte. Ich bin offiziell ein Versager als Dozentin. Es ist besonders peinlich, wenn ich daran denke, wie ernst meine Eltern den Lehrerberuf nehmen. Mein Vater ist Lehrer des Jahres!

Die Gegensprechanlage summt, und ich schleppe mich zur Tür, um aufzumachen.

Seine vertraute tiefe Stimme knistert aus dem Lautsprecher. „Hey, Baby, ich bin's."

Ich lege eine Hand auf meinen Mund, um mein Schluchzen zu unterdrücken. Er wird sich auf meine Seite schlagen, doch meine Seite ist falsch, weil er da ist. Ich muss stark sein und endlich das Richtige tun. Ich drücke auf den Türöffner, um ihn in das Gebäude zu lassen.

Ein paar Minuten später ist er in meiner Wohnung. Er wirft einen Blick auf mich, kommt zu mir und zieht mich in seine Arme. „Bec, was ist los? Du bist im Schlafanzug und siehst aus, als hättest du geweint." Ich trage ein zu großes T-Shirt und eine graue Jogginghose. Ich habe die letzten vierundzwanzig Stunden im Grunde mit Weinen verbracht.

Ich lehne mich für einen langen Moment an ihn, und

meine Nerven beruhigen sich vorübergehend. Dann erinnere ich mich und ziehe mich zurück. „Wir müssen reden."

„Oh-oh."

„Ja." Ich gehe zu meinem Sofa und schlage ein Bein unter mich.

Er setzt sich zu mir.

Ich streiche mir mein ungekämmtes Haar aus dem Gesicht. „Ich habe die Wohnung heute nicht verlassen. Genau genommen nicht einmal das Sofa."

„Okay", sagt er langsam. „Warum nicht?"

Ich halte meine Hände fest zusammengepresst und starre sie an. „Ich schäme mich zu sehr."

Er nimmt meine Hand in seine und berührt meine Wange mit seiner anderen Hand, dreht mich zu ihm um. „Bec, ich kann mir nicht vorstellen, dass du irgendwas Schlimmes getan hast. Du bist einer der besten Menschen, die ich kenne."

Ich schüttle meinen Kopf. „Nein, bin ich nicht."

„Was ist passiert?"

Ich erzähle ihm unter Tränen die ganze schreckliche Geschichte. Ich bin mir nicht mal sicher, ob mein Gestammel Sinn ergibt. Über das zu sprechen, was in diesem Meeting passiert ist, bringt neuen Schmerz.

„Scheiße." Er reibt sich den Nacken. „Bec, ich wollte nicht, dass das passiert. Ich übernehme die volle Verantwortung dafür, dass ich dich dazu gedrängt habe, dass wir uns weiter sehen. Ich konnte einfach nicht ohne dich sein. Ich liebe dich, du weißt das."

Ich beiße mir auf die zitternde Lippe, nicke und halte verzweifelt die Tränen zurück.

Er rutscht näher und streichelt meinen Rücken. „Es tut mir leid. Lass mich mit dem Dekan sprechen. Ich werde das geradebiegen."

„Nein!"

„Bec."

„Nein, es ist zu spät, und das wird es nur noch schlimmer machen." Ich nehme ein Taschentuch vom Tisch und wische mir die Augen ab, bevor ich mir die Nase putze und das Taschentuch in meiner Faust zerknittere.

„Ich muss was tun. Es ist meine Schuld."

Ich sehe ihm in sein gequältes Gesicht. „Nein. Es ist nicht allein deine Schuld. Ich habe meine eigenen Entscheidungen getroffen, auch wenn ich hin- und hergerissen war. Aus gutem Grund, nicht wahr?" Ich lache freudlos. „Ich weiß nicht, was ich jetzt tun soll – wegen dir, der Arbeit, oder sonstwas."

„Whoa, was meinst du damit, dass du nicht weißt, was du mit mir machen sollst? Du hast gesagt, du gibst mir keine Schuld."

Ich sitze für einen langen Moment da, verloren in den Turbulenzen all meiner vorsichtigen Pläne, die mir um die Ohren geflogen sind. Ich bin überhitzt, aufgewühlt, mein Gewissen schwankt von Bedauern zu Scham, alles wegen meiner dummen Entscheidung. Ich wusste es besser. Ich hätte auf meinen Bauch hören sollen.

Ich atme tief ein. „Ich denke, wir sollten uns nicht mehr sehen."

Er knirscht mit den Zähnen. „Mich jetzt wegzustoßen bringt deinen Job nicht zurück."

„Wegen uns habe ich keinen Job mehr", sage ich leise.

„Nein, das liegt daran, dass jemand sein eigenes Problem hat und es zu deinem gemacht hat."

Ich werfe meine Hände hoch. „Es ist eine berechtigte Beschwerde, Connor. Ich habe eine unangenehme Studienumgebung für meine Studenten geschaffen."

Er schnaubt. „Das ist lächerlich."

„Ist es nicht. Wenn es so wäre, wäre mir das Ganze nicht um die Ohren geflogen."

„Bec, hör zu, ich werde mit dem Dekan sprechen und alles erklären."

Ich springe vom Sofa auf. „Es gibt nichts zu erklären! Es gibt nur die Fakten, und die sprechen alle gegen mich." Ich verschränke die Arme. „Bitte geh. Ich muss mir über ein paar Sachen klar werden."

Er steht auf. „Wir können uns gemeinsam darüber klar werden."

Ich blicke zur Tür. „Ich brauche Abstand. Kannst du das bitte respektieren?"

Ich höre sein scharfes Ausatmen, und dann geht er und gibt mir den Abstand, um den ich gebeten habe. Ich schließe die Augen, hebe meinen Kopf zur Decke und versuche, die Tränen zurückzuhalten. Eine verlorene Schlacht.

Schließlich entscheide ich mich, mich umzuziehen und im Prospect Park joggen zu gehen, in der Hoffnung, dass es mir hilft, einen klaren Kopf zu bekommen.

Doch das macht mich nur noch mehr fertig. Jetzt bin ich körperlich und emotional erschöpft. Mein Handy klingelt, während ich langsam zurückgehe. Ich werfe einen Blick auf das Display. Simone. Ich habe sie vorhin angerufen, bin jedoch auf ihrer Voicemail gelandet. Sie war wahrscheinlich im Studio, um an ihrem nächsten Album zu arbeiten.

„Becca, ich habe gerade deine Nachricht gehört. Honey, geht es dir gut?"

Ich setze mich auf eine Bank. „Nein. Es ist schrecklich. Meine Eltern würden sich so schämen. *Ich* schäme mich so."

„Nur, weil du den Job verloren hast?"

„Nein, es war mehr als das." Meine Stimme bricht, und ich atme tief durch, bevor ich ihr mein Herz ausschütte.

„Das ist vollkommener Schwachsinn", sagt sie.

„Nein, ist es nicht. Meine Studenten haben sich zu Recht beschwert. Vielleicht habe ich Con unbewusst bevorzugt. Ich dachte nur wirklich, dass seine Fallstudie eine gute Lernerfahrung war."

„Sie können dich *dafür* nicht feuern", sagt sie aufgebracht.

„Ich wurde nicht gefeuert. Sie haben mich einfach nicht übernommen. Das Schlimmste ist, dass es eine formelle Beschwerde gegen mich gab, die sie zukünftigen Arbeitgebern mitteilen müssen, sodass ich im Grunde genommen als Dozentin erledigt bin."

„Oh, Bec. Das tut mir so leid. Ich weiß, dass du wirklich wolltest, dass diese neue Karriere für dich funktioniert."

Ich starre auf den Boden. „Was bringt all die Planung, wenn sie mir nur um die Ohren fliegt? Ich bin ein Idiot, weil ich mir eingebildet habe, ich könnte beides haben, meinen Job behalten und meinen –" Ich schluchze. „Ich glaube nicht, dass es mit Con klappen wird."

„Tut mir leid."

Ich schniefe. „Danke."

„Ich weiß, dass im Moment alles scheiße ist, doch ich könnte dich trotzdem wirklich in meinem Team gebrauchen. Komm nach L.A. Wir unterhalten uns, und ich werde dich den anderen vorstellen. Wir werden sehen, wie du dich danach fühlst. Hast du nicht Lust auf einen kleinen Kurzurlaub?"

„Doch, das wäre schön." Ich habe gesagt, ich würde in Betracht ziehen, nach Abschluss meines Semesters ihr Business Manager zu werden. Jetzt bin ich wirklich fertig. Ich schließe die Augen und atme langsam aus.

„Okay. Ich weiß, dass du am Samstag Kurs hast. Wie ist Sonntag? Ich werde alles von meiner Assistentin arrangieren lassen. Wir haben dich rechtzeitig für deinen nächsten Kurs zurück. Kannst du dir von deinem anderen Job freinehmen?"

„Ja, ich glaube schon."

„Gut. Ich freu mich. Es wird dir hier draußen gefallen, Sonnenschein nonstop."

Ich versuche, etwas Begeisterung in meine Stimme zu bringen, obwohl ich mich wie betäubt fühle. „Okay. Ich freu mich darauf, dich zu sehen."

17

Connor

Bec ist beim Seminar heute nicht bei der Sache. Ich habe ihr den Abstand gewährt, den sie verlangt hat, in der Hoffnung, dass sie sich fangen würde, und es war brutal, weil ich mich dauernd gefragt habe, ob das das Ende von uns ist. Ich habe sie noch nie so gesehen. Sie unterbricht immer wieder das Seminar. Ihr Blick wandert nervös zu den Frauen im Kurs. Sie will wirklich mit derjenigen sprechen, die sich über sie beschwert hat, und sich entschuldigen. Ich glaube nicht, dass sie etwas falsch gemacht hat, und ich sage das nicht nur, weil ich derjenige bin, mit dem sie zusammen ist. Bec war immer nur professionell im Unterricht. Wenn sie mich gelegentlich mit echter Zuneigung in den Augen ansieht, ist das ganz normal. Sie ist kein Roboter. Man kann Gefühle nicht einfach ausschalten. Doch es gab keine offenen Liebesbekundungen. Ich berühre sie nie, flirte nicht mit ihr und spreche nicht einmal direkt mit ihr, es sei denn, ich werde dazu aufgefordert. Ich war sehr vorsichtig, wie ich ihr von Anfang an versprochen habe.

Der Unterricht stolpert vor sich hin, und allein das Zusehen tut weh. Es war Beccas Begeisterung, die den Kurs am Laufen gehalten hat, und die hat sie verloren.

Sobald der Unterricht beendet ist, gehe ich mit den

anderen und warte vor dem Gebäude auf sie. Wir müssen reden. Ein paar Augenblicke später erscheint sie und zieht die Kapuze ihres langen weißen Daunenmantels hoch, warm eingepackt gegen die Kälte.

Ich trete ihr in den Weg. „Hey, Bec."

Sie springt zurück. „Con, wir dürfen nicht zusammen gesehen werden."

„Dafür ist es ein bisschen spät, oder?"

Sie blinzelt schnell gegen die Tränen in ihren Augen an. „Ich will nur nach Hause. Ich muss Wäsche waschen und packen." Sie geht zügig zur U-Bahn, und ich folge ihr.

„Warum packst du? Wohin fährst du?"

„L.A. Simone besuchen. Sie könnte einen Job haben, der zu mir passt."

Mein Magen zieht sich zusammen. „Du willst für einen neuen Job nach L.A.?"

„Ich weiß nicht, Connor. Es ist eine Möglichkeit, und ich muss weg. Sie hat mich schon vor einer Weile gebeten, ihr Business Manager zu werden. Sie braucht mich wirklich, und jetzt, wo ich arbeitslos bin, muss ich darüber nachdenken."

„Hast du dabei an uns gedacht?"

„Was ist mit uns?"

Ich lege eine Hand auf ihren Arm. „Ich bin hier mit meinem Familienunternehmen verwurzelt, das weißt du. Machst du jetzt Pläne, ohne mit mir darüber zu sprechen?"

Sie schiebt ihre Kapuze zurück. „Was würdest du sagen?"

„Ich würde sagen, bitte geh nicht."

„Siehst du? Ich muss überlegen, was für mich am besten ist. Das habe ich zuvor nicht getan, und jetzt ist mein ganzes Leben in Trümmern."

Meine Brust schmerzt. „Du gibst mir die Schuld."

Sie schüttelt den Kopf. „Ich weiß, dass wir beide es waren, doch Con, ich brauche Abstand, um mir über alles klarzuwerden. Es fällt mir zu leicht zu vergessen, was *ich* will, wenn wir zusammen sind."

Sie wendet sich von mir ab und geht vielleicht für immer weg, und Verzweiflung regt sich.

„Also rennst du einfach vor deinen Problemen davon und lässt Simone für dich sorgen?", blaffe ich.

Sie dreht sich um. „Es ist ein echter Job. Und ich habe nichts zu verlieren."

„Dann bin ich also nichts für dich."

Sie verschränkt die Arme. „Das habe ich nicht gesagt."

Ich überwinde die Distanz. „Es fühlt sich an, als ob wir beide verlieren. Warum kämpfst du nicht um uns?"

„Bitte." Sie weicht zurück und verzieht ihr Gesicht. „Gib mir einfach den Abstand, um den ich gebeten habe." Sie eilt davon, und ich lasse sie.

Ich stehe da und blicke ihr nach. Ich verliere sie. Es bricht vor meinen Augen auseinander, und ich habe keine Ahnung, wie ich es reparieren soll.

∼

Becca

Nach einer Woche in L.A. bin ich zurück. Ich fühle mich jetzt ruhiger, was die Implosion meines Lebens angeht. Nichts ist besser, als Zeit mit seiner besten Freundin zu verbringen, um Trost und Unterstützung zu bekommen. Ich muss mir noch über vieles klar werden, doch Simone hat mir einen tollen Vortrag gehalten, und ich werde meinen Kopf hochhalten und diesen Kurs so gut ich kann zu Ende bringen.

Ich komme am Samstagmorgen früh zum Unterricht und nehme meinen Platz am Rednerpult ein. Es sind nur noch zwei Veranstaltungen übrig. Heute werde ich mich mit neuen Unternehmensprioritäten durch Umstrukturierung befassen. Bei der letzten Veranstaltung sind die Abschlussarbeiten fällig, und alle Studenten werden der Klasse präsentieren, worüber sie geschrieben haben. So gesehen ist heute mein letzter Unterrichtstag, und ich werde es so gut wie möglich machen.

Ich hole meine Notizen heraus, als meine Studenten ankommen. Es tut immer noch weh, dass meine Leistungsbeurteilungen so schlecht waren, doch wie Simone sagt, ist es nicht mein

Problem, was andere über mich denken. Ich bin mir allerdings sicher, dass das besser funktioniert, wenn man eine Berühmtheit ist. Tief im Inneren bin ich immer noch enttäuscht, dass mein erster Vorstoß in das, was ich für mein Schicksal gehalten habe, ein so spektakulärer Misserfolg war. Ich kann Connor nicht die Schuld geben. Ich habe meine Wahl getroffen. Und vielleicht war ich unbewusst von seiner Anwesenheit abgelenkt; Vielleicht habe ich ihm sehnsüchtige Blicke zugeworfen, ohne es zu bemerken. Tatsache ist, dass zwei von uns in diese Beziehung verwickelt waren. Nach dem Unterricht werde ich ihn bitten, mit mir nach Hause zu gehen. Wir haben so viel zu besprechen.

Ich fange stark und entschlossen mit dem Kurs an und rede mir ein, dass sich meine Studenten tatsächlich darauf freuen, von mir zu lernen. Ich bin mitten in der Diskussion über ein Unternehmen, das ich zuvor bei der Umstrukturierung beraten habe, um Nachhaltigkeitsziele zu erreichen, als mir klar wird, dass niemand Notizen macht. In der Tat sind alle unheimlich still. Vielleicht habe ich nicht genug Möglichkeiten zur Teilnahme gelassen.

Ich sehe sie mit einem hoffentlich ermutigenden Ausdruck an. „Hat jemand ein Beispiel für neue Unternehmensziele und wie diese umgesetzt wurden? Bonus, wenn es um neue Jobbezeichnungen und neue Wege der direkten Berichterstattung geht." Das ist ein kleiner Witz, weil ich sie quasi bitte, mir das Beispiel zu geben, das ich ihnen gerade gegeben habe.

Niemand sieht mich an.

Ich atme tief durch. „Okay, also zurück zum Beispiel von Regenerix. Eine neue Abteilung für Nachhaltigkeit wurde eingerichtet, die direkt der Geschäftsleitung unterstellt ist, um dafür zu sorgen, dass alle Unternehmensziele mit den Nachhaltigkeitszielen in Einklang stehen." Ich blicke auf, als ich Gemurmel höre. Mike, der ganz vorne sitzt, spricht mit leiser Stimme mit seinem Nachbarn. Mehrere Leute tippen auf ihren Handys herum.

Ich räuspere mich. „Wenn ich bitte Ihre Aufmerksamkeit haben könnte? Ich weiß, dass es Samstagmorgen ist, doch das ist die letzte Veranstaltung, und ich hoffe wirklich, dass Sie ein paar nützliche Informationen mitnehmen."

Nichts. Sie ignorieren mich. Hassen sie mich als Dozentin so sehr?

„Mike, bitte sparen Sie sich Ihr privates Gespräch für später auf", sage ich.

Seine Augen verengen sich zu Schlitzen. „Ja, Ma'am."

„Sie müssen mich nicht Ma'am nennen", sage ich locker. „Das klingt nach meiner Mutter." Ich lache verkrampft. Die Klasse starrt mich verständnislos an, einige mit finsteren Mienen.

Ich starre auf meine Notizen. „Nun, wir sind alle aus einem bestimmten Grund hier, also lassen Sie uns wieder zu –"

„Ich möchte etwas sagen", ruft eine vertraute tiefe Stimme.

Mein Kopf ruckt hoch. *Oh nein.* Connor steht da und sieht aus, als würde er gleich eine große Ankündigung machen.

Ich schüttle verzweifelt den Kopf.

Er hebt eine Hand mit einem kleinen anerkennenden Nicken in meine Richtung, macht aber doch dennoch weiter. „Ich möchte nur die Luft reinigen. Es hat Gerede über Rebecca und ihre Beziehung zu mir gegeben. Ich möchte, dass alle wissen, dass wir schon vor Beginn des Kurses involviert waren, also gab es kein Fehlverhalten oder irgendetwas Unangemessenes zwischen uns. Es war – *ist* einfach eine Beziehung zwischen zwei Erwachsenen. Und ich bin nur Gasthörer in diesem Kurs – keine Note für mich –, sodass die Tatsache, dass wir eine Beziehung haben, keine Auswirkungen auf irgendeinen anderen Studenten hat."

Mir bleibt vor Schock der Mund offenstehen. Meine Augen und Wangen sind heiß. Ich schlucke ein paarmal sprachlos.

Er setzt sich wieder. Alle sind absolut still.

Ich blicke von Angesicht zu Angesicht, und alle sehen unbehaglich aus. Ein paar Frauen rutschen auf ihren Plätzen herum und starren auf ihre Laptops. Ich bin so gedemütigt. Wie kann ich weitermachen?

„Fünfzehn Minuten Pause", sage ich und eile hinaus.

Ich will gerade niemanden sehen. Ich kann nicht riskieren, in die Damentoilette zu gehen. Ich gehe nach oben und hoffe auf Privatsphäre in meinem Büro, doch jemand putzt gerade. Ich finde einen leeren Besprechungsraum, schließe die Tür hinter mir und starre aus dem Fenster. Wie konnte er mir das antun? Auf welchem Planeten ist es angemessen, den ganzen Kurs mit einer großen Ankündigung über unser persönliches Leben anzusprechen? Und zu denken, ich war endlich bereit, über all das hinwegzukommen!

Die Tür geht auf. „Bec?"

Er ist mir gefolgt. Natürlich. Er tut einfach, was er will, egal wie es für andere Leute aussieht. Ich höre, wie er die Tür leise hinter sich schließt.

Ich drehe mich zu ihm um und warte darauf, dass er so nah kommt, dass ich leise sprechen kann und nur er mich hören kann. „Du hast eine Grenze überschritten. Du – du ..." Meine Stimme zittert vor Wut, und ich muss tief durchatmen, um mich zu beruhigen. „Du hast das Thema öffentlich ansprechen müssen, was alles nur noch schlimmer macht. Und du hast es nicht einmal vorher mit mir besprochen!" Am Ende wird meine Stimme laut, doch ich kann nichts dafür.

Er sieht mich finster an. „Du bist weggegangen und hast deine Pläne auch nicht vorher mit mir besprochen. Wie fühlt sich das an?"

Ich blinzele ein paarmal sprachlos. Keine Entschuldigung, keine Reue, nur das? Ich kann nicht fassen, dass das der Mann ist, für den ich meine Karriere riskiert habe. Verdammt!

„Scheiße, Con. Es fühlt sich beschissen an. Und ich mag keine Beziehung, die Punkte zählt. Komm nicht zurück in den Kurs. Tu ... tu einfach nichts. Ich kann dich nicht mehr sehen."

Er knirscht mit den Zähnen und kneift seine Augen zusammen. Ich habe ihn wütend gemacht. Willkommen im Club.

Ich stürme an ihm vorbei, und er packt meinen Arm. „Ich habe das Café gekauft, in dem du arbeitest."

Ich runzele die Stirn, total verloren. „Was?"

„Ja. Jetzt bin ich dein Boss, und es könnte nach Bevorzugung aussehen, also solltest du kündigen."

Ich ziehe meinen Arm aus seinem Griff. „Ich habe zuerst da gearbeitet. Wie kann es Bevorzugung sein, wenn wir vorher eine Beziehung hatten?"

„Weil ich eine Autoritätsposition übernommen habe."

Ich stemme meine Hände in meine Hüfte. „Ich höre nicht auf, nur weil du das sagst."

„Ich könnte dich feuern."

Ich lasse meine Hände fallen. *Meint er das ernst? Wer ist dieser Mann?* Ich dachte, ich kenne ihn. Ich dachte, er sei ein anständiger Mensch. „Das würdest du tun?"

Er schüttelt den Kopf. „Ich habe das Café nicht gekauft. Ich wollte nur, dass du siehst, wie es andersherum hätte sein können."

Ich sehe rot, Wut überwältigt mich. „Oh, also eine intellektuelle Übung, die mich erschrecken soll, nachdem du mich gedemütigt hast. Vielen Dank auch."

Ich gehe mit erhobenem Kopf weg. Ich werde den heutigen Unterricht zu Ende bringen, und wenn es mich umbringt. Connor Rourke wird mich nicht besiegen.

Gerade als ich die Tür aufmache, sagt er hinter mir: „Du bist ein Feigling."

Ich wirbele herum. „Und du ein Arsch."

Ich gehe auf wackeligen Beinen hinaus und versuche verzweifelt, die Tränen zurückzuhalten. Ich werde das durchstehen. Ich brauche niemanden wie ihn in meinem Leben. Ich bewege mich vorwärts.

Ich bin stark, ich bin entschlossen, ich bin ... *am Boden zerstört.*

18

Connor

Ich habe es versaut. Zuerst war ich wütend, dass sie uns aufgegeben hat, und als die Wut nachgelassen hat, war ich einfach sehr, sehr traurig. Ich wollte Becca in meinem Leben behalten, und irgendwie habe ich alles ruiniert. Ich habe eine Grenze überschritten und Dinge gesagt, die ich nicht hätte sagen sollen. Wenn es eine Anleitung gäbe, wie eine Beziehung funktioniert, wäre ich ein Beispiel dafür, was man nicht tun soll. Es sind drei Tage vergangen, und ich habe immer noch keine Ahnung, wie ich es besser machen kann. Ich darf es nicht noch schlimmer machen. Sie will nicht mit mir reden, mich nicht sehen. Ich will nur, dass alles wieder so wird, wie es war. Der Kurs endet an diesem Samstag, und ich kann es nicht ertragen zu glauben, dass ich sie da zum letzten Mal sehen werde.

Es ist Mittagspause bei der Arbeit, und ich schließe mich der Crew und meinen Brüdern an unserem provisorischen Tisch an, packe mein übliches Sandwich mit Roastbeef, Provolone und Kartoffelchips aus und starre es an. Ich esse jeden Tag das gleiche Sandwich, um Geld zu sparen. Ich blicke immer in die Zukunft und spare mein Geld, doch jetzt, wenn ich in die Zukunft schaue, sehe ich nur eine dunkle Leere ohne Becca.

„Das Sandwich braucht eine scharfe Sauce", sagt Jack und deutet auf die scharfe Sauce in der Mitte des Tisches. Es ist kein Streich. Zumindest war es das bisher nicht. Bei meinem Glück ist heute der Tag, an dem er sie gegen eine mit Joloki-achilis ausgetauscht hat.

„Nein, danke", sage ich.

Er schüttelt den Kopf. „Ich dachte, du wärst besser gelaunt, nachdem sich gestern das mit dem Wasserturm geklärt hat. Du warst vorher so aufgeregt deswegen."

„Ja, ich bin froh." Ich kann nicht viel Begeisterung aufbringen. Alles ist so beschissen. Es sind jedoch gute Nachrichten für uns. Der Turm hat keinen Denkmalstatus bekommen, doch nach der Diskussion meiner Fallstudie im Kurs (basierend auf unserem Geschäft) habe ich ein paar neue Wege gesehen, um das Problem anzugehen. Wir waren uns einig, den Wasserturm mit einem Zaun zu versehen, um zu verhindern, dass Kinder hochklettern, und er sollte einen neuen Anstrich erhalten, um die Graffiti verschwinden zu lassen und ihn wieder so zu restaurieren, wie es damals ausgesehen hat, als er zu einer Seilfabrik gehört hat. In der Diskussion haben wir die Geschichte ohne Gefahr für die Kinder bewahrt, was eine Win-Win-Situation war.

In diesem Moment springt Jack von seinem Platz. „Ry, was machst du hier?"

Seine Verlobte Riley kommt herein und strahlt ihn an. „Ich dachte, ich könnte dich zum Mittagessen überraschen. Ich hatte ein Treffen in Lower Manhattan und hab die Fähre genommen."

Er umarmt sie, grinst und zieht sie an sich. „Meine Verlobte ist hier." Sie setzen sich an den Tisch, und er stellt ihr die Crew vor, während er Riley die Hälfte seines Sandwichs gibt.

Meine Brust schmerzt, als ich die beiden so glücklich und behaglich miteinander beobachte. Ich erinnere mich, als Riley zu mir gekommen ist und mich gebeten hat, sie auf unsere Baustelle zu lassen, damit sie Jack zurückgewinnen konnte, indem sie ihm alle Dinge gezeigt hat, die sie von ihrer Beziehung als Erinnerungsstücke behalten hat, einschließlich eines gravierten Ziegels mit ihrem zukünftigen Namen – Riley Walsh-Rourke. Dieser gravierte Ziegel ist jetzt Teil des Weges in unserem ersten Entwicklungsprojekt. Nach ihrer großen symbolischen Geste hat sie vor uns allen ihre Liebe zu Jack erklärt. Dazu braucht es eine Menge Mut, und Jack hat nicht sofort reagiert. Das nennt man wohl sein Herz aufs Spiel setzen. Und jetzt sieh sie sich einer an. So verdammt glücklich.

Und warum suhle ich mich hier in meinem Elend? Ich muss meinen Mut zusammenkratzen und Becca die Wahrheit sagen. Ich liebe sie, ich werde nie aufhören, sie zu lieben, und ich bin bereit, für uns zu kämpfen.

Ich stehe auf. „Ich muss weg. Notfall. Sag Dylan, dass ich heute nicht zurückkomme."

„Hey, hey", sagt Jack. „Als Vorarbeiter kann ich dich nicht einfach so verschwinden lassen."

„Ich folge Rileys Ziegelbeispiel", sage ich.

Sie lächelt. „Oh, er wird ihr sagen, wie sehr er sie liebt! Erinnerst du dich, als ich dir diesen Ziegelstein gegeben habe?"

Er küsst sie und winkt ab. „Natürlich tue ich das, meine schöne, liebevolle Verlobte. Und du verschwinde", sagt er zu mir

Ich warte nicht auf den Rest des kitschigen Gesprächs. Ich muss mich um meinen eigenen Kram kümmern.

Während der gesamten U-Bahnfahrt überlege ich, was ich sagen soll. Ich weiß, dass sie Dienstagnachmittag im Café ist. Ich weiß nicht einmal, ob sie diesen Job in L.A. angenommen hat, da sie nicht mit mir spricht. Ich werde damit beginnen, dass ich niemals die Grenze hätte überschreiten sollen, vor dem versammelten Kurs über uns zu reden. Es hat sich zu dem Zeitpunkt allerdings richtig angefühlt. Sie ist meinetwegen gestrauchelt, die Studenten haben sie wegen ihrer Beziehung zu mir ignoriert, und es schien einfach naheliegend. Ich hätte es einfach geschehen lassen und die Klappe halten sollen. Ich hätte einfach die restlichen Stunden absitzen können. Ja, es war schmerzhaft zu beobachten, wie sie kämpft, doch das ist mein Problem. Sie hat es versucht, und ich hätte sie ihr Ding machen lassen sollen.

Als ich im Café ankomme, stehen nur zwei Leute an, also warte ich, bis sie ihre Bestellungen am Ende der Theke abholen.

In dem Moment, als sie mich bemerkt, starrt sie mich finster an. „Ich bin bei der Arbeit."

„Ich weiß. Ich warte auf deine Pause, und dann werden wir reden." Ich hebe eine Hand, um ihre Chefin Judy zu begrüßen, eine Frau in den Sechzigern mit viel Energie.

„Mach, was du willst", blafft Becca. „Ich hab zu tun."

Judy wirft mir einen mitfühlenden Blick zu. Offensichtlich ist Becca nicht so beschäftigt, da niemand ansteht. Sie will mich einfach nicht sehen. Wie ist es nur dazu gekommen? Diese beiden anderen Gäste gehen, und der Laden ist leer. Es ist kurz nach Mittag, keine wirklich geschäftige Zeit, da die meisten Leute woanders zu Mittag essen. Hier gibt es nur Frühstück und Kaffee.

Ich beschließe, einen Kaffee zu bestellen und zu warten, bis sie mit mir spricht. Als sie mir mein Getränk gibt, sage ich: „Ich werde da drüben auf deine Pause warten." Ich zeige auf einen Tisch am vorderen Fenster.

„Ich will nicht mit dir reden", sagt sie durch die Zähne.

„Dann kannst du zuhören. Bitte, Bec. Hör mich einfach an, und wenn du immer noch nicht mit mir reden willst, nachdem ich gesagt habe, wofür ich hergekommen bin, dann lasse ich dich in Ruhe."

„Ich muss die Maschinen putzen", sagt sie.

Judy mischt sich ein. „Mach deine Pause, Becca. Ich mach das schon."

Becca nimmt ihre Schürze mit ruckartigen Bewegungen ab, kommt hinter der Theke hervor und deutet auf einen Tisch in der Ecke.

Ich folge ihr dorthin und setze mich ihr gegenüber. „Ich mag deine Chefin."

„Connor, warum bist du hier?"

„Okay. Zuallererst: Entschuldigung. Ich habe in der Hitze des Augenblicks ein paar Sachen gesagt, die ich nicht so gemeint habe. Du bist kein Feigling. Ich bedauere es sehr, das gesagt zu haben, und ich habe eine Grenze überschritten, als ich den ganzen Kurs angesprochen habe. Ich habe nur versucht, das Problem aus der Welt zu schaffen, und jetzt sehe ich, dass das nicht der richtige Weg war."

„Nein, war es nicht", sagt sie leise und starrt auf den Tisch. „Hast du eine Ahnung, wie demütigend das für mich war?" Sie hebt den Kopf, ihre Miene ist angespannt. „Ich muss mich am Samstag noch einmal vor diese Leute stellen. Ich weiß nicht einmal, wie ich letzten Samstag den Rest des Kurses überstanden habe."

„Weil du stark und entschlossen bist. Ich hätte meinen Mund halten sollen. Ich habe den Verstand verloren. Ich sehe uns in einer ernsthaften Beziehung. Ich dachte, du empfindest dasselbe, und dann bist du mit Simone zu einem neuen Job davon geflattert, und ich dachte, ich habe mich in Bezug auf uns geirrt. Irre ich mich da, Bec?"

Ihre Unterlippe zittert, und sie blinzelt. Vielleicht liege ich falsch. Vielleicht hat sie bereits Pläne gemacht, nach L.A. zu ziehen. Verzweiflung krallt an meinem Inneren.

„Bec, ich werde einfach die Karten auf den Tisch legen, okay? Von Anfang an war ich so von dir fasziniert, dass ich es kaum erwarten konnte, bei dir zu sein. Es schien unmöglich, vier Monate zu warten. Ich bereue keinen Moment unserer gemeinsamen Zeit, außer dem Teil, in dem ich dich verletzt habe. Ich wollte das nie, und ich schwöre, ich werde so etwas nie wieder tun." Ich hole scharf Luft. „Wenn du mir vergibst, werden wir von nun an immer ein Team sein und immer zuerst einen Plan machen, um Probleme gemeinsam zu beheben."

Ihr Kinn zittert.

„Oh Scheiße. Nicht weinen. Ich nehme alles zurück."

„Das kannst du nicht zurücknehmen! Ich liebe diesen Plan. Ich liebe dich!"

Sie steht auf und breitet ihre Arme aus, und ich zögere nicht und ziehe sie fest an mich. Meine Augen tränen. „Ich dachte, ich hätte dich verloren." Ich küsse ihre Haare. „Ich bin so froh, dass ich dich nicht verloren habe."

Sie schmiegt sich an meine Brust. „Mir ging's so elend."

„Mir auch." Ich ziehe mich zurück, um sie anzusehen. „Was ist mit dem Job bei Simone?"

Sie wischt sich die Augen. „Sie hat es sich anders überlegt, nachdem ich einige Leute aus der Musikindustrie getroffen habe. Sie sagt, ich bin nicht aggressiv genug. Ich bin ihr nicht böse, aber kannst du das glauben?"

Ich streichle ihr die Haare aus dem Gesicht. „Ja."

„Dabei bin ich doch die Eiskönigin."

Ich lächle ein wenig. „Das war mir nicht bewusst."

Sie nickt, ihr süßes Gesicht wirkt entschlossen. „Mein Ex hat gesagt, ich sei eine Eiskönigin."

„Du bist alles andere als das. Honey, du hast geweint, als ich dir das erste Mal gesagt habe, dass ich dich liebe."

Sie schnieft. „Ich mag Honey lieber als Baby. Und ich habe nur geweint, weil deine Augen so seelenvoll und aufrichtig waren und deine Stimme so warm, dass ich es in meinen Knochen gespürt habe."

„Gott, es war Folter, nicht bei dir zu sein. Ich wusste nicht, ob ich dich jemals zurückbekommen würde."

„Ich war so verloren. Ich wusste nicht, was ich tun sollte. Mein Plan ist mir um die Ohren geflogen, und dann war ich einfach so wütend, dass ich nicht klar denken konnte."

Ich setze mich und ziehe sie in meinen Schoß. „Ja, nicht mein bester Moment, doch ich hatte edle Absichten."

Sie streichelt meine Brust. „Wegen deines königlichen Blutes?"

„Sicher, nehmen wir das als Begründung. Klingt besser, als dass ich verzweifelt alles reparieren wollte, damit zwischen uns alles wieder gut wird."

„Oh, Con, ich mag deine Idee, ein Team zu sein, wirklich. Lass uns immer miteinander sprechen, wenn es ein Problem gibt, bevor einer von uns impulsiv eine Lösung sucht. Auf diese Weise treffen wir Entscheidungen mit einem vernünftigen Urteilsvermögen, anstatt unsere Emotionen die Kontrolle übernehmen zu lassen."

Ich seufzte erleichtert. Sie ist zurück, wir sind derselben Meinung und arbeiten miteinander anstatt aneinander vorbei.

Und sie hat mich mit ihrer warmen Stimme Con genannt, nicht Connor. „Es besteht also immer noch das Problem, dass du arbeitslos bist."

„Ich weiß. Und es ist jetzt nicht so, als würde mich noch eine Universität einstellen."

„Hast du gerne unterrichtet? Ich bin sicher, wir könnten einen Weg finden, damit du das tun kannst."

Sie runzelt die Stirn. „Weißt du was? Ich habe es nicht geliebt, vor all den Leuten zu stehen. Ich teile gerne, was ich weiß, doch es war schwierig, die Ergebnisse sofort zu sehen. Ich meine, bei einem echten Projekt kann man die Ergebnisse sehen. Beim Unterrichten sieht man die Studenten nach ihrem Abschluss normalerweise nicht mehr und weiß nie, ob man einen positiven Einfluss hatte."

„Du hattest definitiv einen Einfluss auf mich."

Sie lacht, und ich genieße die Schönheit einer lächelnden, glücklichen Becca. Glücklich mit mir. Und dann habe ich eine tolle Idee. Ich war einer der Gründe, warum das mit ihrem Job nicht geklappt hat, und ich kann auch die Lösung sein. Was nützt es, COO zu sein, wenn ich wichtige Entscheidungen nicht treffen kann?

„Bec, arbeite für meine Firma. Du liebst den Bau und kennst dich mit Management aus. Du kannst uns beim Management helfen. Du hast unsere Firma bereits im Kurs kennengelernt. Ich habe das Gefühl, du hast einen guten Überblick darüber, wo wir uns befinden und wo wir hinmüssen."

Sie sitzt gerader, und ihre Augen leuchten. „Ich könnte CSO sein."

Ich senke meine Stimme und sage heiser. „Chief sexy Officer, ja, das bist du."

Sie lacht. „Chief Strategy Officer. Teilweise kreativer Denker, teils Stratege. Berichterstattung direkt an den CEO, nicht an dich, obwohl wir als Team arbeiten würden. Glaubst du, Dylan würde mich an Bord haben wollen?"

„Ich will dich. Ich werde dafür sorgen."

Sie lächelt und berührt meine Wange. „Schaffst du diese Position nur, um mich in der Nähe zu haben?"

„Ich denke zu Recht, dass du einen großen Beitrag zum Geschäft leisten wirst."

„Das ist süß, danke."

Ich lächle sie sexy an. „Und ich will dich auf eine persönliche, völlig arbeitsplatzunangemessene Weise."

„Con!"

„Hey, meinen Brüdern und mir gehört die Firma, also ist es vollkommen in Ordnung."

Sie sieht mich streng an. „Wir müssen uns bei der Arbeit professionell verhalten."

Ich sage nichts dazu, weil manchmal die Chemie außer Kontrolle geraten kann. „Auf jeden Fall bist du bei mir."

Sie kaut auf ihrer Unterlippe. „Ich sollte immer noch meinen Lebenslauf auf den neusten Stand bringen und mich mit Dylan treffen."

„Wir werden alle Einzelheiten im Voraus besprechen, damit du ihn umhauen kannst. Bist du an Bord?"

Sie strahlt. „Ja."

„Großartig." Ich küsse sie auf die Wange und flüstere ihr ins Ohr: „Können wir jetzt bitte zu dir gehen und heißen Versöhnungssex haben?"

Sie lächelt. „Ja. Aber nur, weil du so höflich gefragt hast." Sie steht auf. „Lass mich nur meinen Boss fragen."

Sie geht zu Judy.

„Geh nur", sagt Judy und zwinkert mir zu. „Ich komme schon klar, Turteltäubchen."

Becca beugt sich über die Theke, um Judy zu umarmen und dreht sich mit einem strahlenden Lächeln zu mir um. „Lass uns gehen, HB."

Ich schmunzle. *Heißer Bauarbeiter.* Ich mag das.

～

Becca

In dem Moment, als Con in meiner Wohnung ist, stürze ich mich auf ihn. Er fängt mich, schlingt seine Arme um mich und führt mich in mein Schlafzimmer, während ich sein unrasiertes Gesicht küsse. Ich glaube, dass er sich seit Tagen nicht rasiert hat.

Er setzt mich vor dem Bett ab und wir reißen uns gegenseitig die Kleider vom Leib, die Münder verschmolzen, verrückt danach, wieder zusammen zu sein. Wir fallen ins Bett, ein Gewirr aus Armen und Beinen.

„Ich liebe dich", sagt er und küsst meinen Hals.

Ich greife nach seinem Kopf, um ihm in die Augen zu schauen. „Ich liebe dich auch." Ich küsse ihn zärtlich mit dem ganzen Gefühl in meinem Herzen.

Er lächelt, und dann küsst er einen Pfad meinen Körper hinunter, und ich strahle von innen. Das ist wahre Liebe, und nichts hält uns mehr zurück.

Ich ziehe ihn an seinen Haaren zu mir hoch. „Ich kann es kaum erwarten."

Er küsst mich lange und tief, bevor er ein Kondom vom Nachttisch nimmt. Und dann ist er zurück und stößt tief in mich hinein. Er verflicht unsere Finger und presst meine Hände auf die Matratze, während er sich über mich stützt.

„Ich liebe dich so sehr", sagt er heiser.

„Ich dich auch." Ich hebe meine Hüfte. „Mehr."

Er lächelt gegen meine Lippen und gibt mir dann was ich brauche, eine heiße, aufregende Fahrt. Ich keuche, stöhne seinen Namen, und dann bin ich genau da, am Rande der Glückseligkeit. Er neigt meine Hüfte mit einer Hand und ändert den Winkel. Genau richtig. Ich schnappe nach Luft, als mich eine Explosion der Lust bis ins Mark erschüttert. Er pumpt hart und schnell und treibt mich immer höher. Seine Lippen pressen sich mit einem Stöhnen gegen meinen Hals, als er kommt.

Ich umarme ihn. „Wundervoller Mann!"

Seine Schultern zittern, und er hebt lächelnd den Kopf. „Wundervolle, schöne Frau. Habe ich dir schon gesagt, dass ich dich liebe?"

Ich strahle. „Ja, hast du, doch es macht mir nichts aus, es immer wieder zu hören."

„Ich liebe dich so verdammt sehr."

„Ich liebe dich auch."

Er küsst mich und rollt sich auf meine Seite. Wir sind für einige Momente ganz still und halten uns an den Händen. Ich denke an die ganze Zeit zurück, als wir uns im Kurs gesehen und versucht haben, unsere Gefühle vor der Welt zu verbergen, und alle haben es trotzdem gesehen. Ich denke immer noch, dass die Fallstudie seiner Firma lehrreich war und es sich gelohnt hat, Zeit damit zu verbringen. Und ich denke, dass Con auch etwas aus dem Kurs mitgenommen hat. Trotz der Konsequenzen glaube ich nicht mehr, dass mein Kurs ein totaler Fehlschlag war.

„Hast du deine Abschlussarbeit geschrieben?", frage ich ihn.

Er dreht den Kopf, um mich anzusehen. „Nein. Ich dachte, ich sollte nicht nochmal da auftauchen."

„Tu es. Du hast das Recht, da zu sein, und es wird das Ergebnis für mich sowieso nicht ändern. Ich möchte, dass du es bis zum Ende durchziehst."

„Sei kein Schulabbrecher, oder?"

„Genau. Diesmal nur keine großen Ankündigungen, okay?"

„Ich schwöre, ich habe nur aus Verzweiflung gesprochen. Ich dachte, ich hätte dich verloren."

Ich rolle mich auf ihn, und er schlingt seine Arme um mich. „Nun, darüber musst du dir nie wieder Sorgen machen."

Becca

Con ist zurück für unsere letzte Lehrveranstaltung, und die Leute scheinen diesmal entspannter zu sein. Vielleicht, weil sie alle ihre Abschlussarbeit eingereicht haben. Vielleicht, weil ich ihnen gezeigt habe, dass ich mit der Situation umgehen kann, und nach meinem Ausstieg am vergangenen Samstag vollkommen erniedrigt zum Unterricht zurückgekehrt bin. Vielleicht, weil ich zwei Teller mit hausgemachten Weihnachtsplätzchen mitgebracht habe.

Ich nicke ermutigend, während Anita ihre Präsentation

hält über den Aufkauf ihres Unternehmens durch ein größeres Unternehmen und die schwächenden Auswirkungen von Entlassungen auf sie und ihre verbleibenden Kollegen.

Ich bin zufrieden damit, meinen Einfluss in der Präsentation zu hören. Ich habe ihnen etwas beigebracht. Bisher hat jeder von ihnen seine Fallstudie durch die Linse des Wandels betrachtet und wie man damit arbeitet, anstatt ihn zu bekämpfen und sich nach vergangenen Zeiten zu sehnen. Das ist eine wichtige Lektion für die schnelllebige Geschäftswelt. Mitschwimmen oder untergehen.

Der Kurs endet, und ich fühle mich ein bisschen emotional. „Bevor wir gehen, möchte ich Ihnen allen nur dafür danken, dass Sie Ihre Zeit mit mir verbracht haben. Ich weiß, dass es nicht einfach ist, am Samstagmorgen aufzustehen, doch ich hoffe, Sie haben etwas aus dem Kurs mitgenommen. Ich weiß, dass ich viel gelernt habe, indem ich solch intelligenten, dynamischen Geschäftsleuten wie Ihnen zugehört habe. Ich freue mich darauf zu hören, was Sie in Zukunft erreichen. Das ist mein letzter Kurs hier. Ich habe ein neues Angebot bekommen, das ich mir nicht entgehen lassen konnte, also geht es weiter zum nächsten Teil meiner Reise." Ich werfe Con einen Blick zu, und er lächelt mich warm an. Ich lächle zurück, mein Herz ist bis zum Platzen voll. „Und jetzt wünsche ich Ihnen allen alles Gute und schöne Feiertage! Bitte nehmen Sie sich auf dem Weg nach draußen ein paar Kekse mit, sonst muss ich die alle essen."

Alle lachen und kommen an meinem Tisch vorbei, um eine Handvoll Kekse zu holen. Einige verabschieden sich von mir, andere bedanken sich nur für die Kekse. Ich weiß immer noch nicht, welche Studentin die Beschwerde gegen mich eingereicht hat, doch ich hoffe, dass es ihr jetzt gut geht. Niemand hat den Kurs abgebrochen.

Con geht, ohne sich zu verabschieden, doch ich weiß, dass er draußen auf mich wartet. Er versucht immer noch, diskret zu sein, um zu vermeiden, dass die Frau, die sich wegen unserer Beziehung unwohl gefühlt hat, es sehen muss.

Der Letzte, der geht, ist Mike. Es ist mir fast peinlich,

daran zu denken, dass ich mir Sorgen gemacht habe, dass er das Problem darstellen könnte, nur weil er so begeistert in meine Sprechstunde gekommen ist und mich um ein Date gebeten hat.

„Nehmen Sie sich ein paar Kekse", sage ich zu ihm. „Es sind genug da."

Er dreht sich langsam zu mir um. „Rebecca, ich muss ein Geständnis machen. Ich habe gehört, dass Sie gefeuert wurden –"

„Ich wurde nicht gefeuert. Ich war nur auf Probe hier und wurde nicht übernommen. Doch es ist alles gut so."

Er kommt näher. „Ich war derjenige, der die schlechte Bewertung geschrieben hat. Nachdem Sie nicht mit mir ausgehen wollten und gesagt haben, dass Sie nie mit einem Studenten ausgehen, dachte ich mir, dass Sie mit Connor zusammen sind. Es war ein Tiefschlag. Tut mir leid, dass es so schlimme Konsequenzen für Sie hatte."

Ich wende den Blick ab und weiß nicht, was ich sagen soll. „Machen Sie sich keine Sorgen, Mike. Sie waren nicht der Einzige, der eine schlechte Bewertung abgegeben hat."

„Ich weiß, das ist meine Schuld."

Mein Kopf schnappt hoch. „Was meinen Sie?"

„Ich habe allen gesagt, dass sie Ihnen schlechte Bewertungen geben sollen, und ich habe ihnen gesagt, dass Sie einen Favoriten haben; dass Sie unaufmerksam und abgelenkt waren und dass wir Ihnen egal waren."

Ich schlucke. „Doch Sie waren mir nicht egal."

„Ich habe sie gegen Sie aufgehetzt, und Carla hat es noch ein Stück weitergetrieben und allen erzählt, dass sie sich getriggert gefühlt hat."

„Ich weiß nicht, was ich dazu sagen soll."

„Ich schon", dröhnt eine tiefe Stimme.

Meine Hand schießt zu meiner Kehle, und ich wirbele zu Dean Sears herum, der in der Tür steht. Er kommt auf uns zu und sieht Mike finster an. „Ich habe jedes Wort gehört. Sie sind an dieser Universität nicht mehr willkommen, da Sie Miss Edwards verleumdet haben. Haben Sie eine Ahnung, welchen Schaden Sie angerichtet haben! Wir haben sie nicht übernommen, und ihr Ruf im akademischen Bereich hätte zerstört sein können, was jede Chance auf eine Rückkehr als Dozentin zunichtegemacht hätte. Das wäre ein ernsthafter Schaden für ihre Karriere gewesen. Effektiv das Ende."

Mike hebt sein Kinn. „Sie können mich nicht rauswerfen. Sie haben keine Beweise."

Dean Sears verschränkt die Arme. „Ich bin sicher, dass die anderen Studenten reden werden, wenn ich ihnen die Konsequenzen der mutwilligen, verleumderischen Zerstörung des guten Rufs einer Dozentin dieser Universität erkläre. Natürlich werde ich Ihrem Arbeitgeber mitteilen, dass er Ihre Studiengebühren nicht länger übernehmen muss."

Mike stößt mich mit einem Finger an. „Sie ist diejenige, die mit einem Studenten gefickt hat! Das ist gegen alle Regeln."

„Es ist vorbei, Mike", sage ich leise. „Ich arbeite nicht mehr hier. Vielleicht denken Sie das nächste Mal über die Konsequenzen Ihrer Handlungen nach, bevor Sie jemanden aus reiner Boshaftigkeit verleumden."

Seine Augen verengen sich bedrohlich, und Adrenalin schießt durch meine Adern. Dean Sears tritt schnell vor mich und hindert Mike daran, näherzukommen. Mike fegt mit einer Bewegung die Teller mit den Keksen vom Tisch, dann stürmt er aus dem Raum und klatscht auf dem Weg nach draußen mit der Hand gegen den Türrahmen.

Ich atme ein paarmal zittrig durch, und mein Herz kehrt langsam zu seiner normalen Frequenz zurück. Ich kann kaum glauben, was ich gerade gehört habe. Das bedeutet, dass nur Mike ein Problem mit mir hatte. Carla hat schamlos übertrieben, und alle Beschwerden waren völlig ungerechtfertigt. Ich war doch keine so schreckliche Lehrerin. Mir fällt ein gigantischer Stein vom Herzen.

Dean Sears bückt sich, um die Kekse aufzuheben, und ich schließe mich ihm an. „Rebecca, dieses schreckliche Missverständnis tut mir sehr leid. Die Beweise waren niederschmetternd, doch ich hätte wissen müssen, dass Sie nicht so sind, wie diese Bewertungen behauptet haben. Ich bedaure, nicht tiefer gegraben zu haben."

Ich schüttle meinen Kopf. „Sie haben nur Ihren Job gemacht. Ich muss auch die Verantwortung dafür übernehmen, dass ich Connor weiter gesehen habe. Ich habe die Richtlinie ignoriert, weil ich dachte, er sei die Ausnahme. Ich war bei unserem Gespräch neulich zu aufgewühlt, um es gut zu erklären, doch ich war mit ihm zusammen, bevor der Kurs überhaupt angefangen hat. Dann war er Gasthörer und nicht offiziell als Student eingeschrieben, und es war völlig einvernehmlich. Ich liebe ihn." So einfach und wunderbar ist das.

Er nickt kurz. Wir heben die übrigen Keksbrösel schweigend auf.

Nachdem wir sie in den Mülleimer geworfen haben, dreht er sich zu mir um. „Wenn Sie eine Referenz für eine andere Universität brauchen, gebe ich Ihnen gerne eine."

Ich lächle. „Danke, doch ich habe eine neue Stelle, auf die ich mich sehr freue. Ich bin nur froh, dass meine Studenten tatsächlich etwas Nützliches aus meinem Kurs mitgenommen haben."

Er nickt. „Schöne Feiertage, Rebecca. Richten Sie Ihren Eltern herzliche Grüße von mir aus."

„Das werde ich. Ihnen auch schöne Feiertage!"

Er geht, und ich kehre zum Pult zurück, stehe einen Moment da und sehe mir das Zimmer noch einmal an. Obwohl ich nicht vorhabe, weiter zu unterrichten, bedeutet es mir so viel zu wissen, dass meine Studenten meinen Kurs nicht gehasst haben. Ich denke, es war ein guter Kurs. Ich kann mit hocherhobenem Kopf zu meinen Eltern gehen – beide großartige Lehrer – und das mit dem Gefühl, mein Bestes gegeben zu haben, und mein Bestes war doch nicht so schlecht.

Ich seufze, dann lächle ich und gehe für die nächste Phase meines Lebens mit Con hinaus.

EPILOG

Regency Weihnachtsball in Villroy

Connor

Ich kann nicht glauben, dass ich eine Kniebundhose trage. Mit Strümpfen! Die Frau meiner Cousine, Alice, sagt, dass wir alle in unserer Regency-Abendgarderobe „schneidig" aussehen. Alice ist Amerikanerin, doch sie liebt die Regency-Ära. Das ist alles ihre verrückte Idee, die Männer in schwarze Jacken mit Schwalbenschwanz, weiße Hemden mit einer Halsbinde, beige Kniebundhosen und weiße Strümpfe zu stecken. Wenigstens trage ich meine eigenen Lederschuhe.

„Es ist wie ein Märchen", flüstert Becca ehrfürchtig, als sie sich im Ballsaal des Palastes umsieht. Es ist ein beeindruckender Raum, ein riesiger Saal mit mehreren Kronleuchtern aus Kristall und Gold, Deckengemälden und auf Hochglanz polierten Holzböden mit Einlegearbeiten. Die Weihnachtsdekoration aus Tannengrün und die zahllosen Kerzen bringen es auf eine andere Ebene, sodass es sich sowohl edel als auch auf eine warme Weise festlich anfühlt.

Ich entspanne mich. Der Hauptgrund, warum ich zugestimmt habe, Weihnachten auf Villroy zu verbringen, war,

Becca ihrer Faszination für meine königliche Seite frönen zu lassen. Und wenn ich ehrlich bin, steht ihr das Kleid im Regency-Stil, das sie trägt – ein zartblaues kurzärmeliges Kleid, das ihr Dekolleté betont und in einer seidigen Kaskade von der hohen Taille bis zu den Knöcheln fällt – wirklich gut. Sie sieht unglaublich schön aus. Und das sage ich nicht nur, weil ich bis über beide Ohren in sie verliebt bin.

Alice eilt zu uns in einem zartrosa Kleid, das dem von Becca ähnelt. Ihr blondes Haar ist zu einem Knoten zusammengebunden, und zwei gelockte Haarsträhnen umrahmen ihr Gesicht. „Oh mein Gott, Becca! Du siehst fabelhaft aus! Sind deine Vorfahren aus England?"

Becca wird rot. „Ein paar schon. Und danke dir. Du siehst auch großartig aus."

Alice macht große Augen hinter ihrer Cateye-Brille mit den Herzchen an den Seiten. „Du siehst aus wie eine englische Rose! Wirklich. Darf ich ein Foto von dir machen? Du inspirierst mich so sehr. Ich könnte dich mit deinem hellen Teint, den blonden Locken und dem Schwanenhals in mein nächstes Buch aufnehmen."

Becca wirft mir einen nervösen Blick zu.

Ich grinse. „Willst du sie zur Heldin deiner nächsten Regency-Romanze machen? Dann sollte ich vielleicht der Held sein." Ich zwinkere Becca zu, die sich lächelnd an meine Seite lehnt. Sie ist genauso verrückt nach mir wie ich nach ihr.

Alice zieht ihr Handy aus einem kleinen Abendbeutel und macht ein Foto von uns.

„Liest du Liebesromane?", fragt Alice Becca und steckt ihr Handy weg.

„Nein. Ich lese hauptsächlich klassische Literatur."

Alice lächelt strahlend und unbeirrt. „Nun, wenn du jemals Spaß am Lesen haben willst, lass es mich wissen, und ich gebe dir ein paar Empfehlungen oder eines von meinen Büchern."

„Okay, danke", sagt Becca höflich.

Alice erzählt uns ungefragt etwas über die Geschichte. „Weihnachten in Regency England wurde vom 25. Dezember bis zum 6. Januar, dem Dreikönigsfest, gefeiert, quasi zwölf

Tage lang. Daher das Lied *Twelve Days of Christmas*. Ich habe die Regeln ein bisschen geändert, um sie unserem Zeitplan anzupassen, darum feiern wir ein bisschen früher."

„Connor biegt die Regeln auch", sagt Becca mit einem Lächeln. Sie behauptet, ich hätte gesagt, nur so konnte ich rechtfertigen, sie weiter zu sehen, als sie meine Dozentin war – dass ich die Regeln nach meinem Gutdünken verbiege. Die Wahrheit ist, ich konnte ihr nicht widerstehen, und sie weiß es. Vielleicht habe ich die Regeln ein bisschen flexibel betrachtet, doch kann sie mir das zum Vorwurf machen? Ich konnte sie mir nicht entgehen lassen.

„Noch ein Rebell, alles klar!" Alice gibt mir ein High Five.

Mein Cousin Lucas nähert sich in seiner schwarzen Regency-Abendgarderobe. Es ist dasselbe Outfit, das alle Männer hier tragen, doch es sieht für ihn natürlicher aus als für mich und meine Brüder, wahrscheinlich weil er hier im Palast in einer förmlicheren Umgebung aufgewachsen ist. „Da bist du ja", sagt er zu Alice mit seinem einzigartigen Villroy-Akzent. Es ist Hochenglisch mit einem Hauch Französisch, da Villroy direkt vor der Küste im Südwesten Frankreichs liegt. Er zieht Alice an sich und küsst sie, bevor er sich zu uns umdreht. „Und, was hältst du von unserem Ball?"

„Er ist wunderbar!", schwärmt Becca. „Der Ballsaal allein würde ausreichen, um mich glücklich zu machen, doch mit der Weihnachtsdekoration, den Kerzen und den Spiegeln! Es ist atemberaubend."

Alice strahlt. „Wir haben die Spiegel aufgestellt, um das Kerzenlicht zu reflektieren. Und natürlich die Mistelzweige unter den Kronleuchtern zum Küssen." Sie weist auf die grünen Bündel hin, die von der Decke hängen. „Ihr solltet unbedingt unter einem Halt machen."

„Wir haben sie alle getestet", sagt Lucas stolz. „Alle funktionieren hervorragend."

„Oh, du", sagt Alice liebevoll.

Das Ensemble beginnt zu spielen, und Lucas verbeugt sich. „Darf ich um das Vergnügen dieses Tanzes bitten, Lady Alice?"

Sie macht einen Knicks. „Ja, du darfst, mein Prinz." Sie

nimmt seinen Arm und dreht sich zu uns um. „Ihr solltet mitkommen. Es ist ein Kontratanz aus der Regency-Zeit und lässt sich ganz leicht lernen. Später werden wir Walzer tanzen und Schottischen Reel versuchen."

Ich sehe Becca fragend an. Sie beißt sich auf die Unterlippe und sieht unbehaglich aus. Ich habe außer in diesem Club zu Simones Geburtstag nie mit ihr getanzt. Das ist eine ganz andere Art des Tanzens.

„Wir werden uns zuerst was zu trinken holen", sage ich.

„Gute Idee", nickt Alice. „Der Tanz dauert eine Stunde, bevor es eine Pause gibt."

„Nur Limonade für dich, meine schöne Frau." Lucas dreht sich zu uns um und lächelt. „Wir haben gerade erfahren, dass sie schwanger ist."

„Herzlichen Glückwunsch", sagen Becca und ich fast unisono.

Alice strahlt. „Danke. Aber ihr solltet unbedingt den Eierlikör probieren. Ist nach einem authentischen Rezept!"

Die beiden schließen sich einer langen Reihe von Tänzern an, die sich schwungvoll umeinander bewegen. Es sind hauptsächlich meine Cousins, ihre Frauen und einige Verwandte, die ich nicht kenne. Sogar meine Eltern tanzen.

Becca nimmt meine Hand, und wir gehen zu einem langen Tisch mit Erfrischungen an der Seite des Ballsaals. „Ich würde auch lieber Limonade trinken." Sie macht ein angewidertes Gesicht, rümpft die Nase und streckt die Zunge heraus. „Eierlikör, igitt."

Ich grinse. „Schade, dass sie bei Regency-Bällen kein Bier servieren."

Ich gieße uns beiden ein Glas Limonade aus einem Kristallkrug ein, und wir beobachten die Tänzer.

Brendan kommt zu uns und lässt sich eine Tasse roten Punsch eingießen. „Ich weiß aus guter Quelle, dass der Punsch mit Rum und Brandy versetzt ist." Er trinkt einen Schluck und grinst. „Das ist meine zweite Tasse, und ich spüre es. Scheint auf einem Regency-Ball kein Essen zu geben."

„Hast du nicht gehört, dass Anna angekündigt hat, dass

um elf das Dinner serviert wird?", frage ich. Anna ist die Königin von Villroy, die Frau meines Cousins Gabriel.

„Nein, hab ich nicht mitbekommen. Ich war spät dran. Der Jetlag hat mich erwischt, und ich habe länger geschlafen als ich wollte." Er hebt sein Glas, senkt es und starrt durch den Raum. „Wer ist diese Rothaarige? Bitte sag mir, dass wir nicht verwandt sind."

Ich blicke zu einer jungen rothaarigen Frau hinüber, die den Tanz von der anderen Seite des Ballsaals aus beobachtet. Brendan hat ein Faible für Rothaarige. Er ist der Meinung, sie sind feuriger, doch sie sicht für mich nicht feurig aus. Sie sieht nachdenklich aus, als wäre sie eine Million Meilen entfernt, anstatt in einem grünen Regency-Kleid in einem Ballsaal zu stehen.

„Sie muss zu irgendjemandem in der königlichen Familie gehören, wenn sie hier ist", sage ich.

„Ich werde sie bitten, mit mir zu tanzen", sagt Brendan und gibt mir sein Getränk.

„Sicher, ich halte gerne dein Glas", sage ich trocken. „Dein Butler zu deinen Diensten."

Eine große Palastwache in der unverwechselbaren Uniform aus schwarzem Blazer, schwarzem T-Shirt und schwarzer Hose, kommt zuerst zu der rothaarigen Frau, und sie folgt ihm hinaus.

Brendan kommt zurück und nimmt sein Glas. „Hast du das gesehen? Sie hat ihre eigene Wache. "

„Dann muss sie zur königlichen Familie gehören", sage ich. „Und irgendwie verwandt sein."

„Verdammt", murmelt er.

Meine Brüder Sean, Jack und Beast gesellen sich zu uns. Sie sehen in ihrer Regency-Abendgarderobe genauso unbehaglich aus, wie ich mich fühle. Beast kann nicht einmal seinen Mantel zuknöpfen, weil seine Schultern zu breit sind und die Nähte des Mantels zu sprengen drohen.

„Wie seid ihr zwei ums Tanzen rumgekommen?", frage ich und wedle mit dem Finger vor Sean und Jack. „Ich war mir sicher, dass eure Frauen euch da rauszerren würden, um diesen Kontratanz zu machen, oder wie auch immer das heißt."

„Sie machen eine Palasttour mit Anna", sagt Sean und zieht an seiner Halsbinde. „Vorübergehender Aufschub des angedrohten Tanzes."

„Ich tanze gern", sagt Jack und gießt sich Limonade ein. „Kein Problem für mich."

„Magst du diese Art des Tanzens?", frage ich Becca.

Sie blickt auf die Tanzfläche, auf der sich die Tänzer im Takt bewegen. „Sieht so aus, als würden alle die Regeln für diesen Tanz kennen. Ich stehe eher auf Freestyle. Du weißt schon." Sie wiegt sich kurz. Umwerfend. Ich ziehe sie an mich und küsse ihre Haare.

Wir sehen weiter zu, trinken und beobachten das Geschehen, bis Anna – *Königin* Anna – mit Josie und Riley zurückkommt, beide atemlos vor Begeisterung. Josie trägt ein zartgelbes Kleid, Riley ein violettes Kleid und Anna ein weißes Kleid, das ihren runden schwangeren Bauch zeigt. Im Februar ist es soweit, ein Junge, der Leo heißen wird, wie sie uns anvertraut hat, doch wir dürfen nicht darüber reden, weil Gabriel das königliche Protokoll befolgt und den Namen offiziell bekannt geben wird, nachdem das Kind zur Welt gekommen ist.

„Wir haben das Audienzzimmer gesehen", schwärmt Josie. „Doppelte handgeschnitzte Holzthrone!"

„Wir haben auch drauf sitzen dürfen", sagt Riley. „Ist das zu fassen? Wir waren wie Königin Eins und Königin Zwei."

Die drei Frauen lachen.

Sobald sie sich genug beruhigt hat, um zu reden, fährt Josie fort. „Und wir haben auch den Salon, den Innenhof und den Speisesaal gesehen."

„Wir werden heute Abend da essen!", ruft Riley begeistert. Sie ist normalerweise sehr ruhig, also muss der Palast einen ziemlichen Eindruck hinterlassen haben.

Anna strahlt sie an. Sie ist jung, mit dunkelbraunem lockigem Haar und hellbraunen Augen. „Ich liebe deine Begeisterung. Der Palast hat eine ähnliche Wirkung auf mich gehabt, als ich ihn das erste Mal gesehen habe." Sie ist auch

Amerikanerin. Ich denke, wir Amerikaner sind großartige königliche Paläste einfach nicht gewohnt.

„Hey, Anna", sagt Brendan und korrigiert sich dann. „Ich meine, Majestät Hoheit Königin Anna."

Anna bricht in Gelächter aus. „Wir sind Familie. Lass uns einfach bei Anna bleiben." Außerdem ist es *Majestät* für den König und die Königin. Die Prinzen und Prinzessinnen werden als *Hoheit* angesprochen. Hmm, vielleicht kann ich Becca dazu bringen, mich so zu nennen, solange wir hier sind. Ha-ha.

Brendan neigt den Kopf. „Anna, klar. Vorhin habe ich eine Frau in den Zwanzigern am Rand des Ballsaals stehen sehen. Rote Haare, grünes Kleid. Wer ist das?"

Anna denkt einen Moment nach. „Rote Haare? Dann war es wahrscheinlich Chloe. Hat sie ausgesehen, als wäre sie mit den Gedanken ganz woanders?"

„Ich weiß nicht", sagt Brendan. „Sie stand einfach nur da."

„Ja", nicke ich. „Sie sah nachdenklich aus und scheint sich der Tänzer und des Lärms überhaupt nicht bewusst gewesen zu sein."

Anna nickt. „Ja, das ist Chloe. Sie ist die Schwester der Frau deines Cousins Adrian. Sie kommt auch aus Brooklyn, auch wenn sie jetzt in Manhattan lebt."

„Also keine Verwandte", sagt Brendan mit einem breiten Grinsen. „Doch warum hat sie eine Wache?"

„Hat sie nicht." Anna winkt einem Diener, der ihr sofort ein Glas Wasser bringt.

Becca wirft mir einen Seitenblick zu, der sagt, was ich denke – muss nett sein, wenn man Diener hat.

Brendan gibt nicht auf. „Ich habe sie mit einer Wache weggehen sehen."

„Oh, das ist Michael." Anna senkt ihre Stimme. „Er bewacht sie nicht. Sie sind … ich bin mir nicht sicher, was sie sind. Es ist kompliziert."

„Hm", sagt Brendan.

„Irgendwie süß, nicht wahr?", fragt Josie. „Verliebt in ihren Bodyguard."

Sean räuspert sich demonstrativ.

Josie umarmt ihn und lächelt ihn an. „Du bist der einzige Bodyguard, in den ich mich jemals verlieben würde."

„Ist auch besser so", grummelt er.

Seit wann ist Sean ein Bodyguard? Ich sehe meine Brüder an, doch der Einzige, der reagiert, ist Beast, der mit den Augen rollt. Muss ein Insider-Witz zwischen Sean und Josie sein.

„Er ist nicht ihr Bodyguard." Anna lächelt dem Diener zu, der ihr gerade das Glas Wasser gebracht hat, murmelt danke und trinkt einen langen Schluck. Der Diener verbeugt sich und zieht sich wieder zurück. „Sie haben sich hier auf Villroy getroffen, als Chloe ihre Schwester besucht hat. Da hatte er frei."

Sie trinkt ihr Wasser aus und stellt es auf einen Tisch. Ein anderer Diener räumt es einen Moment später weg.

Mein Cousin, König Gabriel, kommt mit seiner kleinen Tochter an der Hand zu uns. Mila ist zwei Jahre alt und hat dunkelbraunes lockiges Haar wie ihre Mutter. Ihre Haare sind locker zusammengebunden, und viele lose Locken hängen herunter. Sie trägt ein süßes rotes Kleid mit Rüschen. Gabriel begrüßt uns alle kurz, bevor er sich seiner Frau Anna zuwendet. „Ich habe ihr gesagt, dass es Zeit ist, ins Bett zu gehen, doch sie will weiter mit Pop-Pop tanzen." Es ist schon seltsam zu hören, wie er in seinem Hochenglisch *Pop-Pop* sagt. Ich bin sicher, mein Vater würde gerne mit seiner Enkelin ehrenhalber tanzen.

Anna nimmt Mila hoch und setzt sie auf ihre Hüfte. „Pop-Pop tanzt mit Oma Tara."

Mila steckt ihren Daumen in den Mund und lehnt sich für einen Moment an die Schulter ihrer Mutter, doch dann hebt sie wieder ihren Kopf. „Nichtschlafengehen."

Anna sieht Gabriel an. „Es ist ein besonderer Anlass."

Er streicht Milas Haar aus ihrem Gesicht. „Du weißt, wie sie ist, wenn sie nicht genug Schlaf bekommt."

Anna seufzt und dreht sich zu Mila um. „Okay, meine Liebe. Du kannst dich dreimal mit Pop-Pop im Kreis drehen, dreimal mit Oma Tara, und dann ist Bad- und Schlafenszeit." Sie setzt sie ab, und Mila rennt zur Tanzfläche.

Gabriel eilt ihr hinterher und lenkt sie schnell an den

Rand, damit sie nicht von den tanzenden Erwachsenen umgeworfen wird.

Anna lacht. „Sie ist furchtlos, wie eine zukünftige Königin es sein sollte." Sie dreht sich um, als eine Frau ihren Namen ruft. „Wo wir gerade von Königinnen reden! Polly, komm her!"

Mein Cousin Oscar und seine Frau Polly kommen zu uns. Sie sind König und Königin ihres Königreichs, Beaumont, einer Inselkette in der Karibik. Oscar ist vom Prinzen zum König aufgestiegen. Kein schlechtes Upgrade. Polly hält ihr kleines Mädchen an ihre Brust gedrückt.

Ein paar Augenblicke später sind sie bei uns. Polly hat dunkelbraunes lockiges Haar und sieht Anna ähnlich, obwohl sie nur sehr weit entfernt verwandt sind. Sie streichelt den Rücken des Babys durch eine rosa Decke. „Sie hat vorhin gespuckt, also musste ich das rausreiben. Rieche ich okay?"

Anna schnuppert an ihr. „Du riechst nach Babypuder und Neue-Mama-Nervosität."

Becca wirft einen Blick auf das Baby. „Sie ist so süß. Wie heißt sie?"

Polly lächelt zu ihrer Tochter hinunter. „Dieser kleine alte Engel hier ist Juliette, die zukünftige Königin von Beaumont. Sie ist jetzt vier Monate alt."

„Wow, so viele Königinnen in einem Raum", sagt Becca.

„Und so viele Babys!", ruft Anna. „Entweder noch im Brutstadium oder frisch geschlüpft. Adrian und Sara haben den drei Monate alten Henry. Sie wollten ihn nicht hierher mitbringen, weil es hier von Keimen nur so wimmelt. Adrians Worte, nicht meine." Sie verdreht die Augen. „Er ist so ein überfürsorglicher Vater. Ihr werdet sie an Heiligabend sehen, wenn es etwas ruhiger ist. Alice ist auch schwanger, und Emma hat gerade letzten Monat ihre Schwangerschaft angekündigt. Emma ist im fünften Monat, doch man kann es kaum sehen." Sie zeigt auf meine Cousine Emma, die auf einem Stuhl an der Seite des Raumes sitzt. Ihr Mann, Rockstar Jackson Walker, steht mit einem strengen Gesichtsausdruck neben ihr, als wäre er ihre Wache. Das nenne ich Beschützerinstinkt. Das Baby ist noch nicht einmal hier.

„Was für eine schöne Familie du hast", sagt Becca.

„Danke", sagt Anna. „Ich liebe sie über alles." Ihre Augen werden glasig. „Tut mir leid, Babyhormone machen mich ganz emotional." Sie hebt die Hand in Richtung Gabriel, der schnell auf sie zu eilt. „Es geht mir gut."

Er zieht sie beiseite und spricht mit leiser Stimme mit ihr. Kurz darauf verabschiedet sie sich, und sie sammeln Mila ein, die sich an die Brust ihrer Mutter schmiegt und eine ihrer lockigen Haarsträhnen zwirbelt.

Nachdem sie gegangen sind, sieht Becca zu mir auf. „Was jetzt, Prinz Connor? Wolltest du den Tanz versuchen?"

„Ich habe eine bessere Idee. Lass uns zurück in unser Zimmer gehen und diese Verkleidung ausziehen."

„Con! Ich mag mein Kleid."

„Okay, dreimal im Kreis drehen und dann ist Schlafenszeit." Ich schenke ihr mein sexy Lächeln.

Sie lacht. „Ha, Engel! Eher Teufel." Sie küsst mich. „Eine kurze Pause in unserem Zimmer, *nachdem* wir getanzt haben. Ich will rechtzeitig zum Abendessen im königlichen Speisesaal zurück sein."

Ich kneife ihr Kinn. „Was für eine toughe Verhandlerin. Okay, zuerst tanzen. Und dann kann ich es kaum erwarten, dich zurück ins Zimmer zu bringen. Ich habe ein frühes Weihnachtsgeschenk, das ich dir gerne privat geben will."

Sie mustert mich misstrauisch, und ich lache. „Wirklich. Ich schwöre auf das Leben meiner Schwester."

Sie schüttelt lachend den Kopf. Sie weiß, dass ich keine Schwester habe.

~

Becca

Der Ball hat viel Spaß gemacht, als sie endlich Walzer gespielt haben. Natürlich wusste keiner von uns, wie man Walzer tanzt, also haben wir uns nur langsam zu schöner Musik in einem großen Ballsaal gewiegt. Dann haben wir einen kurzen Abstecher in unser Zimmer gemacht. Normalerweise würde ich mir keinen Moment der Party entgehen lassen – ich meine, wie oft besuche ich schon einen Ball in einem königlichen Palast? –, doch Con hat gesagt, dass er mir mein Weihnachtsgeschenk geben will. Er will, dass wir dabei allein sind, nicht vor versammelter Familie am Weihnachtsmorgen. Ich bin aufgeregt. Ich bin mir ziemlich sicher, dass er es ernst meint und er nicht nur versucht, mich zu verführen. Doch wenn er es versuchen würde, würde ich schmelzen. Die sexuelle Spannung hat sich in den letzten zwei Tagen aufgebaut, seit wir selten allein oder vom Jetlag kaum wach genug waren, um etwas dagegen zu unternehmen.

In dem Moment, als wir allein in unserem Zimmer sind, zieht er mich in seine Arme und küsst mich. Plötzlich sind wir verrückt aufeinander. Es ist wild und heiß, und ich liebe es. Im nächsten Moment sind wir nackt im riesigen Himmelbett, so nah wie sich zwei Menschen sein können, und er treibt mich immer höher. Ich gehe wie ein Silvesterkracher los und bin mir seines eigenen Stöhnens nur vage bewusst, als er kommt.

Er lässt sich auf mich sinken, und ich schlinge meine Arme fest um ihn. Mein Prinz, mein fantastischer Liebhaber, mein heißer Bauarbeiter. Er ist alles, was ich jemals wollte und nie in meiner Dating-App zu finden gehofft habe. Ich hätte nicht gedacht, dass ein Mann wie er existiert. Ich bin die glücklichste Frau der Welt.

Lange Momente später hebt er den Kopf. „Bin gleich wieder da."

Er verschwindet im Badezimmer, und ich liege völlig entspannt auf dem Bett. Ich hoffe, dass die Regency-Kostüme nicht zu zerknittert sind und irgendwo auf dem Boden liegen.

Er kommt zurück, zieht seine Boxershorts an, geht zu seinem Koffer und holt ein rot verpacktes Geschenk mit einer Schleife heraus. Er legt sich zu mir ins Bett und gibt es mir.

Ich klatsche in die Hände und setze mich auf. „Oh, das habe ich fast vergessen. Lass mich deins auch holen."

Er hält mich mit einer Hand auf meiner Schulter fest. „Mach erst deins auf."

„Gleichzeitig?"

Seine Stimme ist zart, sein Blick weich. „Nein, erst du."

Mein Atem stockt, mein Herz schlägt heftig. „Warum?"

Seine blauen Augen funkeln. Er hat mir definitiv etwas Gutes besorgt. „Darum."

Ich entferne das Papier vorsichtig mit zitternden Händen. Oh wow. Es ist eine wunderschöne Schmuckschatulle aus Ahornholz. „Con, die ist *wunderschön*."

„Die habe ich für dich gemacht."

Ich starre ihn ehrfürchtig an. Mein heißer Bauarbeiter hat das mit seinen eigenen zwei fähigen Händen gemacht. Ich fall gleich in Ohnmacht! „Oh, ich liebe sie! Oh, Con, sie ist einfach göttlich." Ich starre die Schatulle an und dann ihn. „Ich denke, ich muss dir noch ein anderes Geschenk besorgen."

Er lächelt. „Ich bin sicher, was du ausgesucht hast, ist perfekt. Jetzt mach sie auf. Es gibt einen Schlüssel." Er deutet auf einen kleinen Metallschlüssel, den er mit Tesa auf der Unterseite der Schatulle befestigt hat.

Ich schließe sie auf, und eine geheime Schublade an der Seite springt heraus. Ich keuche. „Eine geheime Schublade!" Ich ziehe sie auf und finde einen blauen Samtbeutel darin. Ich öffne ihn und hole einen Diamantring heraus. „Oh mein Gott." Ich kann das nicht fassen. Eine wunderschöne Schmuckschatulle mit einer geheimen Schublade *und* einem Diamantring darin! Ich habe nur eine Kleinigkeit für ihn, die ich nicht einmal selbst gemacht habe.

„Con –" Ich verstumme. Er ist neben dem Bett auf ein Knie gegangen.

Ich schlage mir die Hand vor den Mund. Ich war so begeistert von der geheimen Schublade, dass ich es zuerst gar nicht begriffen habe.

„Becca, ich habe mich in dich verliebt, als wir uns das erste Mal begegnet sind, und dann jeden Tag mehr. Willst du den Rest deines Lebens mit mir verbringen und meine Frau werden?"

„Ja!"

Er steht auf, zieht mich aus dem Bett und umarmt mich. Tränen fließen, als der Schock nachlässt. Ich bin so glücklich.

Er wiegt mein Gesicht mit beiden Händen. „Dein Plan hat funktioniert, Bec. Mit dreißig verheiratet."

„Ich werde erst im April dreißig", bringe ich über den Kloß in meinem Hals heraus.

Er lächelt und küsst mich. „Dann ein bisschen früher als geplant. So, wie es dir gefällt."

„Und wie." Ich wische mir mit einem Lachen die Tränen weg. „Ich kann dein Geschenk nicht übertreffen, doch lass es mich trotzdem holen." Ich nehme das Laken, wickle es um mich, weil mir kalt ist, und hole die kleine Schachtel aus meinem Koffer.

Ich beiße mir auf die Unterlippe und reiche sie ihm. „Es ist kein Ring, aber –"

Er reißt das Papier auf und öffnet die Schachtel. „Mein eigener Schlüssel! Danke."

„Ich wollte dich bitten, bei mir einzuziehen. Meine Wohnung ist größer, und du scheinst dich da wohlzufühlen. Würde dir das gefallen?"

„Oh ja, das würde mir gefallen. Ich hätte dein Geschenk zuerst öffnen sollen, wie du gesagt hast. Dann wäre meins das i-Tüpfelchen gewesen."

Ich lege meine Arme um ihn, und mein Laken fällt zu Boden. „Deins ist der Kuchen, das Sahnehäubchen und die Kirsche obendrauf."

Er lacht.

Ich starre auf meinen neuen Ring. „Nur, wenn jemand fragt, werde ich nicht sagen, dass du mir den Antrag gemacht hast, als wir nackt im Bett waren. Es hört sich so an, als wäre es in der Hitze des Augenblicks passiert, anstatt unglaublich romantisch zu sein."

Er zieht mich zurück ins Bett und deckt die Decke über uns. „Es war nicht die Hitze des Augenblicks. Ich wollte dich schon eine ganze Weile fragen. Außerdem, wer fragt sowas?"

Ich streichle seine Brust und bewundere gleichzeitig meinen funkelnden Diamantring. „Alle wollen immer wissen, wie der Antrag war."

„Ach so?"

„Ja, Frauen reden."

„Soll ich dich nochmal fragen?"

Ich reiße meinen Blick von meinem funkelnden Ring los und begegne seinem Blick. „Würdest du das tun?"

„Sicher, Honey. Rate mal, wie ich das machen werde?"

Ich denke einen Moment nach. „Oh! Du wirst bis Heiligabend warten, mich zum Mistelzweig ziehen, mich küssen und dann auf ein Knie fallen."

„Genau das habe ich vor."

„Im Ernst?"

Er lacht. „Nein, aber du hast mir gerade verraten, was du wirklich willst."

„Das ist ein guter Plan. Schau aber, dass wir allein sind. Das ist eine private Angelegenheit."

„Das könnte schwieriger zu arrangieren sein. Lass es uns jetzt machen."

Ich runzle die Stirn und versuche, es mir vorzustellen. „Du willst, dass ich mich anziehe und auf der Suche nach einem Mistelzweig durch den zugigen Palast wandere?"

„Nein, ich möchte, dass du nackt im Bett bleibst." Er zieht mich an sich und kuschelt sich an meinen Hals. Seine Hände streifen über meinen Körper. Auf keinen Fall werde ich dieses Bett verlassen. Er küsst meinen Kiefer entlang zu der empfindlichen Stelle hinter meinem Ohr. „Lass uns einfach *sagen*, wir haben es so gemacht, und lass uns unsere sexy Verlobung hier genießen." Er küsst mich leidenschaftlich, und ich bin verloren. Dieser Mann. Dieser wundervolle Mann.

Als er mich endlich Luft schnappen lässt, sage ich: „Du bist unwiderstehlich!"

Er rollt sich auf mich und grinst. „Ich weiß."

Verpassen Sie nicht das nächste Buch in der Reihe *Abtrünniger Fratz* mit Brendan in der Hauptrolle, in der aus Freunden ein Paar wird!

Abtrünniger Fratz
   Chloe
   Freunde mit gewissen Vorzügen gibt es nicht. Nein. Sobald man die Grenze überschritten hat, ist die Freundschaft vorbei. Fragen Sie mich ruhig, woher ich das weiß. Darum halte ich den Ball flach, konzentriere mich darauf, einen Medizin-Studienplatz zu bekommen und an meinem Ziel zu arbeiten, ein Heilmittel gegen Krebs zu finden. Ich will, dass mein Leben etwas bedeutet, der Welt etwas Bedeutendes zurückgibt. Jungs sind eine Ablenkung, die ich mir nicht leisten kann.

Brendan
   Von dem Moment an, als ich Chloe Travers getroffen habe, ist ein Beschützerinstinkt in mir erwacht, von dem ich nicht gewusst habe, dass ich ihn habe. Trotz meiner rasenden Lust habe ich sie auf Abstand gehalten. Wir haben eine familiäre Bindung, was bedeutet, dass belangloser Sex nicht in Frage kommt. Zu viele potenziell negative Konsequenzen und unbehagliche zukünftige Begegnungen.
   Und dann zieht sie für den Sommer nebenan ein. Unangenehm? Eher der ultimative Test meiner Willenskraft. Wir verbringen jeden freien Moment als Freunde zusammen, und das macht mich wahnsinnig. Ich will diese Grenze überschreiten, doch was ist, wenn ich es wage und sie verliere?

WEITERE BÜCHER VON KYLIE GILMORE

Die Happy End Buchclub Reihe << Die Campbell Familie und ein Liebesromanbuchclub prallen aufeinander!

Hollywood Inkognito (Buch 1)

Ärger im Anzug (Buch 2)

Gewagtes Spiel (Buch 3)

Förmliche Vereinbarung (Buch 4)

Wenn der Bad Boy keiner ist (Buch 5)

Ein Störenfried zum Verlieben (Buch 6)

Schicksalsbegegnungen (Buch 7)

Eine Romantische Chance (Buch 8)

Ein sündhafter Flirt (Buch 9)

Ein unbequemer Plan (Buch 10)

Eine Happy End Hochzeit (Buch 11)

Die Clover Park Reihe << Brüder, für die die Familie an erster Stelle steht!

Das Gegenteil von wild (Buch 1)

Daisy schafft alles (Buch 2)

In den Falschen verguckt (Buch 3)

Ein Weihnachtsmann zum Küssen (Buch 4)

Vermieter küsst man nicht (Buch 5)

Nicht mein Romeo (Buch 6)

Bring mich auf Touren (Buch 7)

Clover Park Braut (Buch 7.5)

Gewagte Verlobung (Buch 8)

Retter in der Not (Buch 9)

Eine verführerische Freundschaft (Buch 10)

Ein Geschenk zum Valentinstag (Buch 11)

Raus aus der Tretmühle (Buch 12)

Die Rourkes Reihe << Prinzen, bei denen man ins Schwärmen gerät, und ebenso fantastische Prinzessinnen

Königlicher Fang (Buch 1)

Königlicher Hottie (Buch 2)

Königlicher Darling (Buch 3)

Königlicher Charmeur (Buch 4)

Königlicher Playboy (Buch 5)

Königlicher Spieler (Buch 6)

Abtrünniger Prinz (Buch 7)

Abtrünniger Gentleman (Buch 8)

Abtrünniges Schlitzohr (Buch 9)

Abtrünniger Engel (Buch 10)

Abtrünniger Fratz (Buch 11)

Abtrünniger Beschützer (Buch 12)

ÜBER DIE AUTORIN

Kylie Gilmore ist die USA Today Bestsellerautorin der Happy End Buchclub Reihe, der Clover Park Reihe, der Clover Park STUDS Reihe und der Rourke Reihe. Sie schreibt unterhaltsame Romanzen, die die LeserInnen zum Lachen und zum Weinen bringen und zu einem Glas Eiswasser greifen lassen.

Kylie lebt mit ihrer Familie, zwei Katzen und einem verrückten Hund in New York. Wenn sie nicht gerade schreibt, Kinder bändigt oder bei Autorenkonferenzen pflichtbewusst Notizen macht, findet man sie beim Stretching – bis ganz nach oben ins oberste Regal, um dort ihren geheimen Schokoladenvorrat zu erreichen.

Melden Sie sich für Kylies Newsletter an, damit Sie keine ihrer Neuerscheinungen verpassen. https://www.kyliegilmore.com/DEnewsletter

Mehr finden Sie auf Kylies Website https://www.kyliegilmore.com